Valsando com a gata

Valsando com a gata

Pam Houston

EDITORA RECORD
RIO DE JANEIRO • SÃO PAULO
2005

CIP-Brasil. Catalogação-na-fonte
Sindicato Nacional dos Editores de Livros, RJ.

H839v Houston, Pam, 1962-
　　　　Valsando com a gata / Pam Houston; tradução de
　　　　Cláudia Costa Guimarães. – Rio de Janeiro: Record,
　　　　2005.
　　　　336p.

　　　　Tradução de: Waltzing the cat
　　　　ISBN 85-01-06226-X

　　　　1. Conto americano. I. Guimarães, Cláudia Costa.
　　　　II. Título.

04-3069
　　　　　　　　　　　　　　　CDD – 813
　　　　　　　　　　　　　　　CDU – 821.111-(73)-3

Título original em inglês
WALTZING THE CAT

Copyright © 1998 by Pam Houston

Todos os direitos reservados. Proibida a reprodução, no todo ou em parte, através de quaisquer meios.

Direitos exclusivos de publicação em língua portuguesa para o Brasil adquiridos pela
DISTRIBUIDORA RECORD DE SERVIÇOS DE IMPRENSA S.A.
Rua Argentina 171 – Rio de Janeiro, RJ – 20921-380 – Tel.: 2585-2000
que se reserva a propriedade literária desta tradução

Impresso no Brasil

ISBN 85-01-06226-X

PEDIDOS PELO REEMBOLSO POSTAL
Caixa Postal 23.052
Rio de Janeiro, RJ – 20922-970

EDITORA AFILIADA

Este livro é para
David Hicks

e para

Dr. Andrew Loizeaux

Sumário

A melhor amiga que você nunca teve • 13

Cataract • 49

Valsando com a gata • 85

Três lições sobre biologia amazônica • 105

A Lua é o primeiro marido de toda mulher • 139

Trocando uma extensão de água por outra • 181

Como a bondade sob os seus pés • 211

Aí, você levanta da cama e toma café • 239

O tipo de gente a quem você confia
a própria vida • 269

Todo o peso de quem sou • 287

Epílogo • 321

Agradecimentos

As histórias a seguir apareceram nas seguintes publicações:

"Aí, você levanta da cama e toma café", *Elle* e *Fish Stories*.

"Valsando com a gata", *The Mississippi Review*, *Redbook* e *These Are the Stories We Tell* (uma antologia).

"Três lições sobre biologia amazônica", *Ploughshares*.

Este livro tem uma imensa dívida para com as pessoas que nele acreditaram quando ninguém o fez, em especial Shelton Adams, Roy Parvin, Terry Tempest Williams, Judith Freeman, Marie Howe, Louis Owens e Fenton Johnson. Também gostaria de agradecer a Carol Houck Smith pelo seu vigoroso trabalho de edição, a Liz Darhansoff pela sua sinceridade, a Tal Gregory por ter trabalhado a meu favor, a Charlotte Gullick pelos ouvidos e idéias e a Leo Geter, cujo espírito criativo é uma constante fonte de inspiração. E, principalmente, gostaria de agradecer aos alunos de minha oficina, espalhados por todo o país, porque é seu talento e entusiasmo — acima de qualquer outra coisa — que me manda de volta ao computador, repetidamente.

23 de julho de 1869: No início, encontramos imediatamente cachoeiras e quedas-d'água que, em muitos locais, são mais abruptas do que em qualquer outro cânion pelo qual já passamos e, assim, decidimos chamar este de Cataract Canyon.

— Do diário de John Wesley Powell
The Exploration of the Colorado River and Its Canyons
[A exploração do rio Colorado e de seus cânions]

A melhor amiga que você nunca teve

UM DIA PERFEITO NA CIDADE sempre começa assim: meu amigo Leo me pega e vamos a um local chamado Rick and Ann's que serve café da manhã, onde preparam um picadinho de beterrabas e bacon, e então atravessamos a Bay Bridge até os jardins do Palácio de Belas-Artes para nos sentarmos sobre a grama úmida, lermos poemas em voz alta e falarmos de amor. Os chafarizes vivem apinhados de cisnes negros importados da Sibéria, e, se o dia estiver bonito e for fim de semana, certamente haverá uma festa de casamento, quase sempre de asiáticos. Os noivos trajam ternos de risca-de-giz alinhados e as mulheres vestidos bordados com miçangas, lindos de fazer cair o queixo só de olhar.

As torres romanas da fachada do Palácio elevam-se sobre nós, mais amarelas do que laranja à luz do meio-dia. Leo me contou que essas torres foram erigidas para a Feira Mundial de São Francisco de 1939, em gesso e papel machê, e muito

Valsando com a gata

embora fossem tempos difíceis, a cidade angariou fundos para mantê-las de pé e moldá-las em concreto para que nunca desaparecessem.

Leo é arquiteto e o seu relacionamento com os prédios mais belos desta cidade é impressionante, considerando a sua idade, apenas cinco anos mais velho do que eu. Eu ganho a vida como fotógrafa; desde a faculdade de Belas-Artes, faço fotos para revistas e sobrevivo de trabalho em trabalho.

A casa que Leo construiu para ele mesmo é coisa tirada de um conto de fadas, toda cheia de torres e ângulos, e o último pavão selvagem de Berkeley vive em sua rua. Eu moro em Oakland Hills numa casinha minúscula, numa rua onde venta tanto que não dá para dirigir a mais de 16 quilômetros por hora. Eu a aluguei porque o anúncio dizia: "Pequena casa em meio às árvores, com jardim e lareira. Cães são bem-vindos, é claro." Estou sem cão no momento, embora esta não seja a minha condição natural. Mas nunca se sabe quando pode bater aquela vontade esmagadora de fazer uma visita ao depósito público de animais.

É um sábado morno e azul de novembro e há cinco casamentos asiáticos sendo realizados no Palácio de Belas-Artes. As roupas dos convidados não combinam entre si, mas são complementares, como se tivessem sido encomendadas especialmente, uma para cada arco da fachada dourada.

Leo lê um poema sobre uma salina ao amanhecer, enquanto preparo minha velha Leica. Sempre tiro as melhores fotos quando ninguém está me pagando para fazê-lo. Como da vez em que peguei uma noiva valsando com um dos banqueteiros por trás da cerca viva, o chapéu de cozinheiro dobrado até tocar o alto do véu dela.

A melhor amiga que você nunca teve

Então leio um poema sobre saudades em Syracuse. É assim que sempre conversamos um com o outro, Leo e eu, e seria a coisa mais romântica do século se Leo não fosse apaixonado por Guinevere.

Guinevere é uma tecelã budista que vive numa casa de ripas de madeira em Belvedere Island. Faz tecidos num tear que trouxe do Tibete. Embora suas tapeçarias e quadros lhe rendam uma pequena fortuna, ela se recusa a usar o ar-condicionado de seu Audi, até mesmo quando está atravessando o Vale de Sacramento. Ar-condicionado, diz ela, é simplesmente uma dessas coisas que ela não se permite.

O fato de Guinevere parecer não perceber a existência de Leo não causa a ele o menor desconforto, bem como o fato de ela esquecer — a cada vez que o encontra — que já o encontrou dezenas de vezes, apenas acrescenta graça àquilo que ele chama de o encantador balaio de imperfeições de Guinevere. O único Buda que eu conseguiria amar, diz ele, precisaria ser capaz de se esquecer das coisas e de pecar.

Guinevere está apaixonada por um homem de Nova York que lhe escreveu numa carta que a única coisa melhor do que quatro mil quilômetros separando-o do objeto de seu desejo seria se ela fosse portadora de uma doença terminal.

"Eu ia me amarrar em ter um relacionamento com uma mulher que tivesse apenas seis meses de vida", foi o que escreveu. Ela me mostrou as palavras como se para ter certeza de que existiam, embora algo em seu tom de voz me fizesse crer que se orgulhava daquilo.

Que eu saiba, a única pessoa que está apaixonada por Leo (além de mim, mas, no meu caso, é só um pouquinho) é um gay chamado Raphael, que se apaixona por um heterossexual atrás do outro e depois compra uma coleção de CDs novinha para cada um deles. Chegam, segundo Leo, como se viessem do Clube do Disco Columbia House — uma vez por mês, religiosamente, embalados em papelão, sem remetente e sem endereço. Todos os CDs são de excelentes músicos dos quais a maioria das pessoas nunca ouviu falar, tais como The Nields e Boris Grebeshnikov; e há também canções folclóricas andinas, hip-hop e beat.

Do outro lado do lago cheio de cisnes, um casamento chega ao fim. O noivo está conseguindo a façanha de mostrar-se solene e absolutamente delirante de felicidade ao mesmo tempo. Leo e eu assistimos ao beijo e eu fecho o obturador bem no momento em que este termina e os convidados irrompem com uma salva de palmas.

— Como você é boboca — diz Leo.

— Ah, certo — digo. — Não venha me dizer que você não trocaria de vida com ele neste instante.

— Eu não sei nada a respeito da vida dele — rebate Leo.

— Mas sabe que ele se lembrou de fazer todas as coisas das quais você se esqueceu.

— Acho que gosto mais quando você reserva esse sermão específico para você mesma. — Ele aponta para o outro lado do lago onde a noiva acaba de correr para os braços da dama de honra e eu mais uma vez fecho o obturador. — Ou para um de seus namorados, esses que morrem de pânico do compromisso — acrescenta Leo.

— No fundo, no fundo, não posso culpá-los — retruco. — Quer dizer, se eu me visse caminhando pela rua com todas as

A melhor amiga que você nunca teve

minhas neuras aparecendo, não estou exatamente certa de que me disporia a ir atrás de mim.

— É claro que iria — rebate Leo. — E porque iria e porque as chances de isso acontecer serem remotas e porque você ainda assim tem esperança de que aconteça... é tudo isso, justamente, que faz de você uma excelente fotógrafa.

— A excelência é uma coisa bacana — digo. — Mas eu quero o contato. Quero o hálito quente de alguém na minha cara. — Digo isso como se fosse uma provocação, o que nós sabemos não ser o caso. A daminha, do outro lado do lago, atira punhados de pétalas de rosa para cima.

Vim para esta cidade à beira-mar há mais de um ano porque, recentemente, havia passado um bom tempo sob as águas escuras e nuas do rio Colorado e tomei isso como um sinal de que o rio me queria longe. A essa altura, eu havia tirado tantas fotos do caos de pedras reviradas e de areia petrificada e de céus infinitos que perdi o equilíbrio e caí lá dentro. Não conseguia mais separar o que era terra do que era eu.

Havia um homem chamado Josh que não queria o bastante de mim e uma mulher chamada Thea que queria demais, e eu acabei imprensada entre os dois, uma dessas camadas de pedra mais frágil, como o calcário, que desaparece sob pressão ou se transforma em algo amorfo, como o petróleo.

Achei que pudesse encontrar alguma ordem numa cidade: linhas retas, superfícies brilhantes e ângulos de 90 graus, que me devolveriam a mim mesma; quis levar o meu trabalho para algum lugar diferente, talvez mais seguro. A solidão também

Valsando com a gata

era uma linha reta, e eu acreditei que era o que queria. Assim, coloquei o que cabia na minha picape, deixei para trás tudo o que não dava para carregar, inclusive dois pares de esquis, uma câmara escura cheia de equipamento fotográfico e as montanhas que jurei, repetidamente, que não sabia viver sem.

Rumei para o oeste, descendo as duas infindáveis pistas da Rodovia 50 — *A estrada mais solitária dos Estados Unidos*, dizem as placas que surgem em meio ao deserto, de ambos os lados —, atravessando Utah e Nevada até chegar a esta cidade branca e luminosa na baía.

De início, fiquei inebriada com a cidade da mesma forma que muita gente fica ao tomar vodca, com a maneira dela se espalhar como se aconchegada num ninho de medronheiros e eucaliptos; com seu jeito de cintilar ainda mais forte do que a água faiscante que a circunda; com a forma com que a Golden Gate sai de dentro dela e se estende, como dedos, em direção ao oceano selvagem e amplo que se desdobra além.

Amei o cheiro de muffins frescos de mirtilo do Oakland Grill, localizado na Terceira Avenida com Franklin, o apito do trem soando bem do lado de fora da porta e homens com tatuagens de todas as cores descarregando caixotes de couves-flores, brócolis e ervilhas.

Naquelas primeiras semanas, eu passava horas caminhando pelas ruas, batendo mais fotos num único dia do que teria condições financeiras de bater em uma semana, aquelas vidas todas numa proximidade perigosa e pouco natural, todas aquelas histórias que minha câmera podia contar.

Eu caminhava até mesmo pela parte mais barra-pesada da cidade, o sangue bombeando pelas veias com a mesma intensi-

A melhor amiga que você nunca teve

dade de quando vi as Montanhas Rochosas pela primeira vez, há muitos e muitos anos. Certa noite, em Mission, dobrei uma esquina e dei de cara com um sujeito numa cadeira de rodas que se atirou em cima de mim e me cobriu de urina. Eu havia sido batizada, contei no dia seguinte para amigos estarrecidos, ungida com o néctar dos deuses da cidade.

Logo, conheci um homem chamado Gordon e costumávamos ir até o cais de Oakland e olhávamos aqueles guindastes de 20 andares que eu dizia parecerem um batalhão de doberman pinchers protegendo o porto de um possível invasor. O verdadeiro nome de Gordon era Salvador e ele era de família humilde, colhedores de morangos de Central Valley; dois dos irmãos haviam nascido mortos, envenenados por inseticida. Era bonito desde criança, com cabelos muito negros, pele morena e os genes herdados da mãe para olhos azuis. Deixou o vale e mudou-se para a cidade quando ainda era jovem demais, por lei, para dirigir o caminhão que roubou do capataz do pai.

Estacionou-o em fila dupla em frente ao Castro Theatre, convenceu uma família de Mission a lhe dar um canto do chão para dormir em troca de trabalho, mudou o nome para Gordon, a idade de 15 para 20 anos e pediu uma bolsa para estudar literatura sul-americana na Universidade Estadual de São Francisco.

Tinha Ph.D. antes dos 20 anos e um emprego como professor de Berkeley aos 21. Ao ganhar seu primeiro prêmio como professor, a mãe estava na platéia e, quando os olhos azuis deles se cruzaram, ela assentiu com a cabeça, mas quando ele a procurou mais tarde, ela havia sumido.

Valsando com a gata

— Dá para acreditar numa coisa dessas? — indagou quando me contou a história, a voz um misto de orgulho e desapontamento tal que fiquei sem saber o que era mais inacreditável, o fato de ela ter ido à solenidade ou o de haver sumido.

— Se mais uma mulher com quem eu sair virar lésbica — diz Leo —, eu me mudo para Minneapolis.

As recepções de casamento estão a todo vapor e as risadas flutuam como bolhas por cima do lago, em nossa direção.

— Dava para encarar isso como um elogio — rebato —, se você se dispusesse a torcer as coisas a esse ponto.

— Eu não me disponho.

— Talvez seja essa a opção de toda mulher quando sente ter esgotado todas as suas possibilidades.

— Sim, claro, você começa a vida como uma pessoa — começa Leo —, para depois decidir que quer ser um carro.

— Às vezes, eu acho que é ou isso ou o Alasca — opino. — Sendo que lá as probabilidades são melhores do que dez para um.

Lembro-me de um adesivo que vi num carro, certa vez, em Haines, no Alasca, perto do local de onde as balsas partem para os 48 estados americanos ao sul: *Querida*, dizia, *quando você sair daqui vai voltar a ser feia.*

— No Alasca — comento —, os homens chegavam a se atirar aos meus pés.

— Aposto que alguns homens já se atiraram aos seus pés por aqui mesmo — diz, e eu tento olhá-lo nos olhos para decidir o que quer dizer com aquilo, mas ele os mantém fixos no livro de poesia.

A melhor amiga que você nunca teve

Ele pergunta:

— Eu não sou a melhor amiga que você teve?

A última mulher que Leo chamou de "o amor de minha vida" só o deixou vê-la duas vezes por semana durante três anos. Era cardiologista, morava em Marina e costumava dizer que passava o dia todo cuidando de corações partidos e que não tinha a menor intenção de preencher o tempo livre com o próprio coração. No início do quarto ano, Leo pediu a ela que aumentasse o número de saídas para três vezes por semana e ela imediatamente terminou com ele.

Depois disso, Leo fez uma visitinha à ponte. Isso foi antes de colocarem os telefones lá em cima, aqueles que ligam direto para terapeutas. Era um dia ensolarado e a maré estava secando, formando ondinhas de crista espumosa até onde ele podia ver, adentrando o Pacífico. Após algum tempo, ele desceu, não por se sentir melhor, mas por uma simples questão de estatística. Naquele ano, 250 pessoas já haviam se atirado lá de cima. Se o número tivesse sido 4, 199 ou até mesmo 274, ele conta que talvez tivesse ido em frente, mas não estava a fim de ter a morte oficialmente registrada com um número tão sem sentido quanto 251.

Uma mulher sentada sobre a grama perto de nós começa a dizer a Leo o quanto ele se parece com seu sócio. Algo em sua voz — algo que eu não consigo identificar, uma insistência talvez — sugere que é apaixonada pelo tal sujeito, que é louca, ou então que o assassinou esta manhã e veio ao Palácio de Belas-Artes aguardar a prisão iminente.

— O grande lance sobre os californianos — diz Leo depois que a mulher finalmente se levantou e foi embora —, é o fato

Valsando com a gata

de acharem que não há o menor problema em expor todas as suas neuroses em público, contanto que se desculpem por elas antes.

Leo cresceu como eu, na Costa Leste, comendo em bandejas legumes congelados da marca Birds Eye e tortas de carne Swanson's, sentado ao lado dos pais — estes, já no terceiro martíni —, assistindo a programas como *What's my line* e *To tell the truth* e conversando sobre qualquer coisa, exceto o que estava errado.

— Não há ninguém mais para você se apaixonar, além de Guinevere? — pergunto-lhe depois de ele ler um poema sobre tarântulas e vespas escavadeiras.

— Há uma mulher superbonita lá no trabalho — diz. — Ela se chama de A Diva.

— Leo — comento —, anote isto: acho uma boa política evitar qualquer mulher que use um artigo antes do nome.

Hoje há policiais no Palácio distribuindo informações de como nos protegermos de uma onda de roubos de carro que vem ocorrendo na cidade nos últimos cinco meses. O crime começa, nos diz a filipeta, com o criminoso colidindo na traseira do veículo da vítima. Quando a pessoa salta para ver o prejuízo, o criminoso a golpeia na cabeça com um objeto pesado — e normalmente as vítimas são mulheres —, deixa-a na calçada, entra no carro e vai embora.

A filipeta diz que devemos manter a janela fechada quando o outro motorista se aproximar, as portas trancadas e dizer, através do vidro: *"Estou com medo. Não vou sair do carro. Por favor, siga-me até a loja de conveniência mais próxima."* Segundo a filipeta, não devemos, em hipótese alguma, deixar que o criminoso nos leve à cena do crime número dois.

A melhor amiga que você nunca teve

— Você não conseguiria, conseguiria? — pergunta Leo, dando um tapa no meu braço, como o espertalhão que é.

— O que acha que querem dizer com "cena do crime número dois"?

— Está fugindo da pergunta porque sabe a resposta perfeitamente bem — diz. — Você é a única pessoa que eu conheço que preferiria ter a garganta cortada a admitir que está com medo.

— Sabe de uma coisa — digo, para mudar de assunto. — Você não age muito como uma pessoa que quer ter filhos mais do que qualquer coisa na vida.

— Pois é, e você não age como uma pessoa que quer se casar em meio aos cisnes.

— Mas eu me casaria — retruco. — Neste instante. Eu me enfiaria naquele vestido de casamento, sem perguntas.

— Lucy — começa Leo —, sério, você tem alguma idéia de quantos passos a separam daquele vestido de casamento?

— Não. Por que não me diz?

— Cinqüenta e cinco. Pelo menos cinqüenta e cinco.

Antes de namorar Gordon, sempre saí com tipos fortes e caladões, acho que para poder inventar qualquer coisa que quisesse para colocar dentro de suas cabeças. Gordon e eu conversávamos sobre palavras e sobre o tipo de fotografias que podemos tirar para não precisar de palavras. Então me passava pela cabeça aquilo que sempre passava nos primeiros dez minutos de conversa: que depois de anos e anos de tentativas frustradas, eu havia acertado na mosca.

Demorei menos do que uma temporada de beisebol para me dar conta de minha distração: Gordon tinha um veio

Valsando com a gata

enciumado tão perverso quanto um míssil sensível a calor e conseguia transformar um saco de papel num problema. Já tínhamos sido convidados a nos retirar de dois restaurantes numa única semana e a coisa evoluiu rapidamente ao ponto que, se o garçom não fosse do sexo feminino, eu perguntava se podíamos ir a outro lugar ou trocar de mesa.

Mecânicos, afinadores de piano, tintureiros, cobradores de pedágio: na cabeça de Gordon, todo mundo queria dormir comigo e eu queria provocá-los para que quisessem exatamente isso. Filé, foi como me chamou certa vez, e depois acrescentou que ele e todos os outros homens da região da baía de São Francisco formavam uma matilha de lobos famintos de amor.

Quando contei a Guinevere como havia me apaixonado por Gordon, ela disse:

— A gente só tem algumas oportunidades de sentir a vida em toda a sua plenitude. Antes, sabe... de ficar de má vontade.

Eu contava a ela tudo aquilo que tinha medo de contar a Leo: como a expressão no rosto de Gordon ia da paixão à raiva; como gritou tão alto comigo dentro de uma loja, certa vez, que o gerente me passou um bilhete dizendo que rezaria por mim; como todas as noites eu ficava no meio da rua enquanto ele acelerava o carro e eu gritava *por favor, Gordon, por favor Gordon, não vá embora.*

— Numa época de minha vida, cheguei a colocar implantes de silicone nos seios só para agradar a um homem — contou-me ela. — Hoje em dia, eu nem me dou ao trabalho de tirar as pulseiras antes de ir para a cama.

Guinevere deixa uma tigelinha de cartas em cima da mesa do café da manhã, entre o açúcar e o café. Chamam-se Cartas

A melhor amiga que você nunca teve

dos Anjos e ela as comprou numa loja *new age*. Cada carta traz uma palavra impressa, tal como *irmandade* ou *criatividade* ou *romance* e há um anjinho minúsculo tentando ilustrar a palavra com o corpo.

Naquela manhã, tirei *equilíbrio*, com o anjinho empoleirado bem no meio de uma gangorra. Quando Guinevere estendeu a mão para pegar a sua carta, suspirou de desgosto. Sem olhar para a carta e sem mostrá-la para mim, atirou-a no lixo e pegou outra.

Fui até a lata de lixo e a encontrei. A palavra era *rendição* e o anjo olhava para cima com os braços abertos.

— Eu detesto isso — disse ela, com a boca levemente retorcida. — Na semana passada tive de jogar *submissão* no lixo.

Guinevere me trouxe um biscoito e uma imensa caixa de lenços de papel. Disse que as escolhas não podem ser apenas entre o bom e o ruim. A única coisa que há é um fato e as lições dele aprendidas. Ela corrigia a minha pronúncia gentil e constantemente: o *Bu* de Buda, dizia ela, era como o *pu* de pudim e não como o "*buu*" feito por um fantasma.

Quando tinha 25 anos, levei um rapaz chamado Jeff — com quem achava que queria me casar — à casa de meus pais para que o conhecessem. Ele era tudo aquilo que eu achava que meu pai queria: tinha um MBA de Harvard. Usava remendos nos cotovelos dos blazers. Jogava golfe num campo que só admitia homens.

Passamos o fim de semana bebendo vinho e comendo o patê que a mãe de Jeffrey lhe enviara de sua *fermette* no

Valsando com a gata

sudoeste da França. Jeffrey permitiu que meu pai lhe mostrasse décadas de troféus de tênis. Tocou piano enquanto minha mãe cantava velhas canções de dor-de-cotovelo.

Esperei até ter um minuto a sós com meu pai.

— Papa — disse, era assim que sempre o chamava —, o que acha de Jeffrey?

— Lucille, eu nunca gostei de nenhum de seus namorados e não espero vir a gostar de algum um dia. Portanto, poupe-se do constrangimento e nunca mais me pergunte isso.

Depois disso voltei a sair com mecânicos e barqueiros. Minha mãe manteve a foto de Jeffrey no console da lareira até o dia em que morreu.

Da primeira vez em que tentaram me assaltar na cidade, eu havia ido sozinha à última sessão no Castro Theatre. Trata-se de um daqueles cinemas antigos, magníficos, com um letreiro imenso que ilumina o céu como um parque de diversões, um teto que parece pertencer a uma catedral espanhola, pesadas cortinas de veludo vermelho entretecido com fios que faíscam ouro e um pianista de verdade que some chão adentro quando começam os trailers.

Uma vez terminado o filme, gostava de ficar para ler os créditos e olhar as estrelas de mentirinha coladas no teto. Naquela terça-feira, fui a última pessoa a deixar o cinema para penetrar na noite fria e deserta.

Estava prestes a tirar o pé do meio-fio quando o homem se aproximou, chegando um pouco perto demais para o meu gosto.

A melhor amiga que você nunca teve

— Tem algum trocado para me dar? — perguntou.
A verdade era que eu não tinha. Havia raspado o fundo da bolsa para juntar moedas de vinte e cinco, de cinco e de dez centavos suficientes para pagar o cinema e, ainda assim, o sujeito que estava por detrás do vidro me deixou ficar devendo trinta centavos.

Disse que sentia muito e fui caminhando para o estacionamento. Sabia que ele estava atrás de mim, mas não me virei. Eu deveria ter pegado as chaves antes de sair do cinema, pensei. Não deveria ter esperado para ler o último crédito subindo na tela.

A uns dez passos de meu carro, levei um soco no meio das costelas.

— Aposto que você se sentiria de maneira diferente — começou o homem —, se eu estivesse segurando uma arma.

— Eu poderia até me sentir diferente — respondi, virando-me com mais violência do que pretendia —, mas ainda assim não teria dinheiro.

Ele se encolheu, mudou o ângulo do corpo, chegando levemente para trás e se afastou. E quando fez isso, quando seus olhos deixaram os meus para pousarem sobre o que quer que estivesse dentro do bolso de sua jaqueta, lembrei-me da vez em que quase dei de cara com uma ursa e um filhote já bastante crescido. Lembrei-me de como ficamos ali, sem tomar qualquer atitude, de como ela havia olhado para o filhote exatamente desta forma, dando-me a oportunidade de deixá-la saber que não precisava me matar. Ambas podíamos seguir nossos caminhos.

Valsando com a gata

— Olhe — comecei —, eu tive um dia de fortes emoções, está certo? — Enquanto falava, eu vasculhava a bolsa e agarrei meu molho de chaves que era, em si, quase uma arma. — Então, eu acho que você deveria me deixar entrar no carro e ir para casa.

Enquanto ele pensava nisso dei os passos que faltavam para chegar até o carro e entrei. Não olhei no retrovisor até pegar a auto-estrada.

Lá para a metade da tarde, Leo e eu já havíamos visto um número excessivo de casais felizes se casarem e atravessamos a Golden Gate até Tiburon, até um restaurante chamado Guaymas onde costumamos beber *margaritas* preparadas com tequila Patrón, comer *seviche* e olhar a Angel Island e a cidade — jamais tão branca quanto quando é vista deste ângulo, despontando como uma miragem de dentro da baía azul-esverdeada.

Observamos a balsa atracar e descarregar a turminha dos subúrbios ricos para, a seguir, encher-se deles outra vez e realizar o trajeto que faz duas vezes por hora, até a cidade. Sentimos uma enorme inveja das camisas engomadas e dos mocassins marrons, de como as roupas são um testemunho do equilíbrio existente em suas vidas.

A neblina cobre e desce o colhedor de Mount Tamalpais e a cidade entra e sai de dentro dela, cintilando como o mar da Galiléia num momento para tornar-se cinza e onírica como um fantasma de si mesma no instante seguinte e então sumir, como um balão de pensamento numa história em quadrinhos, como a boa idéia tida por alguém.

A melhor amiga que você nunca teve

— Ontem à noite — começo —, estava caminhando pela Telegraph Avenue sozinha. Estava meio de mau humor, sabe, Gordon e eu tivemos uma briga sobre John Lennon.
— Ele era a favor ou contra? — pergunta Leo.
— Contra — respondo. — Mas isso não importa. Como eu ia dizendo, eu estava de cara amarrada, talvez até mesmo chorando um pouquinho, andando super-rápido e passei por cima de um sem-teto que estava ali, com muletas e uma latinha, e ele disse assim: "Eu *não quero* dinheiro nenhum de você, só queria que *você* sorrisse."
— E aí, você sorriu? — indaga Leo.
— Sorri. Não só sorri como até ri e então fiz meia-volta e dei a ele todo o dinheiro que tinha em minha carteira; eram só dezoito dólares, mas ainda assim eu disse a ele para usar aquela fala outra vez.
— Eu amo você — declara Leo, tomando minhas mãos entre as suas. — Quer dizer, no bom sentido.

Contaram-me que quando eu tinha quatro anos e estava em Palm Beach, na Flórida, com meus pais, arranquei uma urna de mais de trezentos quilos de cima de um pedestal e a deixei cair bem em cima das pernas, esmagando os dois fêmures. Todas as outras urnas da Worth Avenue tinham arbustos aparados em formato de bichinhos e aquela, do ponto de vista de meus noventa centímetros de altura, parecia estar vazia. Quando me perguntaram por que eu havia tentado me erguer para entrar na urna, respondi que achava que havia peixinhos lá dentro e que queria vê-los, muito embora se havia imaginado peixinhos de verdade ou apenas arbustos esculpidos no formato de peixinhos, eu não saberia mais dizer.

Valsando com a gata

Segundo conta a história, a urna estava vazia e aguardando conserto, motivo pelo qual despencou. Meu pai a rolou de cima de mim com aquela força de Super-homem da qual a gente sempre ouve falar e me pegou no colo — eu berrava como uma alucinada — e me abraçou até a ambulância chegar.

As seis semanas que se seguiram foram as melhores de minha infância. Fiquei hospitalizada o tempo todo, cercada de médicos que me traziam presentes, enfermeiras que liam histórias, auxiliares que vinham ao meu quarto para jogar joguinhos.

Quando vinham me ver, meus pais estavam sempre felizes e, em geral, sóbrios.

Passei os anos restantes de minha infância fantasiando sobre doenças e acidentes que — era essa a minha esperança — me mandariam de volta ao hospital.

Um dia, no mês passado, Gordon me convidou para acamparmos em Point Reyes National Seashore só para provar para mim, segundo ele, que se interessava pela minha vida. Eu não havia dormido uma única noite ao relento desde que me mudara para a cidade, disse ele, e devia estar com saudades da sensação do chão duro sob as costas, saudades do cheiro da barraca de camping sob a chuva.

Gordon pegou uma mochila emprestada, arranjou a autorização, manteve o fim de semana livre, estudou os mapas. Eu ia ensinar uma oficina de câmara escura no sábado. Gordon me apanharia às quatro da tarde, hora em que a oficina terminaria; teríamos apenas tempo o suficiente para pegar a costa até Point Reyes Station e caminhar uma hora até o primeiro

A melhor amiga que você nunca teve

acampamento. Um longo segundo dia nos levaria até a praia, ao local onde há um farol, e mais uma vez de volta ao carro, sem um único minuto a perder antes de escurecer.

Àquela altura eu já havia aprendido a reconhecer os sinais de problemas iminentes e naquela manhã esperei no carro com Gordon enquanto um homem jovem demais para mim e, a seguir, um homem velho demais para mim, entravam no armazém onde a oficina seria realizada.

Eu saí do carro sem ver o surfista alto, louro e um tanto de perder o fôlego com um portfólio debaixo do braço que normalmente carregava uma prancha. Mantive os olhos bem longe dos dele, mas seu aperto de mão me encontrou mesmo assim. Quando abriu a imensa porta para mim, eu entrei. Deu para ouvir os pneus cantando atrás de mim, mesmo através do que parecia ser uma tonelada de metal.

O fato de Gordon estar à minha espera às 16:02, quando a oficina terminou, me surpreendeu um pouco. Então, entrei na Pathfinder e só vi uma mochila. Ele percorreu a costa até Point Reyes sem dizer uma palavra. Stinson, Bolinas, Dogtown e Olema. As garças brancas de Tomales Bay estavam com as cabeças enfiadas debaixo dos braços.

Ele parou na cabeceira da trilha, saiu, atirou minha mochila sobre a vegetação da duna, abriu a minha porta e tentou me arrancar da poltrona com os olhos.

— Presumo que isto queira dizer que você não vem comigo — disse, me perguntando como conseguiríamos acampar com uma única mochila, agarrando-me tenazmente à esperança de que o dia ainda poderia ser salvo.

Valsando com a gata

Neste exato instante, você deve estar se perguntando por que não saí daquele carro sem olhar para ele, por que não atirei a mochila sobre as costas e me embrenhei por aquela trilha. E quando eu lhe contar o que fiz, de fato, ou seja, que me arrastei até o fundo da Pathfinder, me agarrando à rede de carga como se um tornado estivesse chegando, deixando escapar um grito ensurdecedor de rachar o crânio ao meio depois do outro até Gordon entrar no carro, até voltarmos à costa, à Rodovia 580, atravessarmos a Ponte e chegarmos ao apartamento de Gordon; até ele dizer que se eu me calasse ele me deixaria ficar, você se perguntaria como uma pessoa, mesmo tendo feito uma coisa dessas, teria coragem de admiti-lo.

Então eu poderia lhe contar sobre os 16 carros que tiveram perda total nos primeiros 15 invernos de minha vida. Sobre a véspera de Natal em que meu pai e eu rolamos um Plymouth Fury do canteiro central até a mureta de proteção, indo e voltando quatro vezes, com nove revoluções completas; sobre como tiveram de nos tirar lá de dentro com o auxílio de serras elétricas; sobre como meu pai, com uma incrível agilidade movida a Seagram's, se safou sem ferimentos. Eu poderia lhe contar sobre a vizinha que me roubou, certa vez, ao ouvir os berros de meus pais, sobre como se recusou a me devolver até mesmo quando a polícia apareceu com um mandado, sobre como a mão dela, de dez anos, deve ter parecido aos olhos dos outros, segurando a minha, de três; sobre como, no fim das contas, esta se tornou uma historinha divertida que os dois casais de pais gostavam de contar. Ou então, eu poderia duplicar para você o barulho oco que uma garrafa vazia faz quando

A melhor amiga que você nunca teve

bate na fórmica e o fogão é largado aceso e a panela começa a soltar fumaça e há um botão escrito "desligado", mas nenhuma forma de chegar até ele.

Poderia lhe contar a mentira que contei para mim mesma a respeito de Gordon. Que qualquer um é melhor do que ninguém. E você vai entender exatamente por que fiquei no fundo daquela Pathfinder. A não ser que você seja uma pessoa de sorte. Aí, não vai entender.

— Eu já lhe contei da vez em que me assaltaram? — Leo me pergunta e nós dois sabemos que ele já contou, mas que essa é a sua história preferida.

— Eu adoraria que me contasse outra vez.

Antes de construir sua casa na rua dos pavões, Leo morava na cidade, entre North Beach e os píeres. Foi assaltado certa noite saindo do carro, enquanto tateava à procura das chaves de casa; o homem carregava um revólver e foi chegando, sorrateiramente, por trás.

O que Leo tinha na carteira eram treze dólares e, quando ofereceu o dinheiro ao homem, teve a impressão de que este ia matá-lo ali mesmo.

— Você tem um cartão de banco — disse o homem. — Vamos atrás de um caixa eletrônico.

— Ei — interrompo quando ele chega a essa parte —, isso quer dizer que você foi até a cena do crime número dois.

A parte que mais odeio é como o assaltante tirou os óculos de Leo. Disse que ia dirigir mas, no fim das contas, não entendia coisa alguma sobre marchas manuais, e a embreagem foi queimando e soltando fumaça por toda a subida de Nob Hill.

Valsando com a gata

— Meu nome é Bill — disse o homem, e Leo pensou que, já que estavam ficando íntimos, se ofereceria para trabalhar a embreagem e a marcha como forma de preservar o que ainda restava do carro. Só quando Leo se aproximou dele, escarranchando-se por cima da caixa de marchas e equilibrando-se no ombro do sujeito, foi que sentiu o cheiro de sangue por baixo da jaqueta do homem e se deu conta de que havia sido baleado.

Foram dirigindo assim até o supermercado Safeway de Marina, com os olhos de Bill na estrada, as mãos ao volante e Leo trabalhando a embreagem e a marcha na base do instinto.

No caixa eletrônico, Leo procurou ajuda, mas não conseguiu que o olhar de ninguém cruzasse com o seu, com Bill e a arma tão grudadinhos que estavam, ao seu lado.

Todo mundo acha que somos um casal, pensou e as risadas começaram a borbulhar por dentro dele. Contou uma mentira para Bill sobre haver um limite de cem dólares no caixa eletrônico, apertou os botões e entregou-lhe o dinheiro.

Voltaram para a casa de Leo dirigindo daquela mesma forma siamesa e, ao chegarem, Bill agradeceu a Leo, apertou sua mão e pediu mais um favor antes de partir.

— Vou lhe dar um número de telefone — disse Bill. — É de minha namorada; ela vive em Sacramento. Quero que ligue para ela e diga que cheguei bem.

— É claro — disse Leo, dobrando o papel.

— Eu quero que você jure por Deus.

— Pode deixar. Eu ligo para ela.

Bill colocou o cano da arma em torno do umbigo de Leo.

A melhor amiga que você nunca teve

— Fale, seu filho-da-puta, fale. Jure por Deus.

— Eu juro por Deus — disse Leo, e Bill se afastou.

Já dentro do apartamento, Leo ligou a TV no programa de Letterman. Quando parou de tremer, ligou para a polícia.

— Não há muita coisa que a gente possa fazer — disse a mulher do outro lado da linha. — Podemos ir até aí empoar o seu carro em busca de impressões digitais, mas vai fazer uma bagunça dos diabos.

Duas horas mais tarde, Leo procurou no catálogo e ligou para um padre.

— Não — disse o padre. — Você não precisa ligar para ela. Você jurou por Deus sob circunstâncias extremas que lhe foram impostas por um homem ímpio.

— Eu não acho que essa seja a resposta certa — disse da primeira vez em que ouvi a história e digo, hoje, mais uma vez, ao ouvir a minha deixa. Da primeira vez, havíamos discutido a natureza da impiedade e que, se uma situação exige que se jure por Deus, esta é — por definição — extrema.

Mas hoje não estou pensando em Bill ou mesmo no dilema de Leo, e sim na namorada, lá em Sacramento, com o amante baleado, sangrando, seqüestrando arquitetos e, ainda assim, lembrando-se de pensar nela.

E eu me pergunto o que haveria nela para ficar com um homem que fazia de fugir da lei um modo de vida; se ele havia conseguido voltar para ela naquela noite, se ela ficou ao seu lado na cozinha, cuidando dos ferimentos. Eu me pergunto como ela se veria, como qual parte daquela história toda, no quanto ela haveria investido numa resolução para a mesma.

Valsando com a gata

— Eu tenho tanto medo — disse Gordon no cais, na primeira noite em que passamos juntos —, de não ser nada além de fraco e imprestável. Então, eu pego as pessoas próximas de mim e tento feri-las, para que se tornem tão fracas e imprestáveis quanto eu.

Eu quero saber o motivo pelo qual eu podia ouvir, mas não ouvi o que ele dizia; o motivo pelo qual achei que essa história poderia terminar diferente para mim.

As coisas terminaram entre mim e Gordon num bar na Jack London Square numa noite em que assistíamos aos 49ers jogarem contra os Broncos. Era o último ano de Joe Montana em São Francisco; os boatos sobre a aquisição do Kansas City já haviam começado.

Era um jogo de final, bem ao término da temporada. Os Broncos fizeram algo que se tornou célebre à época: começaram com uma vantagem de vinte pontos para a perderem de maneira inacreditável, com o transcorrer da partida.

O jogo chegou ao alerta de dois minutos. Elway e Montana alternavam arremessos a gol com tal elegância, que pareciam ter combinado tudo antes do jogo. Com um minuto e vinte e sete para o fim do jogo, a bola estava na linha de vinte e duas jardas nos Niners': Joe Montana tinha tempo de sobra e uma última chance de brilhar.

— Não me diga que você é torcedora dos Broncos — perguntou um sujeito que estava do meu outro lado e que havia chegado após o início do jogo.

— Pois é, e isso me dá um trabalho — respondi, sem tirar os olhos da TV. Pela centésima vez naquela noite, a câmera

A melhor amiga que você nunca teve

deixou a ação para focalizar uma Jennifer Montana variando entre chorosa, preocupada ou extasiada, com aquela mão delicada e protetora em torno das duas lindas filhinhas louras.

— Nossa — comentei, quando a câmera voltou ao centro da ação muitos segundos tarde demais —, quem vê acha que Joe Montana é o único jogador de futebol dos Estados Unidos que tem mulher.

O cara sentado ao meu lado riu um risinho curto, espasmódico. Joe levou o time à vitória.

No caminho até a Pathfinder, Gordon disse:

— É isso que eu odeio em vocês, fanáticos por esportes. Criam um herói como Joe Montana só para ter alguém de quem falar mal.

— Eu não tenho nada contra Joe Montana — respondi. — Acho que arremessa aquela bola como um anjo. Apenas prefiro assisti-lo jogar a ficar olhando para a sua esposa.

— Eu notei para quem você preferia ficar olhando — disse Gordon quando chegamos ao carro e ele se jogou em seu interior.

— Gordon, eu nem sei que cara tinha aquele homem.

A lua aparecia, gorda e cheia, por cima das regiões de Oakland por onde ninguém ousaria se aventurar tarde da noite e eu me dei conta, enquanto procurava um rosto dentro dela, que o que eu dizia não tinha a menor importância.

Gordon gostava de dirigir pelas ruas mais vis quando se sentia vil e estava discursando sobre eu ficar exibindo as penas da minha cauda de pavão e sobre manter o zíper das calças bem fechado e a única coisa que me passava pela cabeça era a vontade de lembrar a ele que eu estava de saia.

Valsando com a gata

Ele guinchou os freios na porta de minha garagem e eu saltei e caminhei até a entrada escura.

— Não vai me convidar para entrar? — indagou. E eu pensei nos meses repletos de noites iguaizinhas àquela, nas quais eu havia rogado pelo seu perdão, nas quais eu havia implorado para ele ficar.

— Quero que você tome a sua própria decisão — respondi, por cima do ombro, então ele engrenou o carro, acelerou rapidamente e saiu cantando pneu.

Primeiro foram as mensagens coladas à minha porta, com palavras recortadas em dez fontes diferentes e grudadas com tantas camadas de fita adesiva, que tinham a textura de uma *découpage*. A seguir foram as pegadas em meu jardim, o Karo despejado em meu tanque de gasolina, meus lenços amarrados como forcas nos galhos de minhas árvores. Um dia, abri o envelope de uma revista para a qual fiz algumas fotos e me deparei com o cheque de pagamento picotado em centenas de pedacinhos, colocado no envelope e de volta à caixa de correio.

Leo e eu passamos das *margaritas* para cafés com leite de fim de tarde e a neblina ainda não havia se levantado completamente.

— Fico imaginando — digo — que estarei voltando para casa à noite e Gordon vai surgir de algum local entre a calçada e as sombras com uma Magnum .357 na mão e o meu último pensamento vai ser: "Ora, você deveria ter deduzido que esta seria a evolução mais lógica."

— Não entendo por que você tem de ser tão durona com relação a essa história — diz Leo. — Não dava para contar para a polícia ou para sei lá quem?

A melhor amiga que você nunca teve

— Esta não é uma boa cidade para se viver sozinho.

Leo coloca o braço ao redor de meus ombros; pela maneira de fazê-lo, dá para perceber que se sente na obrigação de fazê-lo.

— De vez em quando, você não sente vontade de sumir, exatamente como aquela cidade?

— Mas eu posso sumir — responde Leo. — E eu sumo.

Mas o que eu desejava mais do que tudo era poder ficar quando sinto vontade.

Mais uma vez a balsa atraca à nossa frente e ficamos em silêncio até os apitos pararem de soar e o barco mais uma vez partir.

— Alguma vez teve medo — pergunto a Leo — de que haja tantas coisas das quais você necessita turbilhonando lá dentro que, um dia, simplesmente o surpreenderão, o asfixiarão, o sufocarão até a morte?

— Não, eu acho que não.

— Não estou falando de sexo ou mesmo, exatamente, de amor e sim de todos aqueles quereres que não largam de seu pé e que, mesmo que você mudasse tudo neste instante, já fizeram com que seja tarde demais para você um dia se sentir saciado?

Leo mantém os olhos fixos sobre a cidade, outra vez visível, a Coit Tower se esticando e se inclinando levemente como uma pilha de pizzas de calabresa.

— Até alguns anos atrás, eu tinha o hábito de invadir a casa de estranhos, precisamente, a cada seis meses — diz ele.

— É disso que você está falando?

— Exatamente. — E um véu de neblina passa outra vez, mais rápido do que todos os outros, levando embora a cidade, incluindo o local do assalto de Leo, incluindo o apartamento onde Gordon hoje vive.

Quando eu tinha 18 anos, encontrei meus pais em Phoenix, no Arizona, para assistirmos à equipe do Penn State jogar contra a Universidade do Sul da Califórnia pelo Fiesta Bowl. Eu fui de carro de Ohio e eles voaram até lá vindos da Pensilvânia e nós três — pela primeira vez na vida — viajamos juntos em meu carro.

Meu pai queria que eu os levasse para passear pelos bairros ricos dos arredores da cidade, locais com nomes como Carefree e Cave Creek. Ele havia bebido horas mais cedo do que o usual — os dois haviam — e ele enfiou na cabeça que queria ver o maior chafariz do mundo cuspir mil cento e trinta e cinco litros de água por minuto para o ar ressecado e evaporativo do deserto.

Estávamos na metade do caminho até Cave Creek, quase no chafariz, quando um guarda me parou.

— Eu sinto incomodar — disse ele. — Mas já estou seguindo-o há uns quatro ou cinco minutos e, vou lhe confessar uma coisa, nem sei por onde começar.

O crachá do policial dizia: Martin "Cachorro Louco" Jenkins. Meu pai deixou escapar um suspiro que ficou flutuando dentro do carro tal e qual neblina.

— Bem, em primeiro lugar — disse o policial Jenkins —, peguei-o a setenta por hora numa zona de quarenta. A seguir passou não por uma e sim por duas placas de "pare" sem frear completa e seguramente. Além disso, dobrou à direita no sinal vermelho diretamente para a pista do meio.

A melhor amiga que você nunca teve

— Meu Jesus Cristo — disse meu pai.

— Uma das suas lanternas traseiras está queimada e, ou as suas setas também estão queimadas ou resolveu não usá-las.

— Você está ouvindo isso? — perguntou meu pai para o vento.

— Eu poderia ver sua carteira de motorista e os documentos do carro?

— Deixei a carteira em Ohio — respondi.

O carro ficou em silêncio.

— Dê-me um minuto, então — disse o policial Jenkins —, vou passar a placa pelo rádio.

— O que eu não consigo entender — começou meu pai —, para início de conversa, é como uma pessoa com tão pouco senso de responsabilidade consegue tirar uma carteira de motorista neste país.

Ele abria e fechava, abria e fechava a saída de ar.

— Quer dizer, a gente fica se perguntando se deveriam deixá-la sair de casa todas as manhãs.

— Por que não fala logo, Robert — interrompeu minha mãe. — Por que não diz o que quer dizer. Diga: *minha filha, eu odeio você*. — Sua voz começou a tremer. — Está na cara. Todo mundo sabe. Por que você não fala logo, em voz alta?

— Srta. O'Rourke? — O policial Jenkins estava de volta à janela do carro.

— Fale — continuou minha mãe. — *Seu guarda, eu odeio a minha filha.*

O policial desviou, rapidamente, o olhar para o banco de trás.

Valsando com a gata

— Segundo a informação que recebi, você é obrigada a usar lentes corretivas.
— É verdade — respondo.
— E está usando lentes de contato? — Havia algo semelhante à esperança em sua voz.
— Não, senhor.
— Será que ela não é capaz nem ao menos de mentir? — perguntou meu pai. — Sobre uma coisinha insignificante.
— Pronto, é agora. Eu vou contar até três — provocou minha mãe. — *Filha, eu queria que você nunca tivesse nascido.*
— Srta. O'Rourke — disse o policial Jenkins. — Hoje eu só vou lhe dar uma advertência. — Meu pai mordeu os lábios para conter uma risada.
— Muito obrigada — respondi.
— Eu odeio ter de lhe dizer isto, Srta. O'Rourke — prosseguiu o policial —, mas não há nada que eu possa fazer que lhe daria a sensação de castigo. — Ele estendeu a mão para mim. — Vá em frente, dirija em segurança — disse ele, e se foi.

Após o Fiesta Bowl, meus pais e eu voltamos a Carefree para ir a uma festa de *réveillon* oferecida por um gay conhecido de minha mãe, que pertencia a um clube de amantes do vinho chamado Ordem Real da Uva. Meu pai não estava nada satisfeito, mas ficou calado. Eu só queria ver a bola cair em Times Square, pela TV, como havia feito durante cada ano de minha infância, ao lado da babá, mas os homens da festa estavam exibindo vídeo e mais vídeo das cerimônias de doutrinamento do clube enquanto, de vez em quando, dois ou três convidados eram levados à adega para olhar as garrafas e degustar.

A melhor amiga que você nunca teve

Quando meu pai tentou acender um cigarro, foi empurrado para fora da casa mais rapidamente do que jamais o vi se locomover. Eu era jovem demais para ser levada à adega e velha demais para ser paparicada, então, depois de passar outra meia hora sendo ignorada, juntei-me ao meu pai, lá fora. As luzes de Phoenix cintilavam com todas as cores abaixo de nós, na escuridão.

— Lucille — disse ele —, quando tiver a minha idade, jamais passe *réveillon* numa casa onde não a deixam fumar.

— Está certo — respondi.

— Sua mãe — começou ele, como sempre fazia.

— Eu sei — disse, embora não soubesse.

— Simplesmente não conseguimos acertar a mão quando o assunto é amor, nesta família, mas... — Ele fez uma pausa e o céu que cobria Phoenix explodiu em cores, de vermelho, verde e amarelo. Eu nunca havia visto fogos de artifício assim, de cima.

— Entrem, entrem para o brinde de *réveillon*! — chamou nosso anfitrião, da porta. O que eu mais queria era que meu pai acabasse aquela frase, mas ele apagou o cigarro, levantou-se e entrou. Eu já a terminei para ele uma centena de vezes desde então, mas nunca fiquei satisfeita.

Pagamos a conta e Leo me informa que detém o uso temporário de um barco a vela de vinte e sete pés, em Sausalito, que pertence a um homem que ele mal conhece. A neblina levantou o suficiente para vermos o local onde o sol deveria estar e está ainda mais claro lá perto da Golden Gate e pegamos o barquinho e partimos rumo à claridade, da mesma maneira que um casal de verdade talvez fizesse numa tarde de sábado.

O barquinho tem uma certa qualidade de esquilo, foi projetado para movimentos rápidos com pouco vento e Leo me passa a cana do leme duzentos metros antes de passarmos por debaixo da sombra escura da ponte. Eu mal comecei a me acostumar com o barco quando Leo olha por cima do ombro e anuncia:

— Parece que estamos apostando corrida. — E eu olho também e lá vem um barco, em desabalada carreira, em nossa direção. Tem o dobro de nosso tamanho e dez vezes, Leo me diz, o valor de nosso barco.

— Talvez seja melhor você pegar o leme — digo.

— Você está indo bem — diz ele. — Fixe a mente no que está prestes a fazer e vá com tudo.

De início, não consigo parar de pensar em Leo, sentado na ponte, passando cifras pela cabeça, e numa história que Gordon me contou na qual dois sujeitos se encontram lá em cima, na passagem para pedestres, e descobrem que são sobreviventes de saltos anteriores.

Então, deixo que minha mente vague além dos penhascos escarpados, além das ondas que quebram na arrebentação, além do promontório de Marin e de todas as bóias de navegação, bem longe, onde as ondas engolem o contorno da costa e o Havaí é a única coisa que se interpõe entre mim e a eternidade, e qual seria a probabilidade de eu chegar até lá, se seguisse em direção ao horizonte e jamais mudasse de rumo?

Dá para ouvir a proa do barcão bem atrás de nós e eu me concentro ainda mais num universo onde não há nada além de águas azuis e profundas.

A melhor amiga que você nunca teve

— Você o assustou — declara Leo. — Está virando de bordo. O barcão se afasta de nós, volta-se para o porto, no momento em que a gigantesca sombra da ponte cruza a nossa proa. Leo fica de pé de um salto e me dá um abraço digno da America's Cup. Acima de nós, o imenso vão laranja estremece, mesmo que levemente, ao vento.

Velejamos até a borda dos promontórios onde as ondas se tornam grandes o bastante para nos deixar um pouco enjoados e Leo finalmente tira a cana do leme de minhas mãos e muda o rumo do barco. Aqui está ensolarado como nas Bermudas e eu ainda estou tão deliciada com a corrida de barco que consigo me fazer acreditar que não há nada nesta vida a temer. É como certas vezes, quando a gente vai ver um filme e se perde de tal forma na história que, quando sai do cinema, não consegue lembrar de coisa alguma sobre a própria vida.

Talvez se esqueça, por exemplo, de que mora numa cidade onde as pessoas têm tantas opções que jogam palavras fora; ou então têm tão poucas que sangram dentro de seu carro por cem dólares. Talvez você se esqueça de 11, ou quem sabe de 12, dos 16 carros completamente destruídos, um após o outro. Talvez se esqueça de que jamais imaginou estar sozinha aos trinta e um anos ou que um louco talvez esteja à sua espera com uma arma quando você chegar em casa esta noite ou que todas as pessoas que você conhece — sem exceção — estão completamente apaixonadas por gente que não as ama.

— Estou com medo — digo para Leo e desta vez seus olhos vêm encontrar os meus. A neblina está bem no meio da baía como se estivesse suspensa sobre um panelão de sopa e estamos prestes a penetrá-la.

Valsando com a gata

— Não posso ajudar — declara Leo, apertando os olhos diante da névoa que invade o ar.

Quando eu tinha dois anos, meu pai me levou até a praia, em Nova Jersey, me carregou mar adentro até as ondas quebrarem em seu peito e me atirou na água como se faz com um cachorro para ver, suponho, se eu afundaria ou boiaria.

Minha mãe, que vinha lá de cima das Montanhas Rochosas, onde qualquer água era fria demais para nadar e que fora ensinada desde pequena a jamais molhar o rosto (só tomava banhos de banheira, nunca de chuveiro), estava tão histérica, que guarda-vidas de dois postos diferentes vieram ao meu auxílio.

Sem necessidade, no entanto. Quando chegaram ao lado de meu pai, eu já havia passado no teste de flutuação, havia nadado com toda a força e rapidez que meus membros destreinados permitiram e meu pai já me tinha sobre os ombros, sorrindo, todo orgulhoso e levemente surpreso.

Faço Leo voltar pelo Palácio de Belas-Artes, embora o caminho da Richmond Bridge seja mais rápido. A neblina também já o invadiu e as últimas noivas estão preocupadas com o penteado, enquanto os noivos as ajudam a entrar em enormes carros escuros que os levarão rápida e agilmente para a suíte nupcial do hotel Four Seasons ou para o aeroporto para pegarem aviões para Tóquio ou para o Rio.

Leo fica no carro enquanto caminho de volta ao lago. A calçada está coberta de pétalas de rosas e daquele arroz de mentirinha que dissolve na chuva. Até mesmo os cisnes saíram em pares e estão nadando daquela maneira que nadam, as

A melhor amiga que você nunca teve

penas das asas internas mal se tocando, os longos pescoços levemente curvados em direção ao outro, as pontas dos bicos quase formando um M.

Fotografo os cisnes e as pétalas de rosas, sangrando sobre a calçada. Caminho até o mais alto dos arcos e faço uma reverência para o meu noivo imaginário. Ele pega a minha mão e nos viramos para o pastor que nos cumprimenta com outra reverência e nós, mais uma vez, nos curvamos.

— Estou com medo — repito, mas desta vez a voz sai mais forte, quase como se eu cantasse, como se fosse o primeiro passo — de cinqüenta e cinco ou mil — em direção a uma vida de verdade; o primeiríssimo passo em direção a algo que haverá de durar.

Cataract

EU DEVIA TER SABIDO que a viagem estava condenada desde o início:

Quando Josh esqueceu o fogão Coleman *e* a garrafa térmica de 19 litros cheinha de água, mas só se lembrou de me contar a respeito do fogão no telefone da parada de caminhões; quando o avião de Henry chegou a Salt Lake City com quatro horas de atraso, vindo de Chicago; quando ele e Thea começaram a brigar no banco da frente do Wagoneer, atormentando-se mutuamente como adolescentes, até mesmo antes de pegarmos a Rodovia I-75 rumo ao sul.

Coloquei uma fita de Leonard Cohen, que Thea trocou por alguma coisa meio grunge e indecifrável, que Henry trocou por *Living and Dying in 3/4 Time*, de Jimmy Buffet.

Então, Thea declarou:

— Henry não fica satisfeito a não ser que esteja ouvindo um tipo de música que consegue explorar três culturas diferentes ao mesmo tempo.

Valsando com a gata

Havia três anos que Josh entrara em minha vida querendo aprender a correr rios; dois anos desde que o ensinei a remar; seis meses desde que decidiu que sabia mais sobre rios do que eu; duas semanas desde que paramos de nos falar, desde que ele começou a se esquecer de equipamentos indispensáveis.

Ao chegarmos a Hite's Crossing, prontos para deixar a picape no estacionamento, não conseguimos encontrar o piloto que deveria nos levar de volta rio acima.

O pequeno Beechcraft 270 estava parado na pista de pouso, as asas dobrando-se, lutando contra as amarras de arame, e eu sabia que isso significava que estávamos pagando por tempo no solo, enquanto todos caminhávamos por angras e calhetas tentando encontrar o piloto, as mãos protegendo os olhos, por cima dos óculos escuros, tentando afugentar a luz ofuscante e o vento quente e as ondas daquele calor vespertino atordoante.

Quando finalmente o achamos, o vento soprava mais acima e ele disse que estava agitado demais para voar e se nos importaríamos em mantê-lo informado enquanto dava um pulinho nos trailers, onde tinha uma namorada; não demoraria muito — e então piscou para Henry — para ir até lá e ver o que ela estava fazendo.

Thea e eu ficamos sentadas na pista curta, sob a sombra da asa esquerda do avião, e olhávamos a superfície do lago Powell, quase azul-turquesa sob o sol de fim de manhã, e os topos das mesas, coloridos de branco e ferrugem, recuando para sempre para além daquele ponto.

Cataract

— Nem um pássaro, nem uma única árvore e nem mesmo uma folhinha de grama — declarou Thea. — Em qual dos níveis do inferno estamos, precisamente?

Olhei para aquela marca escamosa que circulava as paredes do cânion — tal qual uma mancha de água ao redor de uma banheira — dez metros acima da superfície atual do reservatório, para a geléia de troncos e de lodo que flutuava no espaço morto onde aquilo que foi o rio Colorado um dia rugiu.

— Não sei de quem foi essa idéia brilhante — comentei.

— Terra de mil e uma utilidades.

O vento gemia pela superfície da água, formando cem mil fileiras de diamantes que vinham se aproximando de nós, rapidamente.

— Existe mesmo um rio lá em cima? — indagou Thea, apontando com o queixo para o norte, para o outro lado do congestionamento de toras. Eram 160 quilômetros dali até o local onde Russell e Josh e os barcos já estavam há horas, para o local onde o avião nos levaria se o vento parasse de soprar com tanta força, algum dia.

— São 48 quilômetros rio acima — respondi. — É a corredeira mais selvagem dos Estados Unidos. Às vezes, o vento pode passar o dia inteiro uivando cânion acima e uma vez que você passar pela corredeira, uma vez que atingir o nível do lago, pode remar com a fúria que quiser que não vai conseguir ir a lugar algum por estar remando contra a corrente, mesmo com um vento que tenha metade da força deste que está soprando.

— Lucy — disse ela —, a gente está sempre indo contra a correnteza.

— Eu sei, mas nunca é tão difícil como aqui.

Valsando com a gata

Olhei para a costa, por onde o piloto havia desaparecido e tentei não pensar no nível do rio: de 18 mil metros cúbicos por segundo para cima. Qualquer um que já desceu Cataract Canyon sabia que quando o nível da água chegava a 18 mil a coisa já ficava difícil de negociar e isso, a não ser, é claro, no caso de alguma enchente fora-de-série.

A essa altura, eu já descia rios há muitos anos, mas não impressionava ninguém com meu grau de autoconfiança; jamais adquiri a graça natural de um atleta.

Tudo remontava a meu pai, creio eu, assim como a grande maioria das coisas, a quanto ele queria que fosse Chris Evert — compreenda bem: não que eu fosse como Chris Evert, mas que fosse ela. E ser ela sempre significava a exclusão de mim mesma.

Eu até que era decente na quadra de tênis — aos sete, aos doze, aos quatorze anos —, mas jamais consegui deslizar os pés rápido o bastante por aquela superfície de barro duro para ser campeã.

Sou forte para uma garota e teimosa o bastante para nunca desistir sem uma boa briga. Afeiçoei-me ao rio por acreditar que ele conversava comigo.

Eu acreditava que conseguia ler o rio, que compreendia a sua língua, que podia deixar que ele me dissesse, até mesmo quando eu já estava no meio da corredeira, exatamente aonde queria que eu fosse.

Thea indagou:

— Aliás, como vão as coisas entre você e Josh?

— Estagnadas — respondi. — Essa é a palavra que me vem à mente.

Cataract

— Quem convidou Josh para dormir foi você — disse Henry, chegando por trás e nos assustando. — Ele aceitou.

— Taí uma coisa fácil de fazer, dormir — contrapus. — Ainda mais quando você já vive mesmo de olhos fechados.

— Você está ficando mais esperta — comentou Henry —, de pouquinho em pouquinho.

— Isso é realmente uma bênção — meteu-se Thea. — Ainda mais vindo de você. — Ela se virou outra vez para mim. — E por falar nisso, eu terminei com Charlie.

— Charlie — repeti. — Eu cheguei a saber alguma coisa a respeito de Charlie?

— Ele estava apaixonado por mim. Eu estava apaixonada pelo Universo.

— Não dá para escolher muito — interveio Henry —, quando se está decidida a sair por aí dando para todo mundo.

— E quando é que você vai trazer um desses caras para descer o rio com a gente?

— Com a gente? — repetiu ela. — Com vocês? Mas nem daqui a cem bilhões de anos.

Henry e Thea haviam entrado em minha vida no mesmo ano e ambos por causa da fotografia. Thea foi minha aluna num seminário de um semestre que lecionei em Denver, e Henry comprou uma foto minha numa galeria de Chicago e gostou tanto que me caçou até achar. Desgostaram-se instantaneamente numa festa que dei no verão anterior para comemorar o solstício de verão. Naquele tempo, eu descia de quatro a cinco rios por ano e Thea raramente perdia uma descida. Cataract seria a primeira corredeira de Henry.

Valsando com a gata

Eu já havia descido Cataract Canyon três vezes, mas sempre nos anos de seca, me chocando contra as Big Drops numa câmera lenta proporcionada por mil e oitocentos, três mil e trezentos ou quatro mil e quinhentos metros cúbicos por segundo. Naquela época, o Serviço de Parques ficava esperando a grande nevasca que desceria das montanhas em forma de água para encher o reservatório até o topo, mais uma vez.

Agora o rio havia voltado com vontade, enchendo o lago e ameaçando, diariamente, queimar as preguiçosas turbinas da represa. Os desaguadouros vinham carregando água demais e o arenito estava gasto em ambos os lados da represa. Quarenta e oito quilômetros rio acima, cinco pessoas jaziam mortas no fundo de Satan's Gut e a temporada mal havia completado três semanas.

— Conte-me sobre as pessoas que morreram — pediu Thea e eu pisquei, os olhos secos como se as órbitas estivessem expostas diretamente ao vento. Ela lia a minha mente daquela forma pelo menos duas vezes por dia. Aquilo ainda me desconcertava.

— Bem, dois foram aquele pai e filho que desceram o Green numa lancha, chegaram à confluência e viraram para o lado errado.

Thea fez que sim com a cabeça e eu me dei conta de que ela havia estudado os mapas antes de vir.

Não tinha muita experiência, mas queria muito ter e era a melhor aluna de rios que eu jamais havia treinado. Quando estávamos no barco, era só eu pensar em alguma coisa da qual precisava — uma corda, uma pá de remo sobressalente ou até

Cataract

mesmo um gole d'água — e abrir a boca para pedir que ela já estava colocando o que quer que fosse em minhas mãos.

— E o outro foi aquele doido que tentava nadar a série inteirinha na maré alta, todos os anos.

— Todas as vinte e seis corredeiras? — quis saber Thea.

— Nos anos de seca, a água fica mais quente — esclareço —, e a gente leva uma eternidade para chegar de uma queda à outra. Dizem que ele usava três coletes salva-vidas, um por cima do outro. Eu sei que parece impossível, mas houve testemunhas, durante cinco anos seguidos.

— Mas não este ano — disse Henry.

— Não, morreu antes mesmo de chegar às Big Drops.

— E os outros dois? — perguntou Henry.

— Os outros dois eram barqueiros experientes, a fim de se divertir um pouco — respondi.

— Como nós — observou Thea.

— Isso — concordei. — Iguaizinhos a nós.

O vento parou de soprar às sete em ponto como se fosse um despertador, e o piloto sobrevoou as paredes do cânion, nosso trajeto de vôo serpenteando como uma cobra a não mais que 600 metros acima da superfície da água.

A leste, podíamos ver os blocos revirados de Devil's Kitchen, a corcunda branca de Elephant Hill, as agulhas vermelhas e amarelas do Neddles District, iluminadas como imensos buquês de rosas pelo sol poente.

A oeste encontravam-se Ernie's Country, as Fins e a Maze, paredes multicoloridas de cânions espelhando-se repetida-

Valsando com a gata

mente como se Deus tivesse enlouquecido, brincando de massinha.

Quarenta e oito quilômetros mais adiante, o longo dedo de lago se transformava outra vez num rio em movimento, as paredes do cânion ficavam ainda mais espremidas; dali a outras duas curvas dava para ver as quedas d'água conhecidas como Big Drops.

As corredeiras de Cataract Canyon não foram batizadas com nomes e sim com números, de 1 a 26, uma decisão que, para mim, transmite o seguinte: *exclusivamente para praticantes experientes*. As corredeiras chegam após três dias inteiros de flutuação em meio ao calor e ao silêncio, sem um único redemoinho, cascata ou piscina.

As de números 20, 21 e 22 são muito maiores e piores do que o resto e merecem ser batizadas uma segunda vez com nomes: Big Drop 1, Big Drop 2, Big Drop 3. Big Drop 2 é famosa por ser a terceira maior cachoeira navegável dos Estados Unidos. Big Drop 3 é famosa pela onda que se forma bem ao centro: uma inevitável espiral de seis metros chamada Satan's Gut — tripas de satã.

Até mesmo lá de cima, eu podia ouvir as corredeiras rugirem e meu estômago dava saltos mortais, enquanto o piloto mergulhava primeiro uma asa e, depois, a outra para que Henry e Thea pudessem ver.

Deu para ver a rocha na Big Drop 2, perigosamente próxima à única passagem segura e maior do que uma locomotiva; deu para ver o estrago que ela fazia no rio, por todos os lados.

Abaixo dela, na 3, as "tripas" avançavam e recuavam, cheias ao máximo, despencando por cima delas próprias.

Cataract

Pequenos bocados de metal quebrado e de equipamento de canoagem lustrosamente pintado piscaram para nós dos jardins de pedras que enfeitavam as duas margens.

As pessoas costumavam dizer que eu era boa em descer rios e passei a acreditar que gostavam de mim por esse motivo. Jamais perdi muito tempo pensando no que aconteceria se eu parasse. Eu simplesmente ia conquistando rio após rio, assim como ia conquistando cada coisa que a vida me apresentava: não se tratava de *se*, e sim de *como*.

As 19 corredeiras acima das Big Drops navegavam abaixo de nós como um filme de antigamente passado de trás para a frente e, antes que eu me desse conta, sobrevoávamos Spanish Bottom.

O piloto rodeou a confluência, o local onde as águas do Green e do Colorado se encontram. As águas não se misturam imediatamente, mas fluem, lado a lado, por mais de um quilômetro e meio antes de se mesclarem, o esverdeado Colorado e o Green, um pouco mais amarronzado, finalmente tornando-se indistintos na curva que leva à corredeira número 1.

O piloto mergulhou a asa mais uma vez antes de se dirigir à pista de pouso e apontou em direção às bordas desunidas, castanhas e verdes, de uma formação chamada Upheaval Dome.

— Costumavam achar que a cúpula era feita de sal — disse ele —, espremido para fora pela terra, há centenas de milhares de anos. Assim, foi crescendo e crescendo como uma coluna até o tempo se encarregar de fazê-la ruir, antes de as intempéries a transformarem na cratera que hoje se vê. Atualmente, acreditam que não é o local de uma elevação, e, sim, de uma

Valsando com a gata

colisão; o local onde um meteorito de 500 metros de diâmetro chocou-se contra um dos lados da terra.

Convenci o piloto a nos levar de carro até o mercado municipal para comprarmos um fogão novo, e depois ainda o convenci a nos levar 29 quilômetros até o local onde começaríamos a nossa aventura, longe da cidade, descendo o rio outra vez, perto da quase desativada mina Potash.

Quando chegamos, já eram quase nove da noite e a escuridão era quase completa, com uma lua cheia surgindo bem em cima do cânion. A fúria dos mosquitos era tal, que fiquei preocupada com os sacos de compras cheios de comida.

Josh e Russell haviam colocado os barcos dentro d'água e tentavam espantar os mosquitos bebendo cerveja e fumando charutos. Russell era fotógrafo de esportes em San Diego e havíamos participado de diversas conferências juntos até o dia em que conheceu Josh e nossa amizade deixou de existir, instantaneamente.

— Até que enfim — foi a primeira frase dita por Josh e, ao me ver colocar o fogão novo no meu barco, completou: — Ah é, esqueci a garrafa térmica com água também.

Estudamo-nos sob o luar por um minuto.

— Não é nenhum grande desastre — declarou. — Podemos nos virar sem ela perfeitamente bem.

E, tecnicamente falando, ele tinha razão. Mas era 15 de julho, bem no meio do mês mais quente que alguém pode passar naquele rio e tínhamos quatro dias inteirinhos para ficar completamente desidratados debaixo do sol de verão de Utah,

Cataract

no fundo de um cânion que desconhecia o significado da palavra sombra.

A água potável chegaria aos trinta e dois graus, rapidamente, adquirindo o sabor das entranhas ardentes de um jarro plástico amolecido. Uma garrafa térmica conservaria o gelo durante o primeiro dia, talvez até mesmo durante o segundo. Daria para roubarmos metade de uma barra de gelo do isopor de comida depois disso.

Os mosquitos não iam deixar ninguém dormir, isso estava claro, e eu estava furiosa demais com Josh para me deitar ao seu lado, então comecei a caminhar na direção do City Market que, eu sabia, ficava aberto 24 horas por dia.

— Onde você pensa que vai? — gritou Josh às minhas costas, e eu não me virei, muito embora tivesse partido sem um cantil e já começasse a sentir a garganta fechar, mesmo durante os primeiros 800 metros, mesmo na escuridão da noite.

O triângulo de verão pendia, luminoso, no céu acima de minha cabeça e as tamargas, ainda cobertas de flores primaveris, arranhavam as paredes do cânion, embaladas por um vento que subitamente voltara a soprar. Duas minúsculas pedrinhas margearam parede abaixo indo parar na estrada, bem à minha frente, e eu forcei os olhos na penumbra à procura do que quer que fosse, carneiros selvagens ou um coiote, que as pudesse ter deslocado.

Minha garganta estava ainda mais seca e eu já estava pronta para desistir e dar meia-volta quando vi faróis atrás de mim, aproximando-se lentamente, ainda muito distantes.

Pensei brevemente na parte do mundo na qual eu me encontrava, um local tão distante da cidade que a curva de

Valsando com a gata

perigo havia raspado a base do gráfico e começado a ascender outra vez; um local onde estuprar uma mulher e cortá-la em pedacinhos poderia ser encarado como violência ou religião, dependendo de seu ponto de vista.

Então pensei no quão zangada estava com Josh, no quão seca estava a minha garganta, no quão mais seca ficaria em cinco dias sem uma garrafa térmica com água; sorri e estiquei o polegar, pedindo carona.

Ele trabalhava no turno da noite e acabava de largar do expediente na mina de Potash. Era cristão recém-convertido, havia jurado nunca mais tocar em álcool e em cocaína. Era um grande fã de Red Skelton e ia começar um trabalho de meio-expediente como figurante num filme que estava sendo rodado em Lavender Canyon. Faria o papel de um caubói, e o mais engraçado era que nunca havia chegado perto de um cavalo.

Quanto mais falava, mais devagar dirigia. Mas toda vez que começava a falar no quanto sentia-se sozinho, no quanto precisava de companhia feminina, eu simplesmente endireitava a coluna e me sentava como um dos rapazes e dizia que sabia que, se ele ficasse sóbrio, logo, logo algo de muito bom cruzaria o seu caminho.

Quando parou o carro na frente do supermercado, saí porta afora e comecei a correr antes que ele conseguisse tirar a mão da marcha e não parei até sentir o ar se deslocar atrás de mim, com o fechar das portas automáticas.

Comprei a garrafa térmica, enchi-a de cubos de gelo e dei início à longa caminhada de volta a Potash. A cidade estava deserta, a não ser pelos caminhões que faziam fila na pista de

Cataract

rolamento, suas luzinhas decorativas brilhando, os rádios murmurando baixinho na escuridão.

— Aonde acha que essa menininha está indo com um jarrão de água desse tamanho a uma hora destas? — crepitou uma voz rouquenha, bem alto, na faixa do cidadão.

Encolhi os ombros e não ergui a vista. Vinte e nove quilômetros eram um bocado de chão, mas eu tinha água, agora, e até despontarem os primeiros raios de sol, eu já teria percorrido mais de metade da distância e haveria carros mais amigáveis na estrada: ciclistas com suas *mountain bikes*, alpinistas e tudo adquiriria um aspecto diferente daquele lúgubre horário de duas da manhã.

Atravessei o portal, um imenso portão de arenito que avisa que o rio Colorado em breve mergulhará outra vez. Acima de mim estava a Terra que Fica por Trás das Pedras, uma selvageria de outeiros, quedas-d'água e cumes, um playground para leões da montanha e coiotes, para lagartos, tarântulas e cobras.

Pensei em escalar aqueles 600 metros de rocha quebrada e me embrenhar por lá. Em levar a garrafa térmica e me perder por ali enquanto conseguisse fazer a água durar. Em ficar ali até o nível da água voltar aos 15 mil metros cúbicos. Até Josh, Russell e Henry terem boiado até o coração do cânion. Então Thea e eu correríamos o rio, falando pouco, jamais gritando, o barco se deslocando pelas corredeiras como se tivesse asas.

Russell ficou um bocado impressionado por eu ter aparecido com a água antes mesmo de ele sair de dentro do saco de dormir, e Henry ficou impressionado de um modo geral. Sendo ele da cidade grande, até mesmo no local designado para o

Valsando com a gata

início de uma descida de rio, sentia-se a milhões de quilômetros de qualquer lugar. Thea apenas sorriu, como se fazer um bate-e-volta de 58 quilômetros no meio da noite, sem veículo algum, fosse a coisa mais lógica do mundo.

— Acho que essa garota tem uma admiração reverente por você — disse Henry.

— Acho que o caso é bem pior do que isso.

Começamos cedo, antes mesmo de o sol se arrastar por cima da parede do cânion, com Russell e Henry no Riken de 16 pés de Josh e Thea, e eu no meu Achilles, com um pé a menos do que o barco de Josh e tubos — câmaras de ar — com metade do diâmetro.

— Droga, que calor já está fazendo — reclamou Henry.

Enganchamos um barco no outro com um mosquetão e os deixamos flutuar rio abaixo até o Dead Horse Point. Trocamos umas poucas palavras, enquanto o sol subia cada vez mais alto no céu, as paredes do cânion untuosas com o verniz do deserto, o calor opressor, sem uma única brisa como alento, dando a sensação de estar quente demais até mesmo para conseguirmos levar o jarro de água aos lábios.

Então ficou ainda mais quente e nos estiramos por cima dos tubos como leões-marinhos, mãos e pés balançando dentro d'água. Poderíamos todos ter dormido daquela forma até o cair da noite, até três dias mais tarde quando chegássemos às corredeiras, até a chuva de fim de verão cair para, finalmente, esfriar nossos corpos.

— Bem, o que eu acho — disse Henry, rompendo pelo menos uma hora de silêncio —, é que as coisas não vão se acertar neste mundo até as mulheres se disporem a abrir mão de alguns de seus direitos e privilégios.

Henry era assim, sempre havia sido, quando o silêncio se tornava intenso demais.

— Repita o que disse... — pediu Thea, e eles começaram a discutir: direitos de guarda e tecido fetal, licença-maternidade e apresentadoras de programas esportivos adentrando os vestiários masculinos, quotas para empregos e descontos no imposto de renda.

Peguei os remos, um instante, e afastei os barcos da margem com um cutucão até retornarem ao centro do rio.

— Certo — provocou Henry —, se somos todos tão iguais, explique uma coisa. Por que é que todo mundo é tão compreensivo com garotas heterossexuais que se apaixonam umas pelas outras? — Ele olhou de Josh para Russell e, a seguir, de volta para Thea. — Por que não rola nada parecido entre homens heterossexuais?

Assisti ao sobressalto de Russell e de Josh, observei-os afastarem o corpo, muito discretamente, do de Henry, como se dançassem.

— Quem sabe nas suas fantasias, Henry — disse Thea, quase berrando.

— LAFS — exclamei, forçando a memória, mais alto do que era a minha intenção, e todas as quatro cabeças viraram-se em minha direção. — Lésbicas Até a Formatura. Na faculdade nós as chamávamos de LAFS.

— Não que seja inaceitável — disse Russell, a voz ficando mais alta. — Mas é que os homens simplesmente não se sentem atraídos a esse ponto por outros homens.

Valsando com a gata

— Espero que isso não seja verdade — comentou Thea —, pelo bem de todos vocês.

— Mas é verdade — insistiu Henry. — As mulheres são treinadas para apreciar os corpos umas das outras. Já os homens, não. Josh, por exemplo, jamais diria a Russell que ele tem uma bunda bonita.

— Mesmo se tivesse — interrompi, piscando para Russell. Minha mente corria três dias à frente, direto para as corredeiras e para o quanto as nossas vidas talvez dependessem de resolvermos nossas pendengas sociológicas caso nos víssemos todos dentro d'água, precisando cooperar para sobreviver.

— Simplesmente não é algo que me interesse — continuou Russell. — E não venha me dizer que estou em "modo negação".

— Quando uma mulher conhece alguém — começou Thea —, ela decide se sente ou não atração por aquela pessoa antes de notar se trata-se de um homem ou de uma mulher.

— Antes de? — indagou Henry.

— Independentemente de, se você preferir — esclareceu Thea. — Embora eu realmente queira dizer antes de.

— Deixe-me ser mais claro — disse Russell. — Eu nunca fiquei de pau duro por causa de um homem. Acho que esse é o x da questão, não é mesmo?

— Que sorte a sua — exclamou Thea. — Que o x da questão seja tão inquestionável assim para você.

Thea desenganchou o mosquetão que mantinha os dois botes juntos e deu um empurrão no barco dos rapazes. Flutuamos até o outro lado do rio e começamos a conversa de

Cataract

mulherzinha que eu mais gosto de ter dentro de um barco, listando, em ordem, os nomes de todos os homens com quem fizemos amor na vida.

Meu total sempre dava algo entre 23 e 27, dependendo do quão boa andava a minha memória no dia ou no que havíamos concordado em contar. Thea só havia dormido com metade, mas era cinco anos mais nova do que eu e, por causa do padrasto, tinha uma raiva infinitamente maior do sexo masculino.

Naquela noite, acampamos numa nesga de arenito navajo que tinha o formato de uma barbatana. Ouvimos o trovão ribombar e assistimos aos relâmpagos longínquos lampejarem um aviso num céu cada vez mais escuro. Fiz Josh e Russell resfriarem suas cervejas dentro do rio, o que só serviu para deixar Josh ainda mais enfurecido, embora ele próprio tenha me dito que o alumínio consome o gelo de um isopor mais rápido do que qualquer outra coisa.

Depois do jantar, ficamos sem assunto, e Thea nos colocou para cantar canções com as quais todos concordariam: *Pancho and Lefty*, antigas de Janis Joplin, *Moon River*, *You Don't Know Me* e *Light as a Breeze*.

— E então, Thea — começou Henry antes de completarmos cinco minutos de flutuação na manhã seguinte —, quem é melhor em descer rios, Lucy ou Josh?

— Por favor, dava para mudarmos de assunto? — pedi.

— Josh tem muita força — respondeu Thea. — Lucy tem muita paciência.

— Paciência? — interpôs Russell. — Para quê, por exemplo?

Valsando com a gata

No tempo em que eu dizia que Josh e eu formávamos o casal perfeito, eu costumava dizer que era porque o descuido dele moderava a minha exatidão; eu tinha medos demais, ele não tinha nenhum.

Josh era forte o suficiente para conseguir sair dos apertos nos quais o rio o atirava e corajoso o bastante para escolher as corredeiras mais arriscadas. Não tinha o menor medo do rio, algo que só eu via como um problema. Tudo o que ele sabia sobre ler as verdades da água caberia na pá de um remo. Ainda era eu que nos guiava para dentro das principais corredeiras, mas eu sabia que esse tempo estava com os dias contados e que, talvez, já tivesse até mesmo passado.

— Lucy espera o rio — disse Thea. — Espera que ele a ajude. É como se o seu objetivo, uma vez que já se encontra na corredeira, fosse não ter de usar os remos.

— Que lindo, Thea — agradeci.

— Eu já a vi usar o remo algumas vezes — comentou Josh.

— Certo — disse eu. — Será que dava para a gente mudar de assunto?

— Eu não sei por que ela haveria de não usá-los — interveio Russell, chutando o remo de Josh. — Eles não pesam um terço destes daqui. Você já pegou os remos de Lucy, Henry? Parecem palitos, plumas, se comparados a estes.

— Mas de um modo geral, Thea — provocou Henry —, você tem de admitir que os homens são mais bem equipados para correr rios do que a média das mulheres.

— Bem — começou Thea —, só naquelas descidas especiais nas quais a única coisa que lhes permitem usar é o pau.

Cataract

— Todos estão bebendo água o suficiente? — perguntei. — Todo mundo já fez xixi pelo menos uma vez, hoje? — Sim, Sua Majestade — respondeu Josh. — Oh, Grande Protetora da Barra de Gelo.

Mandei Thea e Russell escalarem e atravessarem uma imensa nesga de arenito que o rio levava quase dez quilômetros para rodear, dobrando por cima dele próprio e espiralando para cima, como o vôo de um corvo, a menos de cem metros de onde eu os deixei. Então fiz Henry remar o meu barco pelos quase dez quilômetros.

A única vantagem do calor que estava fazendo era o fato de que, com temperaturas tão inclementes e sem uma gota de chuva, a evaporação e o uso começariam a superar o escoamento das águas; não muito tempo depois disso, o nível do rio começaria a descer.

À tarde, o trovão ribombou mais uma vez em um canto distante do céu e quando entramos no Meander Canyon algumas nuvens velejavam no vento que açoitava alguma parte do cânion, lá em cima, e um arco-íris se estendia por cima de nós, de uma margem a outra.

No terceiro dia, chegamos à confluência. Russell mergulhou no local onde os rios correm lado a lado e tentou misturar as duas listras de água colorida com as mãos. Paramos na imensa placa de perigo cor de salmão para tirar fotos e me perguntei como os homens da lancha conseguiram não enxergá-la; me perguntei como qualquer barqueiro podia se enganar quanto a estar subindo ou descendo um rio.

Valsando com a gata

Naquela noite, acampamos em Spanish Bottom, três quilômetros acima do início das corredeiras, sabendo que ouviríamos o seu rugido a noite inteira. Thea, Russell e eu subimos pela borda do cânion até Doll's House, com suas agulhas listradas parecendo um convite para um passeio selvagem por Cataract. Brincamos na base das torres, tiramos fotos uns dos outros e rimos muito, e eu pensei no quão diferente essa viagem poderia ser sem a presença de Henry, que causa problemas aonde quer que vá, e sem Josh, que tinha a capacidade de penetrar tão profundamente dentro dele próprio, que o som de sua risada fazia todo mundo sentir-se oco e temeroso.

Ao norte, Junction Butte erguia-se no horizonte como um tribunal e por trás dele surgia o imenso topo plano da mesa chamada Island in the Sky. Russell foi explorar as redondezas sozinho e deixou Thea e eu sentadas numa imensa laje de pedra laranja.

— Se Doll's House fosse a minha casa de bonecas, eu nunca teria querido jogar bola com os rapazes — disse eu.

— Lucy, você já fez amor com uma mulher? — perguntou Thea.

— Eu já fui apaixonada por uma mulher. Por mais de uma.

— Não foi isso que eu perguntei. Não é a mesma coisa.

— Não, não é. E não, nunca fiz.

— E a resposta para a pergunta seguinte é *não*. E *não*, e *não* e mais uma vez, *não*.

Cataract

Durante o jantar, observamos um temporal descer pelo cânion, enegrecendo as nuvens por trás dos topos das mesas e levantando a areia à nossa volta, formando demônios da Tasmânia. O sol se livrou das nuvens já bem baixo, pouco antes de se pôr, e acendeu as rochas com uma luz alaranjada que contrastava com o preto.

Então ouvimos o estrondo acima de nossas cabeças, um som que eu imediatamente associei a um terremoto numa cidade, com viadutos desmoronando, um por cima do outro, prédios vergando e desabando internamente.

Saltamos das cadeiras dobráveis, corremos até o topo de uma duna e olhamos para trás, em direção a Doll's House.

— Ali — disse Thea, apontando. Seguimos seu dedo até um aluvião imenso que mergulhava dentro de Spanish Bottom, bem ao norte de Doll's House. Uma fita grossa de algo que se parecia com chocolate derretido, acabava de coroar a beirada e vinha ribombando pela face vertical do depósito. Levou uns dez segundos até aquilo chegar ao fundo, onde se abriu num imenso leque, cobrindo metade do fundo de Spanish Bottom.

À medida que ia se aproximando, dava para vermos a carga que vinha arrastando: troncos de árvores, peças de carros, algo que se assemelhava à carcaça dissecada de um carneiro.

— Você acha que as barracas vão ficar bem? — perguntei a Josh.

— Acho, sim — respondeu. — O solo é um pouco mais alto aqui e, de qualquer forma, esse troço não vai durar.

Como se em reposta à sua voz, o leque se fechou, reduzindo-se a um terço do tamanho original instantaneamente e o

trovejar que vinha descendo pela face do aluvião transformou-se num rugido abafado.
Um ruído surdo começou a soar ao fundo do cânion. Então ouvimos outro mais adiante, e outro ainda.
— Acho que não precisamos mais nos preocupar com a possibilidade de o nível do rio cair abaixo dos dezoito mil — declarou Josh.

No dia seguinte, todos chegamos às corredeiras com sorrisos nos lábios.

Thea e eu prendemos tudo com duas voltas de corda, puxamos as correias, fechamos as jaquetas salva-vidas uma da outra e as afivelamos com força. A água estava grossa após a tempestade da noite anterior, turva devido à agitação, ainda da cor de chocolate quente.

Eu nos conduzi através dos galhos de árvores e pneus que a chuvarada havia trazido, perguntando-me se aqueles escombros nos causariam algum problema, mas esqueci minha preocupação imediatamente ao sentir o puxão da água no rápido número 1.

Passamos pelas primeiras e muitas corredeiras rapidamente, eu nos remos e Thea procurando buracos e tirando água de dentro do barco, conforme necessário. Tomamos algumas boas pancadas na 9 e enchemos o barco na parte de cima da 15; na 19 foi preciso eu rodopiar o barco de costas para conseguir nos equilibrar.

Tinha a sensação de que o rio estava sobrecarregando a minha musculatura, a sensação de que ele talvez estivesse me dizendo algo para o qual eu devia prestar atenção, mas ao

Cataract

pararmos para observar Big Drop 1, ainda sorríamos e, graças ao sol, estávamos quase secas.

Com 18 mil metros cúbicos de água por segundo, Big Drop 1 é imensa, mas não tecnicamente difícil, e Thea e eu a descemos com uma sutileza assustadora, a água martelando ao nosso redor, minhas mãos segurando os remos com força. Thea estava preparada para tirar água do barco a qualquer instante, mas estávamos tão bem alinhadas, fomos tão precisas com relação ao timing e o rio, tão generoso conosco, que a água foi pouca para justificar o esforço.

Chegamos para o lado e assistimos enquanto Josh descia seu barcão pelo rápido. A seguir descemos a pé o rio para observar Big Drop 2 e 3. Não havia como parar entre uma e outra. Se o barco virasse na 2, era preciso nadar Satan's Gut e sacrificar-se a ela como um camicase.

Olhei com atenção para a destruição de barcos espalhada pelas bordas do cânion: remos quebrados, garrafas de água rachadas e mesmo balsas tão danificadas que seria impossível salvá-las, tubulões partidos e abertos sobre as rochas dentadas, molduras retorcidas muito além da possibilidade de conserto.

Eu sabia que o rio estava pedindo que eu não o corresse. *Não nesse barquinho*, dizia, *não vocês duas sozinhas, e não durante o nível de água mais alto da década*, não quando ele rugia ao passar por mim, martelando em meus ouvidos, dizendo *não*.

Vi o maxilar de Josh se contrair muito sutilmente enquanto olhava, fixamente, para a corredeira e eu sabia que não precisaríamos transportar seu barco e suprimentos por terra. Ele ia descê-lo. E se não morresse passando seu barcão por ali, adoraria ter uma segunda oportunidade de descê-lo com o meu.

Valsando com a gata

— Eu não quero corrê-lo — declarei, pela primeiríssima vez em toda a minha carreira de canoagem. — É grande demais para mim.

Henry e Russell baixaram a vista como se eu tivesse acabado de despir a blusa.

— Ah, mas é moleza — disse Josh. — Não há o menor problema. Por que você não me segue desta vez, se está nervosa? Assim não precisa se preocupar com a sua localização.

Olhei para a rocha imensa que havia visto do avião, que tinha as dimensões de um prédio de sete andares, e para a torrente de água que passava por cima dela.

— Não sei, não — opinou Henry. — Mas não me parece nada de muito sério.

— Então, você leva o meu barco, Henry — disse eu e ele bateu no meu bumbum com o colete salva-vidas e olhou para Josh, que deu de ombros.

— Não é moleza — argumentou Thea. — É uma corredeira filha da puta, mas eu acredito que você consiga.

— Está certo — concordei, apertando bem as tiras de seu colete. — Então vamos logo.

Concordamos que tentaríamos entrar no rápido para a direita de uma rocha de tamanho médio que se mostrava no meio do rio para então apontarmos nossos narizes para a direita enquanto puxávamos para a esquerda, para longe da rocha de sete andares, que deixaríamos para a direita ao entrarmos no coração do rápido. Uma vez passadas as maiores ondas, teríamos de remar como loucos para chegar bem para a direita, posicionando-nos para a Big Drop 3.

Cataract

Fiquei preocupada com uma ondinha engraçada bem no topo da 2, do lado direito, uma marolinha que não seria suficiente para encher o meu barco, mas que talvez o virasse de lado fazendo com que eu tivesse de encarar, de frente, todas as ondas que viessem depois dela.

Josh disse que a onda não representava o menor problema, e realmente não representava, para o seu barcão, para os imensos tubos deste, mas eu decidi tentar desviar dela, ficando ligeiramente à direita de onde quer que ele fosse.

Nós nos afastamos da margem e meu coração batia tão rápido que podia senti-lo ali, entre as palmas das mãos e os cabos dos remos. Assisti enquanto Josh amarrava o chapéu à armação do barco, enquanto tomava um último gole de água.

— Preste atenção a esse maldito rápido — murmurei e, finalmente, ele ergueu a vista.

— Você não acha que ele está chegando demais para a direita? — perguntou Thea, o medo avançando de mansinho através da voz.

— Não há como saber, com ele exatamente à nossa frente — respondi. — Vamos ter de confiar na palavra dele.

Foi mais ou menos nesse momento que vi aquela ondinha engraçada que havia querido evitar, 30 metros antes, à nossa esquerda, para, então, ver o barco de Josh desaparecer, verticalmente, como se tivesse despencado de um precipício e eu me dei conta, naquele momento, de que estávamos, de fato, *muito* para a direita, *muito, muito, muito* para a direita e de que estávamos prestes a mergulhar, passando direto por cima da rocha de sete andares. Íamos desabar pelos ares e cair da face daquela rocha; aterrissar no fundo daquela cachoeira de sete

Valsando com a gata

andares, onde nada haveria além de pedras e galhos de árvores e 18 mil e tantos metros cúbicos por segundo de águas atordoantes que iriam nos chocalhar, e nos esmagar e nos manter debaixo d'água até nos afogarmos.

Não sei o que disse para Thea então, enquanto fazia um último esforço desesperado, dando um longo puxão para a esquerda. Não sei se foi *Que merda* ou *Você viu o que eu vi* ou o meu usual *Segure firme* ou se houve, no momento em que se passou entre nós duas, uma estupefação silenciosa e empedernida.

Ao despencarmos da beirada da rocha de sete andares, descendo, descendo até cairmos naquele buraco branco rosnador, não apenas largo e profundo como, além de tudo, formado como um saca-rolhas, e o tempo foi ficando mais lento, uma versão diferente dele próprio, passando como um filme não editado, em câmera lenta, um quadro de cada vez, com paradas e recomeços compassados. E de todas as paradas e recomeços dos quais me lembro, de todos os quadros congelados que verei em minha mente pelo resto da vida, enquanto o barco despencava no vazio, enquanto se chocava com a onda em espiral, no instante em que o nariz despontou outra vez, é disto que me recordo com mais clareza:

Minhas mãos ainda seguram os remos e a água, que passou dias marrom, subitamente fica tão branca quanto um relâmpago. Branca e viva, ela chega a mim pelos dois lados, aproxima-se de mim como duas paredes brancas dentadas sem que nada haja no meio delas além de mim e Thea está voando, navegando em marcha a ré, levitando por cima de minha cabeça como uma prece.

Cataract

Então tudo ficou escuro e não havia nada à minha volta além de água e eu a sorvia, impotente para lutar, enquanto ela me embrulhava e me arremessava com tanta força que achei que partiria ao meio antes de me afogar. A cada três instantes, meu pé ou braço batia em alguma parte do corpo de Thea, que se encontrava abaixo de mim, ou acima de mim, em algum local ao meu lado, bailando o seu próprio balé aquático.

Então emergimos, as duas, quase juntas, surgindo de dentro daquela onda e, por algum milagre, estávamos nos deslocando rio abaixo. O barco surgiu ao nosso lado, virado e parcialmente esvaziado, mas eu me agarrei a ele, assim como Thea, e foi naquele momento que a verdade sobre onde estávamos se apossou de mim e eu gritei, embora tenha sido mais um uivo do que um grito, um som animal, talvez o som do próprio rio dentro de mim. E embora o grito tenha incluído uma palavra, palavra esta aliás que, mais tarde, decidimos que era *Soooocoooorrooooooo!*, foi uma parte de mim que eu não reconheço que emitiu aquele som no rápido, uma parte de mim apavorada o bastante e furiosa o suficiente para se virar na cara do rio e começar a lutar como louca pela vida.

Os olhos de Thea se arregalaram.

— Está tudo bem — disse ela. — Venha até aqui.

Sorri, um pouco envergonhada e mais uma vez humana, como se quisesse dizer que estava só brincando, com relação ao grito, e Thea riu comigo por um momento, embora ambas soubéssemos que aquela outra voz havia sido a parte mais verdadeira daquilo tudo.

As ondas iam ficando menores, fazendo-nos submergir muito de vez em quando e eu sabia que nos encontrávamos

Valsando com a gata

nas águas mais calmas entre a 2 e a 3. Vi o barco de Josh de relance, de alguma maneira ainda virado para cima, com Russell e Henry loucos, tentando esvaziá-lo, o rosto de Josh enlouquecido de pavor e vermelho.

— Socorro! — gritei outra vez, desta vez como um ser humano, e os olhos de Josh se arregalaram como se tivesse tomado um tapa e eu compreendi que seu barco estava pesado demais para se mover e que ele havia perdido o controle da situação tanto quanto nós duas e que, no final das contas, Thea e eu teríamos de enfrentar Satan's Gut apenas com nossos coletes salva-vidas.

— Larguem o barco e nadem para a direita! — gritou Josh. Eu levei um minuto para me dar conta de que ele tinha razão, para visualizar o alinhamento dos rápidos conforme havíamos observado anteriormente, para me dar conta de que o bote seguia diretamente para outra queda rochosa, uma que quebraria nossos corpos como palitos de fósforo, antes que tivéssemos tempo de dizer "vítimas número seis e sete", e que nossa única chance de sobrevivência era chegar, com vigor e rapidez, para a direita.

Saí nadando como louca, pedindo a Deus que Thea estivesse atrás de mim, mas só consegui dar dez braçadas quando vi o barco de Josh desaparecer de lado para o epicentro do Gut, o que queria dizer que eu estava muito à sua esquerda e que Thea estava ainda mais para a esquerda, talvez já no jardim de pedras, talvez morta devido ao impacto, talvez se afogando no próprio sangue.

É esta daqui que vai me pegar, pensei, enquanto cavalgava a água pelo coração de Satan's Gut adentro e todos aqueles seis

Cataract

metros de ondas quebraram sobre a minha cabeça. A água me agarrou por um minuto e me chocalhou com força e depois me cuspiu com igual violência, me libertou.

Onda após onda se quebrava sobre a minha cabeça, mas eu sabia que havia passado o Gut e, assim, continuava a respirar a cada vez que chegava à superfície, sorvendo água com a mesma freqüência que ar. Meu joelho bateu contra uma pedra durante uma dessas surras e eu me preparei para a rocha seguinte, ainda maior, que estraçalharia minhas costas ou a minha espinha. Mas ela nunca apareceu.

Enfim, as ondas foram ficando menores, tão menores que dava para pegar jacaré e foi então que, entre uma onda e outra, consegui ver o barco de Josh, ainda virado para cima, com Thea dentro dele, a salvo.

— Jogue a corda! — disse Josh para Russell, que de fato a jogou, mas por cima de mim e muito para a esquerda. Puxou-a rapidamente para tentar outra vez, mas, a esta altura, eu já o havia passado há muito, não estava muito distante da exaustão e me dirigia para a entrada do rápido número 23.

Foi nesse momento que a garrafa d'água surgiu ao meu lado e eu tentei agarrá-la, consegui e a enfiei entre as pernas. O rápido número 23 não é grande, a não ser que a maré esteja alta e você não esteja sentada num barco e sim numa garrafa térmica de 19 litros. Prendi a garrafa entre as coxas como se fosse o cavalo mais selvagem que jamais montei e cavalguei a série de ondas bem pelo meio, a cabeça acima da superfície, os pés prontos para afastar as pedras.

Então a corredeira terminou, e Josh remava em minha direção e Russell mais uma vez segurava a corda. Dessa vez,

Valsando com a gata

jogou-a com precisão, eu a agarrei e enrolei as mãos ao seu redor, com toda a força. Henry me puxou em direção ao barco e, depois, para dentro deste e, por um momento, me vi mais uma vez debaixo d'água, da água que o enchia, escalando as pernas de Russell com as unhas, tentando, apenas, erguer a cabeça o suficiente para respirar.

— Pegue aquele remo — gritou Josh para Henry, que o pegou, e eu percebi que era um dos meus, flutuando próximo de nós e, pela primeira vez, me perguntei qual seria o tamanho do estrago sofrido pelo meu barco.

Josh nos levou até a margem e os três homens voltaram para procurar o meu barco, enquanto Thea e eu tossíamos e cuspíamos água e nos abraçávamos e chorávamos juntas ali, na areia.

Os rapazes voltaram, puxando meu barco pela beira do rio. Um dos tubos estava furado e desinflava rapidamente, o remo sobressalente ficara perdido no fundo do rio, mas, além disso, o estado não era grave. Por um minuto, olhei em direção às corredeiras restantes, fechei o zíper de meu colete e pulei para dentro do barco.

— Venha — disse para Thea. — Vamos passar logo por essas gracinhas antes de ficarmos sem ar.

Só o que tínhamos à nossa frente era a longa saída do cânion. Durante os 30 quilômetros seguintes, perderíamos a corrente pouco a pouco e, por fim — a uns 16 quilômetros do local onde tiraríamos os barcos do rio —, chegaríamos às marolas do lago Powell e a perderíamos por completo.

Concordamos em boiar até os nossos avanços diminuírem a menos de cinco quilômetros por hora, e então remaríamos

Cataract

em turnos de meia hora cada um, a noite toda se preciso, para não sermos atingidos pelos ventos que começariam a soprar bem cedinho e que poderiam impedir que atravessássemos aquele último longo braço de rio.

Pela primeira vez, todos nos sentamos juntos no barco de Josh e eu fiz sanduíches. Thea e eu não conseguíamos parar de golfar a água do rio e, de vez em quando, uma de nós duas tinha calafrios.

Henry e eu cantamos *A Pirate Looks at Forty* e Thea e eu cantamos *Angel from Montgomery* e, então, Thea cantou *Duncan* sozinha. Meu barco, já vazio pela metade, ia capengando a reboque.

— Bem — começou Henry, erguendo o sanduíche —, agora que estamos todos sãos e salvos e nos alimentando, gostaria de lhes dizer que eu, pelo menos, tive um dia perfeito.

— Ouçam todos — disse Russell. — Um brinde a Josh, extraordinário guia de rios. — E levou a bomba de esgotamento à testa em sinal de continência. — Eu iria a qualquer lugar com esse homem.

Eu podia sentir os olhos de Thea colados em mim, mas mantive a cabeça baixa.

— Foi divertido — disse Josh, afastando a bomba com um aceno. — Nada mais e nada menos do que isso.

— Deveriam ter visto, meninas — disse Henry. — Deveriam ter ouvido como Josh gritou aquelas ordens.

Entreguei a Thea o sanduíche que fiz para ela e sua mão repousou sobre a minha por um momento.

— É o que lhes digo, amigos, o dia não poderia ter sido melhor — declarou Henry.

Valsando com a gata

— Foi divertido — repetiu Josh, como se acabasse de aprender a palavra.

— Henry — interpelou Thea —, você não ficou nem um pouquinho preocupado com a possibilidade de uma de nós não sobreviver?

— Sei o que quer dizer. Sei mesmo. Mas Josh tinha toda a situação sob controle desde o início. E foi tão emocionante. — Ele agarrou o meu cotovelo. — Queria ter uma foto da sua cara quando a puxei para dentro do barco.

— Eu iria a qualquer lugar com esse homem — repetiu Russell, já cochilando, as palavras pouco mais que um murmúrio.

— O que eu sempre desejo — disse Josh —, é poder voltar ao começo e fazer tudo outra vez.

Estudei seu perfil na luz rosada de um sol que há muito desaparecera por trás da parede do cânion.

— Vi o seu rosto enquanto eu estava dentro d'água — disse eu. — Sei que ficou assustado.

— O que quer dizer com isso? — indagou ele.

— Seu rosto. Ficou vermelho. Ficou preocupado comigo, eu sei.

Um leve ronco escapuliu dos lábios de Russell. Henry deu de ombros.

— De que cor acha que meu rosto deveria ter estado? — rebateu Josh. — Eu estava tentando deslocar mais de 700 litros de água.

A noite caía suavemente sobre o cânion, no momento em que decidimos que havíamos ultrapassado o limite de cinco quilômetros por hora, mas o céu, ao leste, já estava claro com a luz da lua e as paredes do cânion tão bem definidas que não teríamos o menor problema em passar a noite toda remando.

O primeiro turno foi de Russell, em seguida foi a vez de Henry, depois a de Thea e, então, a minha. Josh dormia numa rede que conseguiu montar entre a armação de seu barco e os toletes do meu.

— Sabe, Lucy, eu sei que você só estava brincando quando disse que eu deveria ter levado o seu barco pelas Big Drops, mas agora, pensando bem... acho que teria conseguido.

Thea apenas riu com desdém, sem nada dizer.

— Chegou a vez de Josh — declarei, quando o alarme de meu relógio tocou.

— Deixe-o dormir — disse Henry. — Eu remo por ele. Já fez o suficiente por um dia.

Entreguei os remos para Henry, assisti à lua erguer-se até ficar completamente cheia na beirada do cânion, vi em seu reflexo tudo o que havia de errado com a forma em que cheguei ao rio, tudo o que havia de errado com os motivos para eu ter ficado.

— Eles nunca entendem — disse Thea. — Nem se pode esperar que entendam.

Mas, na verdade, eu estava pensando em meu pai, que não estava agora e que jamais estaria naquele rio, em como eu, mesmo correndo as Big Drops centenas de vezes, jamais seria Chris Evert, nem mesmo em um bilhão de anos. Thea e eu passamos para a parte de trás da balsa e cantamos todas as canções que continham "Continental Divide" na letra até chegar a nossa vez de remar outra vez.

Valsando com a gata

— O que eu queria que pelo menos um deles dissesse — começou Thea — era que estava contente por termos conseguido.

— O que eu queria que um deles dissesse é: *conte qual foi a sensação de estar lá embaixo.*

Por fim, Russell e Henry se cansaram, e Thea e eu fizemos turnos de 15 minutos cada uma até cruzarmos a ponte que sinalizava a nossa chegada ao reservatório, ao estacionamento, à civilização e a um mundo mais uma vez maior do que nós cinco.

A esta altura a lua estava bem no alto do céu, iluminando as paredes do cânion como se fosse dia claro. Remamos para dentro do congestionamento de troncos e, como não conseguisse ver onde terminava, sugeri que tentássemos dormir até o dia clarear, o que, eu sabia, não podia estar muito distante.

Dava para ver as luzes no acampamento de trailers e tentei imaginar qual deles pertenceria à namorada do piloto. Segundo diziam, a marina se transformaria numa cidade-fantasma antes do fim do século, completamente assoreada e inútil, um cemitério de vacas e choupos norte-americanos e peças de carros, para todas as coisas mortas que o rio arrastava.

Estávamos com frio, enjoadas por ter engolido tanta água, abaladas com a nadada de 10 minutos, com a longa noite remando e o não-dito que ainda pendia entre nós, embora eu não soubesse ao certo se era terror ou amor.

— Lucy, se você algum dia se matasse, por que se mataria? — perguntou Thea.

— Por um homem — respondi, muito embora não tivesse um rosto para ele. — Só me mataria por um homem. E você?

— Eu acho que não. Talvez por alguma coisa, mas não por isso.

Cataract

— Por quê, então? — indaguei. Mas ela não respondeu.
— Se você algum dia estiver a ponto de se matar por um homem — disse ela —, vá até a minha casa. Bata à minha porta.
— Você também. Qualquer que seja o motivo.
— E conversaremos sobre como foi estar debaixo d'água — disse ela. — Sobre como foi quando voltamos à tona, livres.
— Talvez devêssemos conversar sobre isso agora — sugeri.
— Não, acho que não. Ainda não.

Durante o longo percurso de Cataract para casa, Thea e eu dormimos na parte de trás do Wagoneer enroladinhas, uma em torno da outra, como cachorrinhos, enquanto os rapazes contavam e recontavam a história, tentando manter Josh e um ao outro acordados.

Sonhei com o local onde o grito vivia dentro de mim. Sonhei que era um meteoro que voltava para se chocar mais uma vez com o topo de Upheaval Dome. Sonhei que cavalgava as ondas repetidamente bem para o meio de uma corredeira. Sonhei com uma vida, sozinha, dentro da Terra que Fica por Trás das Pedras.

— Jesus misericordioso — ouvi Henry dizer. — Você viu só como Josh ultrapassou aquele caminhão?

O sol entrava pelas janelas e o suor jorrava de dentro de mim e eu não sabia separar a minha respiração da de Thea. No meu sonho, tudo à nossa volta era suave e claro, como água.

Valsando com a gata

DESDE QUE EU ME LEMBRO, meus pais comem através da gata. Frango assado, pasta de queijo com *amaretto*, sorvete de passas ao rum: não há limite para as iguarias com as quais os dois entopem Suzette. E Suzette, como resultado, em seus anos de decadência, desenvolveu um formato que, à primeira vista, é levemente aterrorizante. Não é, apenas, que ela seja gorda — e gorda ela *é,* pois, pela balança do veterinário, pesa 13 quilos — e, sim, também assustadoramente desproporcional. Uma cabecinha minúscula, um rabo magrelo e pezinhos delicados projetam-se do torso exageradamente inflado, como uma escultura de balões de encher criada por algum palhaço de circo; um gato de desenho animado digno do pesadelo de alguém.

Lembro-me de quando escolhi Suzette de uma ninhada de gatinhos nascidos num celeiro da Pensilvânia e que não paravam de miar, cada qual não muito maior do que a minha mão.

Valsando com a gata

Eu tinha 16 anos àquela época e enfiei Suzette dentro da jaqueta de esqui, fechei o zíper e voltei para a cidade usando a carteira de motorista recém-tirada a bordo do único carro que jamais amei: o Mustang conversível azul de minha mãe — dos de antigamente — passado para mim e então vendido, sem minha autorização, quando fui para a faculdade.

De início, Suzette era minúscula e adorável, branca — em sua maioria — mas com pintas pretas e marrons mais adequadas para um cachorro do que para uma gata, e um borrão quase cor-de-lama na bochecha que minha mãe chamava de mancha de café. Mas muitos anos de gordura de bacon e creme de leite espalharam as manchas por todo aquele corpo imenso e desajeitado; a barriga pende tão próxima ao chão que ela não anda, ginga, jogando um quadril de cada vez para a frente, desviando da barriga e arrastando grande parte do peso adiante, plantando no chão uma das duas raquíticas patinhas dianteiras.

Suzette aceitou, satisfeita, o papel de depósito familiar para comidas engordativas. Ela é, afinal, uma gata urbana que nunca fez grandes explorações, nem mesmo quando era magra. Jamais perseguiu o próprio rabo, nem quando poderia tê-lo pego. Meus pais não se importam em erguê-la até os lugares onde gostava de ir com as próprias forças: o aparador da sala de jantar ou o meio da cama *king-size* que compartilham. Suzette já desmentiu todas as advertências do veterinário quanto à possibilidade de se empanturrar até a morte, quanto aos meus pais a estarem matando com sua generosidade. Este ano, quando eu fizer 32 anos, Suzette completará 17.

A gata e eu sempre fomos amigas, até eu sair de casa e me apaixonar por homens que criavam cães e que cheiravam a

Valsando com a gata

lugares exóticos. Agora, quando volto para casa, a gata me encara com alguma suspeita, de forma territorial, como uma filha única.

Não tenho nenhuma recordação tangível de meus pais se tocando. Já vi fotos dos dois no ano anterior ao meu nascimento quando me pareciam felizes o bastante, quando pareciam ser duas pessoas que talvez transassem, mas em toda a minha vida eu jamais os vi se abraçarem.

— Era tudo perfeito entre mim e seu pai até o seu nascimento — minha mãe já me contou um monte de vezes; percebo confusão em sua voz e não censura. — Acho que sentiu ciúme, ou algo assim. Então o que havia de melhor nele, se foi. Mas tudo valeu a pena — acrescenta ela, a voz ficando leve, enquanto prepara um prato de arenque picado bem fininho com creme azedo, para a gata —, por causa de você.

Quando eu era pequena, não havia nada naquela geladeira parecido com sorvete de passas ao rum ou pasta de queijo com *amaretto*. Minha mãe sempre comeu quase nada: uma saladinha regada com suco de limão ou algumas bolachinhas para acompanhar o martíni ao fim do dia. (Um dos meus pesadelos de criança era de que minha mãe morria de fome, aquela mãozinha ossuda estendia-se como a daquelas crianças etíopes que aparecem na TV tarde da noite.) Meu pai comia lautos almoços no trabalho e se virava à noite com o que havia. Quando eu chegava da escola, eram-me oferecidos cenouras e aipo, couve-flor e rabanetes e, vez ou outra, uma laranja como guloseima especial.

Valsando com a gata

Esqueci muitas coisas com relação à minha infância, mas eu me lembro bem do pavor que meus pais tinham de que eu ficasse gorda. Lembro-me das longas e chorosas conversas com minha mãe sobre o que os meus amigos e professores, o que todas as pessoas do mundo diriam, por trás das minhas costas, se eu ficasse gorda. Lembro-me de meu pai, dando um tapinha na minha mão, à mesa de jantar, cheia de convidados (uma das poucas vezes em que fingimos comer como gente normal), quando me envolvi de tal maneira na conversa que esqueci as regras e estendi a mão para pegar um pãozinho. Lembro que minha mãe comprava as roupas de toda a família um pouco pequenas, de maneira que vivíamos nos espremendo e nos ajeitando e prendendo a respiração. Minha mãe dizia que a pressão constante de nossas roupas nos lembraria de comermos menos.

Eu só sei que nunca fui gorda, que nenhum de nós jamais foi gordo e eu juntei anos de fotografias para prová-lo. A primeira coisa que fiz ao chegar à faculdade foi engordar sete quilos que nunca mais consegui perder.

Depois da faculdade, quando saí de casa para sempre, meu pai, num gesto muito diferente de quem ele é, e que minha mãe atribuiu ao início da senilidade, começou a escutar as valsas de Johann Strauss com grande regularidade e minha mãe, por motivos que permanecem pouco claros e, ao mesmo tempo óbvios demais, começou a empanzinar a gata.

Na minha vida real, vivo na Califórnia e sou voluntária, duas vezes por semana, num abrigo de sem-tetos, onde mexo

Valsando com a gata

imensos caldeirões de ensopado cor-de-lama e encho pratos com aquele troço, quente e enfumaçado. Meu amigo Leo passa as noites de sábado em minha casa e assistimos a filmes até o dia clarear para então nos levantarmos e trabalhar no meu jardim o dia inteiro. Eu adoro ver os pequenos brotos despontarem, adoro observá-los desenvolverem-se. Eu até mesmo gosto de arrancar as ervas daninhas, puxar aquelas trepadeiras abusadas e raízes teimosas para fora e para longe das plantas que procuram se fortalecer, proporcionando-lhes mais água e mais ar. Adoro preparar jantares inteiros com verduras frescas, adoro o frenesi da época de colheita, em agosto e setembro, quando, ao que parece, tudo tem de ser comido ao mesmo tempo. Eu adoro levar as sobras de comida para o abrigo e, pelo menos por alguns meses, poder guardar aquelas tristes latas de legumes em conserva.

O que eu mais amo é ficar deitada na cama domingo de manhã pensando no dia que passaremos no jardim enquanto ouço Leo de um lado para o outro da cozinha fazendo café. O clima nunca foi de romance entre mim e Leo e eu sei que jamais será, mas, mesmo assim, nessas manhãs, eu me sinto como se fizesse parte de alguma coisa. Com a lua escondendo-se por trás das colinas queimadas de sol, com o sol já no céu e mudando a cor dos tomates de verde para vermelho, nós dois sujamos a mão juntos, arrancamos os dentes-de-leão e reviramos a terra escura e rica.

Fora a questão de peso corporal, que é sempre um problema, minha mãe e eu somos muito próximas. Contei a ela a pri-

Valsando com a gata

meira vez que fumei um cigarro, a primeira vez que tomei um porre, a primeira vez que fumei maconha. E, aos 16 anos, quando perdi a virgindade com Ronny Kupeleski no Howard Johnson's do outro lado da fronteira estadual, em Phillipsburg, Nova Jersey, contei para minha mãe de antemão.

— Está bem assim — disse ela, naquele que hoje encaro como um de seus melhores momentos como mãe. — Você não o ama de verdade, mas acha que ama e é bom mesmo acabar logo com isso justamente com alguém que se integra a essa categoria.

Não foi a última vez que segui um conselho de minha mãe e, como na maioria das vezes, ela tinha toda a razão com relação a Ronny Kupeleski. E tudo aquilo que não consigo compreender a respeito de minha mãe, sempre acaba oculto por trás daquela única coisa que compreendo bem: minha mãe acredita ter aberto mão de tudo por mim; sempre será minha crítica mais feroz e a minha maior fã.

Meu pai teve pelo menos três grandes desapontamentos na vida, dos quais tenho conhecimento. O primeiro foi não ter se tornado um astro do time de basquete de Princeton; sua mãe estava morrendo e ele teve de abandonar o time. O segundo foi jamais ter ganho um milhão de dólares. Ou então, como ele ganhou *sim* um milhão de dólares, acho que quer dizer que jamais ganhou um milhão de dólares de uma só vez. E o terceiro sou eu, que ele queria loura, ágil, graciosa e campeã de tênis de nível internacional. Como não sou nenhuma dessas coisas e jamais serei uma esportista de nível internacional, tornei-me, em contrapartida, uma grande fã do esporte inter-

Valsando com a gata

nacional, memorizando médias de rebates no beisebol e os desempenhos individuais de cada jogador, penalidades e procedimentos, sempre à espera de uma oportunidade de deixar meu pai orgulhoso. Quatorze anos depois de eu ter saído de casa, esportes são o único assunto que meu pai e eu temos para conversar. Dizemos coisas do tipo "você assistiu à prorrogação do jogo entre os Flyers e os Blackhawks?" ou "que tal os Broncos levarem o campeonato de futebol deste ano?", enquanto minha mãe, antevendo o silêncio que se seguirá, corre para o telefone.

Minha mãe acredita que seu principal papel na vida foi o de proteger meu pai e eu, um do outro: meu rock, meus romances fracassados e aborto adolescente; a fumaça do cigarro dele, sua tendência ao vício no que diz respeito ao jogo e ocasionais casos sem importância. Minha mãe se transformou num *airbag* humano, numa zona neutra tão elástica, poderosa e completa que nem meu pai ou eu ousamos cruzá-la.

Quanto mais velha fico, mais me dou conta de que meu pai se vê como alguém que, em algum momento da vida, foi ludibriado por um mau negócio. Eu não sou inteiramente diferente dele — de seu egoísmo e de sua falta de capacidade de dizer algo de simpático — e sei que se um dia nos víssemos a sós, talvez nos surpreendêssemos com o quanto temos a dizer, um para o outro — isto é, se não nos causássemos danos irreversíveis e mútuos antes. Ainda assim, é difícil eu imaginar uma coisa dessas, depois de tantos anos de esportes e de silêncio, sem contar o fato de que é dez anos mais velho do que minha mãe. É bem provável que ele morra antes dela.

Valsando com a gata

Meus pais, segundo notei nas minhas últimas muitas visitas, esgotaram o que dizer um para o outro. Ao que parece, já se irritaram e desapontaram-se além do ponto em que valeria a pena discutir o assunto. Se não fosse pela gata, talvez jamais se falassem.

Às vezes falam sobre a gata, com mais freqüência falam com a gata e, com freqüência ainda maior, falam *pela* gata, reagindo aos seus próprios gestos de generosidade culinária com palavras elogiosas que, acreditam, seriam ditas por Suzette se esta pudesse falar.

Numa tarde típica, minha mãe é capaz de, por exemplo, largar tudo o que está fazendo para fritar um ovo para a gata. Então frita um pouco de bacon, pica-o dentro do ovo, mistura-o à moda do sudoeste americano e começa a arrulhar, chamando Suzette para comer.

A gata, é claro, é mais esperta do que isso e sabe que se ignorar os chamados de minha mãe, esta levará o ovo até ela, no sofá, após — quem sabe — acrescentar uma colherada de creme de leite para tornar o prato mais apetitoso.

A esta altura meu pai dirá, numa voz completamente diferente da sua:

— Ela já tomou o leitinho-zinho do meu cereal e comeu um pouquinho do franguinho-zinho que trouxemos do restaurante.

— Mas já se passaram horas — dirá minha mãe, embora não faça nem mesmo uma hora, e ela correrá até a gata e cunhará o prato de porcelana entre a bochecha da gata e o sofá. Meus pais então aguardarão ansiosos enquanto Suzette ergue

Valsando com a gata

a cabeça apenas o suficiente para tirar os pedacinhos de bacon de dentro do ovo com a língua.

— A gente gosta do nosso baconzinho-zinho, não é, meu bem — dirá meu pai.

— É, é sim, o baconzinho-zinho é o nosso favorito-rito-rito — dirá minha mãe.

Fico olhando os dois e busco na minha memória consciente e inconsciente se em algum momento de suas vidas falaram comigo daquela maneira.

Quanto mais tempo passo morando do outro lado do país, melhor minha mãe e eu parecemos nos dar. Em parte, trata-se de um acordo entre ambas as partes: eu não me zango todas as vezes em que ela compra uma saia plissada da Ann Taylor para mim, e ela não se zanga se eu não a usar. Tivemos uma briga séria há alguns natais quando ela se levantou no meio da noite, entrou sorrateiramente no meu quarto e diminuiu a cintura de uma saia de algodão pintada à mão — que eu adorava — e a lavou com água morna para que encolhesse ainda mais.

— Por que não consegue me aceitar do jeito que sou? — chorei, antes de me lembrar que estava numa casa onde as pessoas não têm emoções negativas.

— É só porque eu a adoro, meu amor — disse minha mãe, e eu compreendi que isso não era apenas verdadeiro como, também, que eu adorava minha mãe o mesmo tanto, que éramos duas pessoas que precisavam ser adoradas e o fato de nos adorarmos era, em si, um dos pequenos milagres da vida. E, com isso, livrávamos duas outras pessoas de um bocado de trabalho.

Valsando com a gata

Quando estou em casa na Califórnia, não me comunico com meus pais com muita freqüência. Vivo uma vida, para eles, inconcebível, uma vida que rompe com todas as regras nas quais acreditam para que o mundo seja um lugar mais equilibrado. Escapei daquilo que chamam de realidade com a mais restrita das margens e, mesmo se algum dia tentar juntar esses dois mundos, o impacto me despedaçará como uma *piñata* colorida, com toda a minha esperança e bom humor se espalhando para todos os lados.

Certa noite de sábado, quando Leo e eu ficamos no jardim bem depois de escurecer, plantando tomates sob a luz de uma lua quase cheia, senti uma minúscula explosão bem no centro do corpo. Não se trata de dor, exatamente, ou de alegria, propriamente, mas de um repentino e melancólico alívio.

— Algo aconteceu — digo para Leo, embora eu não consiga lhe dizer mais nada. Ele limpa a terra das mãos e senta-se ao meu lado e ficamos sentados por um bom tempo naquela terra revirada, antes de entrarmos para comer alguma coisa.

Quando o telefone toca na manhã seguinte, tão cedo que a secretária atende antes que Leo — adormecido bem ao seu lado, no sofá — consiga atendê-lo, ouço meu pai dizer o meu nome uma vez com um tom que jamais ouvi em sua voz, algo que não chega a ser pesar, que está mais próximo do terror, e sei que minha mãe está morta.

Ouço Leo dizer:

— Ela telefonará para o senhor em seguida. — Ouço-o fazer uma pausa de um minuto antes de entrar em meu quarto, observo-o tomar as minhas mãos para, então, respirar bem fundo.

Valsando com a gata

— É ruim? — pergunto, balançando a cabeça como uma vítima televisiva, minha voz já transformada na pouco familiar súplica de uma criança sem mãe.

Mais tarde, naquele mesmo dia, eu saberia que em algum momento durante a noite minha mãe acordou meu pai para lhe perguntar o que havia sentido quando teve seu infarto e depois que ele descreveu tudo para ela, detalhadamente, ela disse, "não é nada parecido com isto aqui" e ele se ofereceu para levá-la ao pronto-socorro, mas ela recusou.

Mas, agora, sentada em minha cama com o sol despejando sua luz através da clarabóia, e com Leo segurando a minha mão, eu só consigo ver minha mãe como uma reportagem sobre a Somália: faces encovadas, olhos fundos, três dedos estendidos de uma mão ossuda.

Minha mãe tinha hora marcada no dentista naquela manhã e meu pai tentou acordá-la várias vezes, com um intervalo de diversos minutos entre cada tentativa — minutos nos quais o pânico deve ter crescido lentamente, a realidade finalmente assomando-o como uma onda escura.

Ao telefone, ele diz:

— Eu fico perguntando aos paramédicos por que não podem trazer uma daquelas máquinas aqui para dentro. — Sua voz se perde em meio aos soluços. — Eu fico repetindo, por que é que não fazem como na TV?

— Ela não sentiu dor — digo-lhe. — E nem medo.

— E agora querem levá-la embora. Você acha que devo deixar que a levem embora?

Valsando com a gata

— Vou estar aí assim que conseguir um vôo. Agüente firme.

— Há uma moça aqui que quer falar com você, é da funerária. Eu não estou conseguindo responder a nenhuma de suas perguntas.

Ouço uma ruidosa confusão e alguém cuja voz jamais ouvi me diz, sem o menor traço de emoção, o quanto sente pela minha perda.

— Era o desejo de sua mãe ser cremada — continua a voz.

— Mas estamos tendo um pouco de dificuldade em lidar com a realidade aqui deste lado, sabe o que quero dizer?

— Estamos? — pergunto.

— Seu pai não consegue decidir se deve atrasar a cremação até você ter a oportunidade de ver o corpo. Para lhe ser franca, não acho que ele esteja nem um pouco preparado para a realidade da cremação.

— Preparado — repito.

— No frigir dos ovos, sabe, é tudo uma questão financeira.

Cravo os olhos em Leo que, neste momento, encontra-se lá fora. Sem camisa, ligou o cortador de grama e o empurra em quadrados cada vez menores em torno do jardim e no centro do quintal.

— Se não a cremarmos hoje, teremos de embalsamá-la, o que, logicamente, acabará sendo um embalsamento desperdiçado.

Conto os minúsculos pés de milho que já brotaram: vinte e sete de quarenta sementes. Uma boa proporção.

— Por outro lado, você só tem uma chance de tomar a decisão correta.

Valsando com a gata

— Não acredito que ela quisesse que alguém a visse, nem mesmo eu — comento, talvez para mim mesma, talvez em voz alta. Eu só quero voltar para a cama, esperar que Leo me traga café e planejar outra vez o meu dia no jardim. Penso nos rabanetes que estarão prontos para o jantar e no espinafre que talvez floresça se eu não o colher dentro de alguns dias.

— Neste calor, no entanto — prossegue a voz —, o tempo é o fator essencial. O corpo já começou a mudar de cor e se não o embalsamarmos hoje...

— Ela lhe pareceu especialmente magrinha? — pergunto, antes de conseguir me segurar.

Não posso partir, penso subitamente, sem plantar o resto dos tomates.

— Vá em frente e creme-a — afirmo. — Não vou conseguir chegar aí antes de amanhã.

— Eles vão levá-la embora — digo a meu pai. — Mas pode deixar que está tudo bem. Temos de fazer o que ela queria.

— Você vem?

— Vou, sim — respondo. — Logo, logo. Eu te amo — digo, testando as palavras em meu pai pela primeira vez desde que tinha cinco anos.

Ouço um engasgo abafado e, a seguir, a linha fica muda.

Desligo o telefone, caminho até o meio do quintal e digo a Leo:

— Acho que estou prestes a me tornar valiosa para meu pai.

Após uma vida inteira de visitas nervosas à casa de meus pais, entro naquela que é agora, eu me faço lembrar, a casa de

Valsando com a gata

meu pai apenas — mais nervosa do que nunca. Ouço música de Strauss tocando no escritório de meu pai.

A gata vem gingando em minha direção, pedindo comida aos berros. Ninguém jamais entra naquela casa sem trazer um agrado para Suzette.

— Pensei que os gatos saíssem correndo quando alguém morre — digo, para ninguém.

Sair correndo?, diria Leo se estivesse aqui. *Aquilo?*

Meu pai emerge do escritório com uma expressão mais próxima da perplexidade do que de qualquer outra coisa. Nos abraçamos do jeito que se abraçam as pessoas que usam óculos de leitura pendurados no pescoço: duros e temerosos de apertar demais.

— Olhe só todas estas coisas, Lucille — diz meu pai, quando nos afastamos, mostrando toda a sala de estar com as mãos.

— Todas estas coisas que ela fazia. — E ele tem razão, minha mãe está na sala mesmo sem estar presente, nas capas das almofadas perfeitas, feitas a mão; no gosto por obras de arte leves; nas samambaias gigantescas e temperamentais.

— Eu disse ao pastor que você falaria na cerimônia — diz meu pai. — Ela gostaria disso. Gostaria que você dissesse alguma coisa simpática a seu respeito. Ela dizia que você nunca fazia isso na vida real.

— Isso vai ser fácil — digo.

— É claro que vai — diz ele, bem baixinho. — Era a mulher mais maravilhosa do mundo. — Ele começa a soluçar outra vez, lágrimas do tamanho de toda uma vida caem sobre a gata sentada, paciente como um Buda, aos seus pés.

Valsando com a gata

Na véspera do funeral sonho que estou sentada com meu pai e minha mãe na sala de estar. Minha mãe traja o meu vestido favorito, que ela deu anos antes. Os móveis são confortáveis, no estilo mais antiquado de quando eu era criança; meus brinquedos favoritos estão espalhados pelo aposento. É como se tudo no sonho tivesse sido arranjado para me dar a sensação de segurança. Um cesto cheio de legumes da horta enfeita a mesa, intocado.

— Achei que você estivesse morta — digo à minha mãe.

— E estou — diz ela, cruzando os tornozelos e colocando as mãos sobre o colo. — Mas vou ficar por aqui até vocês conseguirem se virar sem mim, até eu ter certeza de que vocês dois vão ficar bem. — Ela ajeita os cabelos em torno do rosto e sorri. — Daí, eu simplesmente vou começar a desaparecer.

Este é o primeiro de uma série de sonhos que terei durante anos: minha mãe se dissolvendo até ficar tão fininha quanto uma folha de papel até o momento em que grito:

— Não, ainda não estou pronta! — E ela se solidifica diante de meus olhos.

Na manhã, do funeral, só consigo pensar em cozinhar, então vou ao mercado em frente para comprar bacon, ovos e pãezinhos de leitelho e volto para lavar a louça que já começou a acumular.

— Se você colocar os copos na máquina de lavar louça de cabeça para cima, eu descobri, eles enchem de água — diz meu pai.

Eu peço licença, fecho a porta do banheiro e desato a chorar.

Valsando com a gata

Frito bacon e ovos, asso pãezinhos e mexo o molho como se minha vida dependesse daquilo. Meu pai dá pelo menos metade do café da manhã para a gata que, ao que parece, agora tem permissão para se deitar diretamente sobre a mesa de jantar com a cabeça na beirada do prato dele.

Conversamos sobre as mudanças que se abaterão sobre a sua vida, sobre ele comprar um microondas, sobre a vinda de uma empregada uma vez por semana. Digo-lhe que virei para a costa leste para o seu aniversário no mês seguinte e o convido a ir à costa oeste me visitar no próximo inverno. Conversamos sobre a última viagem que fizemos, os três, para a Flórida. Será que eu lembrava, ele queria saber, que havia chovido — como que por mágica — apenas à noite; será que lembrava de como nós três havíamos feito palavras cruzadas juntos? E muito embora eu não me lembre, digo a ele que sim. Conversamos sobre minha mãe e as palavras que saem da boca de meu pai me fazem crer no Paraíso, e eu desejo, desesperadamente, que minha mãe as ouça. Finalmente, e apenas após termos conversado sobre todo o resto, meu pai e eu falamos sobre esportes.

Antes do funeral há algo que o pastor denomina "enterro das cinzas". Meu pai e eu temos visões distintas do que o termo significa. A minha envolve um pote de cinzas atirado com as mãos, sentada ao lado de uma fonte; meu pai, ainda preso à idéia de um enterro, imagina um imenso túmulo de mármore, aberto para a cerimônia e cimentado a seguir.

O que, na verdade, ocorre é que o pastor abre um quadrado de sete centímetros e meio por entre a hera, num cantinho indistinguível do jardim da igreja, cava mais alguns centímetros de

Valsando com a gata

terra para baixo e salpica aquilo que se limita a uma colher de sopa bem cheia de cinzas para dentro do buraco. Sinto meu pai se debruçar por cima de meu ombro enquanto eu própria inclino o corpo para a frente para olhar dentro do buraco. Todas as leis de física que um dia aprendi não me preparam para aquela minúscula quantidade de cinzas — um ser humano tornado tão leve que pode ser suspenso e carregado pelo vento.

O sol surge por entre as nuvens naquele momento e o pastor sorri, mancomunado com o *timing* de Deus, e aproveita a oportunidade para mais uma vez encher o buraco de terra, recolocando a hera, cuidadosamente.

Mais tarde, dentro da casa paroquial, meu pai diz ao pastor:

— Então, na realidade, não há limite para o número de pessoas que poderiam ser cremadas e en... terradas — sua voz falha ao pronunciar a palavra —, naquele jardim.

— Ah, acredito que algo em torno de sessenta, oitenta mil — responde o pastor, com um sorriso que não sou capaz de decifrar.

Meu pai está com aquela expressão de perplexidade outra vez, a expressão de um homem que jamais esperou sentir pena de todas as coisas que não disse. Puxo-o pela mão, carinhosamente, e ele se deixa puxar e caminhamos de mãos dadas até o carro.

Depois da recepção, depois que todos os simpatizantes voltaram para as suas casas, meu pai toca Strauss outra vez.

Trouxeram comida, tanta comida que começo a achar que queriam dizer alguma coisa com o gesto. Olho cada prato, mecanicamente, decidindo o que refrigerar e o que congelar.

Valsando com a gata

Começou a chover, imensas gotas de chuva forte de verão, encharcando a terra e devolvendo minha mãe, eu me dou conta quase com alegria, à terra, transformando-a em comida para a hera, em pó. Observo meu pai caminhando pela sala de estar a esmo por algum tempo, observo um sorriso invadir seu rosto, talvez por causa da chuva, e desaparecer, logo em seguida.

— Ouça só esta seqüência, Lucille. Será que no céu a música consegue ser melhor do que isso?

Algo se alvoroça dentro de mim a cada vez que meu pai fala comigo desta maneira nova, uma pequena explosão de energia que, de alguma forma, me ilumina, me traz de volta à tona. Trata-se de uma sensação, eu me dou conta, com apenas uma pitada de alarme, não muito diferente de se apaixonar.

— Ela teria adorado ouvir as coisas que você disse a seu respeito — diz meu pai.

— É — concordo —, ela também teria adorado ouvir as coisas que você disse sobre ela.

— Talvez tenha ouvido, de algum lugar.

— Talvez — repito.

— Se existe um Deus... — diz, e eu espero que termine mas ele se perde subitamente no momento em que o disco muda para "Aceleração".

— Eu amo você tanto — pronuncia meu pai, subitamente e eu me viro, surpresa, para olhá-lo.

Mas foi a gata que ele ergueu bem alto, pesada, acima da cabeça, e ele e a gata começam a girar no compasso da música. Ele segura a pata esquerda em uma das mãos, apoiando o seu peso, todos aqueles rolos de fofura que fazem parte dela, com

Valsando com a gata

a outra fuçando o focinho manchado de café no ritmo da música até ela fazer um gorgolejo e ameaçar cuspir. Ele afasta a cabeça da dela e continua a girar, cada vez mais rápido, a música ficando mais forte, os círculos formados pelos dois crescendo ao redor dos móveis floridos de minha mãe, debaixo das samambaias ressequidas de minha mãe.

— Um, dois, três. Um, dois, três. Um, dois, três — diz meu pai, à medida que a valsa entra num crescendo. A gata parece relaxar um pouquinho ao som da voz de meu pai e agora atira a cabeça para trás, entregando-se aos giros, como se concordasse em aceitar o peso do novo amor que lhe será, deste dia em diante, imposto.

Três lições sobre biologia amazônica

O Rio

ADMITO QUE ESCOLHI O Equador devido às suas possibilidades simbólicas. Queria um lugar onde as coisas são garantidas: doze horas de escuridão, doze horas de luz. Eram fins do ano velho, duas semanas antes de meu trigésimo terceiro aniversário, idade na qual, segundo Tony, meu amigo católico, tudo me seria revelado. Os pontos altos do trigésimo segundo incluíam três amizades desfeitas, dois trabalhos de fotografia fajutos e um namorado que passou a me perseguir. Eu não estava esperando grande coisa.

Equilíbrio, pensei, *réveillon* no Equador. Liguei para todas as revistas para as quais já fotografei até alguém pagar para eu ir.

Meu guia chamava-se Renato e também era católico, doce e sério e usava um boné do Pittsburgh Pirates — já surrado — na cabeça. Acabava de terminar um curso de guias e procurava plantas para identificar, borboletas raras, pássaros tropicais.

Valsando com a gata

Primeiro, Renato me levou para conhecer o monte Cayambe. A cinco mil setecentos e noventa e um metros acima do nível do mar, seu cume fica exatamente na linha do equador e está eternamente coberto de gelo e neve.

— É o ponto mais alto da terra na linha do equador — disse Renato. — E o único lugar no mundo onde latitude e temperatura atingem zero ao mesmo tempo.

Enquadrei Cayambe com a máquina e fechei o obturador. Renato e eu íamos nos dar muito bem.

Renato disse que me levaria ao norte para ver as ruínas da antiga cultura de Agua Blanca; à Isla de la Plata para ver o ganso-patola-de-pata-azul; à floresta de neblina perto de Mindo para ver centenas de milhares de saúvas, cada uma delas carregando um pedaço de folha sobre a cabeça igual a um guarda-sol.

Disse-lhe que queria ver a bacia do Amazonas, que queria sentir suas águas escuras sob meu corpo, que talvez elas tivessem algo para dizer que eu precisasse saber.

— A selva é um lugar mágico — declarou Renato. — É como um templo. Podemos desperdiçar a viagem se formos cedo demais.

— Nunca pode ser cedo demais — rebato. — Pelo menos não para mim.

— Ir direto da sua América para a selva — disse ele —, é como permitir que a luz do sol mais luminosa adentre a caverna mais escura. Se não levar algum tempo para ajustar a vista, não importa o que a caverna tenha a lhe oferecer, você jamais conseguirá enxergar.

Três lições sobre biologia amazônica

Rios já foram o meu lugar, rios do Planalto do Colorado que tombavam pelas montanhas de Sawatch e de San Juan, formando esculturas através de desertos de *slickrock* — uma espécie de arenito de cor alaranjada — e areia. Mas pendurei os remos há mais de um ano, me mudei para uma cidade à beira-mar dizendo, para mim mesma que *água é água*, enquanto dirigia rumo à costa. Troquei o colete salva-vidas por sensores de halogênio e uma porta de garagem com controle remoto. Disse a mim mesma que uma história de vida era tão boa quanto qualquer outra.

Achei que se fosse a bastante museus e assistisse a uma ruma de filmes proibidos, pararia de pensar no barulho que o rio faz quando um dia quente de junho arrasta trinta centímetros de neve de cima dos picos mais altos e eu estou deitada dentro de meu saco de dormir bem ao seu lado, ouvindo as pedras rolarem.

Eu também havia ouvido dizer que os homens da cidade eram diferentes, que eu talvez encontrasse um por lá que lesse livros e usasse temperos na cozinha e não guardasse toda a sua paixão para corredeiras, estreitos e quedas d'água classe cinco. O que encontrei quando cheguei por lá foi o mesmo homem com desculpas diferentes e rancores o suficiente para querer me subjugar.

Depois disso, renunciei solenemente a toda a espécie por algum tempo, pelo menos até ter aprendido a escolher melhor. Quando parti para o Equador, não vivia nada que lembrasse um encontro a dois há seis meses.

Tinha uma idéia na cabeça sobre voltar para casa pela primeira vez, "casa" sendo, no caso, o maior de todos os sistemas

Valsando com a gata

fluviais, mais imponente do que todos os rios do Planalto do Colorado nos quais naveguei em época de cheia juntos e mais um pouco; um rio denso de vida na mesma medida em que o Colorado era estéril, entorpecido na mesma medida em que o Colorado era feroz. Eu queria lembrar da sensação de descer flutuando em algo que não tentaria me engolir. Eu queria saber se, após um ano de flertes com poças de marés e ondas de arrebentação, a Mãe de Todos os Rios me aceitaria de volta.

— Primeiro — começou Renato —, vou levá-la ao rio das riquezas, o Aguarico, que corre para o Napo, que vai buscar o Curaray para então se transformar no Amazonas que se vê nos mapas. Mas você deve compreender que tudo isto é o Amazonas, da mesma forma que todas as partes de uma vaca são carne.

— Eu entendo, sim — digo. — Já lhe disse que entendo de rios.

— Vou levá-la ao Lagarto, a Imuya, local dos macacos gritadores. — Ele passou o dedo pela aba do boné. — Vou levá-la — continuou — ao filé mignon.

Mas, primeiro, fomos rumo ao mar, a uma cidade chamada Puerto Lopez, onde comemos *seviche* no almoço e no jantar e dormimos em quartos sem janelas sobre o Spondylous Bar. Tomamos jarros de caipirinha, só que feita com vodca, além de açúcar e limão, ouvimos Eros Ramazotti e Franco de Vida em velhos discos de vinil. Renato me ensinou a dançar salsa, *cumbia* e *ballinato* e quando a música permitia, o que não acontecia com freqüência, eu o ensinava o *country swing*.

O bar era gerenciado por três colombianos — Alberto, Abel e Jimez —, três dos meninos perdidos de Peter Pan que

Três lições sobre biologia amazônica

passavam a noite dançando com as garotas das redondezas e o dia inteiro nadando no mar. Eu era a primeira turista a pisar no bar desde outubro e eles fizeram de tudo para mostrar o seu apreço, para me fazer sentir em casa.

— Woodstock — disse Abel, que não falava nada de inglês, tirando mais um disco surrado de trás do balcão. — Eric Clapton, Crosby Stills and Nash. — Ele pronunciava cada sílaba como numa aula de dicção da língua inglesa. — Janis Joplin — continuou. — Steppenwolf, the Byrds. — Jimez trocou a fivela de meu cinto pelo canivete dele. Eu era a única com quem Alberto tinha autorização para dançar, além da esposa.

— Existem três mil e oitocentos vertebrados no Equador — anunciou Renato, depois de nosso terceiro jarro de caipirinha —, 1.550 pássaros, quatrocentos répteis, dois mil e quinhentos peixes, mais de um milhão de espécies de insetos, vinte e cinco mil variedades de plantas vasculares.

— Biodiversidade — disse eu. — Você conhece esta palavra?

— É claro — respondeu ele, cerrando o cenho, discretamente. Ele sempre dizia *é claro* quando a resposta era não.

No dia seguinte, fomos de barco até a Isla de la Plata para ver os ninhos dos gansos-patola-de-pata azul e vermelha, observar os hábitos de vôo do alcatraz e de pássaros tropicais e um aratu, que percorreu o seu caminho fantasmagórico por entre divisores rochosos e correu pela superfície da água, tal qual Jesus, quando a maré encheu.

Valsando com a gata

— Uma mulher como você — disse Renato —, bonita e inteligente. Por que veio ao Equador sem... alguém?

— Como eu não consigo acertar nesse departamento — respondo —, é quase um enigma. — Percebi que ele cerrou o cenho. — Você conhece essa palavra?

— É claro.

Assistimos aos ouriços-do-mar embalarem seus corpinhos espinhentos para a frente e para trás dentro de uma poça de maré.

— No Amazonas — começou Renato —, existe um bagre minúsculo chamado candiru que pode entrar pelo pênis e se alojar lá dentro, erigindo espinhos muito pontudos.

— E você está me dizendo isso...

— Para diverti-la. Para lhe proporcionar uma praga para rogar em cima de todos esses homens que não prestam. — Ele mostrou a foto de uma mulher de cabelos escuros segurando uma criança no colo. — De qualquer forma — continuou ele —, minha mulher acha a maior graça.

— Ela é linda — comento. — Todas duas são. — Devolvo-lhe a foto. — Então eu posso nadar no rio, não é mesmo? Sem maiores preocupações.

— Pode. Se não se importar com as piranhas e... com os seiscentos volts da enguia elétrica.

— Você não vai conseguir me manter longe do Amazonas tentando me assustar. Portanto, nem tente.

— Eu quero ir até lá ainda mais do que você. Mas não vá pensando que são só pássaros bonitos e vitórias-régias. Há coisas lá que podem machucá-la, assim como aqui — declarou ele, e uma raia-lixa salta de dentro d'água como se estivesse a serviço de suas palavras.

— Como qualquer lugar — digo. — Não é o paraíso.
— Aí é que você se engana. É, *sim*, o paraíso. — Ele balançou a cabeça. — É isso que lhe ensinam na América? Que o paraíso é um lugar onde não há dor?

— Esta noite — avisa Renato —, Carmita preparou algo de muito especial para você comer.
— Bife? — indago, sabendo tratar-se de seu prato favorito.
— Só mesmo no seu país é que as pessoas comem carne de vaca estando próximas do mar. É algo muito melhor do que um bife. Espere para ver.

Havíamos voltado de nosso passeio de barco e nos encontrávamos sentados na varanda do único restaurante da cidade olhando Alberto e Abel entrarem na água correndo com barcos infláveis e deslizarem sobre as pequenas ondas até voltarem à praia, suas peles cintilando com a água salgada, os cabelos lisos, brilhosos e negros. Trambolhavam juntos como botos, como focas, rindo como criaturas nascidas no mar.

— São anfíbios, esses rapazes — digo para Renato. — Conhece essa palavra?
— É claro.
— Como o caimão — digo, abrindo e fechando os braços com um estalo, como se fossem mandíbulas.
— Anfíbio — repete ele, tentando guardar a palavra em sua boca para mais tarde.

O sol flutuava no céu, indeciso quanto a se pôr, ou não. Abel correu praia acima juntando as mãos como um megafone.

Valsando com a gata

— Blood Sweat and Tears — grita. — Procol Harum.

Fiz sinal de positivo com o polegar.

— Na minha América — digo para Renato —, há mais luz no verão do que no inverno. Os dias são mais curtos agora do que em junho.

Ele apertou os olhos, primeiro em minha direção e, a seguir, em direção ao pôr-do-sol.

— Eu acho — declara ele —, que isso não é possível.

— É — rebato —, é possível, sim. Na verdade, no Alasca. Há uma cidadezinha chamada Point Barrow que fica tão próxima do Pólo Norte que o sol se põe num dado dia de novembro e só volta a nascer no dia primeiro de fevereiro.

— Você já esteve nesse lugar?

Eu balanço a cabeça.

— Então não sabe se é verdade.

— Sei, *sim* — insisto —, porque também acontece onde vivo, só que não de forma tão dramática. No verão nossos dias têm 15 horas. No inverno, só oito ou nove.

— Não — diz ele, balançando a cabeça e cerrando o cenho. — Não é assim como você diz.

— Não se trata de algo que *eu* inventei. Há motivos para isso... teorias.

— Eu não conheço essas teorias.

— Então, vai ter de confiar em mim — digo-lhe —, até ir lá e ver com os próprios olhos.

O marido de Carmita veio até a mesa e colocou um prato à nossa frente coberto com alguma coisa que lembrava muito a criatura de *A pequena loja dos horrores*: um corpo marrom cas-

Três lições sobre biologia amazônica

cudo sem cabeça e uma dúzia de pernas cinza e esponjosas, todas terminando com garras pretas-e-vermelhas.

— *Percebes* — pronuncia o homem, orgulhoso. — É preciso ter *cojones* para pegá-los. — Conhece esta palavra: *cojones*?

— Ah, sim — respondo.

— É *muy* perigoso — continua ele. — O *percebes* vive num local onde o mar bate o dia inteiro contra as rochas. — Ele deu um tapa caprichado com a mão esquerda na palma da direita.

Quando voltou para a cozinha, peguei aquele negócio pela maior pinça e deixei que o corpo e as outras pinças balançassem.

— Isto é um teste para ver se estou preparada para a Amazônia.

Renato sorriu.

— Não, não é um teste. É uma iguaria.

— Está certo. Então, a primeira mordida é toda sua.

Em nossa última manhã em Puerto Lopez, acordei e encontrei a varanda ao lado do Spondylous coberta por cabeças de papel machê. Eram pelo menos cem, algumas com cabelos pretos, outras morenas, algumas de homem, outras de mulher, algumas de pele rosada, outras de pele morena, algumas com bigodes, outras de óculos; a população inteira de alguma cidadezinha, cortada na altura do pescoço e colada a estacas de madeira presas à balaustrada da varanda com pregos.

Renato veio até a rua, onde me encontrou tirando fotos.

— No *réveillon*, os equatorianos queimam bonecos em tamanho natural nas ruas... entes queridos que faleceram, políticos falidos, atletas que nos desapontaram.

Valsando com a gata

O maior porco que eu já vi ao vivo caminhava pela rua, vindo em nossa direção.

— Não se trata de feliz Ano-Novo como na sua América — contou Renato. — No *réveillon*, nós choramos. No dia primeiro de janeiro, ficamos felizes outra vez.

O porco veio direto para mim e roçou os pêlos eriçados de encontro às minhas pernas nuas.

— Estaremos em Quito no *réveillon* — avisa Renato. — Milhares de bonecos serão queimados, George Bush será, e, até mesmo, Lorena Bobbit. — Ele acariciou o porco atrás da orelha e o bicho fez um barulho parecido com um gato ronronando.

— Talvez — continua ele —, você mesma devesse fazer um ou dois bonecos.

No caminho de volta para Quito, paramos primeiro em Agua Blanca, onde haviam começado a escavar as ruínas de uma cultura cujo ponto alto foi em 500 d.C. e cujo povo é lembrado, primeiramente, disse Renato, por tentar se embelezar, deformando o crânio e extraindo os dentes.

Na rua, comprei de um garoto um colar com minúsculas figurinhas humanas de barro, metade das quais grávidas, enquanto a outra metade eram homens de pau duro.

Então, fomos a Mindo e atolamos a van no barro da floresta de neblina que ia seguindo em paralelo à estrada. Enquanto Renato cavava, caminhei três quilômetros até a cidade e bebi cerveja com os rapazes das redondezas enquanto o *barman* corria pela cidade atrás de um caminhão que funcionasse. No fim das contas, o pessoal do bar nos desatolou com um boi tão

Três lições sobre biologia amazônica

magro que as costelas pareciam uma arma. Passamos aquela noite na Hostería El Bijou por um dólar por cabeça. Os quartos tinham cortinado contra mosquitos e não muito mais que isso.

À luz de vela, eu observava a maior aranha que já vi devorar, sistematicamente, mosquitos gigantescos, quando Renato bateu à minha porta.

— Em que condições está o seu cortinado?

— Nada maior do que um cachorro de pequeno porte vai conseguir passar — respondi, enfiando a cabeça por um dos maiores rombos do cortinado para sorrir para ele.

— O meu não está muito melhor — disse —, senão eu trocaria com você. Você os ouviu dizer que faltou água?

— Água de beber?

— Água de beber, água para dar descarga, para lavar as mãos. — Ele começou a fechar a porta. — Eu sinto muito sobre isso, Lucy. Já deveríamos estar em Quito a esta altura, comendo bifes e bebendo um bom vinho chileno.

— Mas eu estou ganhando pontos a mais por isso, não estou?

— Dois dias em Quito — confirmou ele. — E o Amazonas é todo seu.

Em Quito, ele me levou à Igreja da Basílica, onde todas as gárgulas eram criaturas da água: tartarugas, iguanas, golfinhos e cobras.

— Não há *percebes* — comento, apontando para os botaréus decorados.

— Como pode ver, a igreja não foi terminada — diz ele.

— Obviamente ainda não chegaram à agulha, que terá a forma de um *percebes*.

Valsando com a gata

No interior, o altar era decorado com corais, estrelas-do-mar e madrepérola. Os sinos dobravam em meios-tons altos e rápidos, uma suave cascata desdobrando-se sobre o mar.

— Para o povo de meu país — diz Renato —, a água é tudo: amor, vida, religião... até mesmo Deus.

— Para mim, é assim também — concordo. — Em inglês, chamamos isso de metáfora.

— É claro — arremata Renato —, e a água é a metáfora mais abundante da terra.

Do lado de fora de minha janela, no centro de Quito, cem mil pessoas queimavam bonecos na rua. Renato foi para casa às dez da noite para estar com a família. Era a primeira vez que eu ficava sozinha em quase uma semana.

— Feliz Ano-Novo — disse eu, quando Tony atendeu.

— Onde diabos você se enfiou desta vez? — perguntou ele.

— Você vai ter de adivinhar — respondi. — Mas eu vou lhe dar boas dicas.

Tony e eu éramos amigos há anos, amantes durante um breve fim de semana neste período. Era triatleta e gostava de ler poesia; para os meus amigos, eu o chamava de o homem mais lindo do mundo.

— Austrália — disse ele, após duas dicas. — Tailândia — tentou, após três.

Ele havia sido alcoólatra e parara de beber muito antes de eu o conhecer; a data em que ficou sóbrio era a mesma de meu aniversário: oito de janeiro. Certa vez, ele me disse que o

Três lições sobre biologia amazônica

réveillon era o dia mais difícil de seu calendário. Eu telefonava para ele todos os anos, de onde quer que estivesse. Equador foi sua quinta tentativa; a dica: *aqui, o equinócio acontece todos os dias*.

Ele disse:

— Lucy, quero que você pare em Ann Arbor para me ver quando estiver voltando para casa. Nunca estivemos juntos quando estamos os dois solteiros. Devíamos tentar desta vez, ver no que é que dá.

Senti os últimos seis meses de solidão mudarem dentro de minha cabeça de uma eternidade para um instante. Contei todas as maneiras em que Tony era diferente dos outros.

— Chegou o seu dia, meu anjo, e o meu, também — disse.

— E eu quero lhe mostrar minha casa nova, quero que você conheça meu cachorro novo, fabuloso. Vamos desfrutar todo o carinho que sentimos um pelo outro para começar bem o ano. Ora, vamos Lucy, o que você me diz?

A distância zumbiu na linha entre nós dois.

— Você disse estuprar? — perguntei.

— É — respondeu Tony, com seu riso fácil. — Isso também.

— Estou indo para a Amazônia amanhã de manhã — disse eu. — Talvez não consiga mudar meu vôo.

— Tente. Eu sinto que talvez desta vez, Lucy, desta vez, este seja o nosso ano.

Eu saí pelas ruas onde pilhas de bonecos e de lixo, queimados pela metade, ainda ardiam em fogo lento. Passavam apenas alguns minutos da meia-noite, mas a cidade estava deserta. Todos os equatorianos haviam ido para casa para fazer a

Valsando com a gata

ceia de meia-noite com a família. As únicas pessoas que permaneciam nas ruas éramos nós os estrangeiros, e os sem-teto.

Uma velha em andrajos me passou um trago de alguma coisa com sabor de pêssego podre e que fez minha cabeça rodar assim que desceu. Atirei o copo de papel em uma das fogueiras. Do outro lado das chamas, vi uma mulher aos soluços, abraçando o próprio corpo.

Voltei para dentro e liguei para a companhia aérea. A mudança me custou seiscentos dólares.

Renato e eu passamos o dia inteiro correndo o rio Aguarico numa lancha para chegarmos até um acampamento chamado Zancudo — mosquito em espanhol — que fazia as vezes de base de fronteira para o exército equatoriano. O exército peruano estava posicionado na margem oposta, a menos de cem metros rio abaixo.

— Quando não estamos em guerra contra os peruanos — contou Renato —, jogamos futebol com eles aos domingos. Mas como agora estamos em guerra, talvez você ouça tiros à noite.

Ele estava me levando até a minha cabana, certificando-se de que eu encontraria o banheiro em meio à escuridão.

— Temos um pacto informal com os peruanos para que não mirem nas cabanas dos turistas — disse ele. — Mas, ainda assim, eu não dormiria no beliche mais próximo à janela.

Quando os tiros chegaram, barulhentos e próximos, e bem no meio de algum sonho bom que eu estava tendo, acordei sobressaltada e com tanta rapidez que quase me enforquei

Três lições sobre biologia amazônica

com o cortinado. Atirei-me no chão e me arrastei para debaixo da cama, puxando o filó junto. Houve mais cinco ou seis disparos; então a noite mergulhou outra vez em silêncio.

Na manhã seguinte, pegamos uma canoa com um motor de popa, um pouco mais adiante no rio Aguarico e fizemos uma curva fechada para a direita, subindo o rio Lagarto, que era menor e da cor de café fraco. Todo o resto, das margens do rio às copas das árvores, eram de um verde rico e implacável. Os sons da selva nos envolviam, o canto alvoroçado de pássaros lunáticos.

— Hoje, vamos ao acampamento Imuya — disse Renato.

— Imuya significa lar do macaco-gritador na língua do povo que sempre viveu aqui.

— E nós vamos vê-lo?

— Vamos ver todo tipo de macacos hoje: o macaco-aranha, o macaco-barrigudo, o sauá, o macaco-prego, o saimiri, o parauaçu, o sagüi, a preguiça. Ninguém jamais vê o macaco-gritador. Mas, quando ele grita, dá para ouvi-lo a oito quilômetros de distância.

Vimos um reflexo cor-de-rosa logo abaixo da superfície da água e, a seguir, mais uma vez acima.

— São botos-cor-de-rosa — disse Renato, desligando o motor. — Pode nadar com eles se quiser.

Um dos botos subiu à superfície e virou de lado. A pele em suas costas era de um marrom tingido de rosa, a mesma cor dos rapazes do Spondylous Bar.

Deixei-me cair da lateral do barco para dentro da água.

Valsando com a gata

— Eles são tímidos, sabia? Não vai ser como...
— O Flipper?
— Isso mesmo — concordou ele, rindo. — Justamente.

A água estava morna e deixou minha pele cor-de-chocolate. Os botos faziam imensos arcos, mantendo os olhos grudados em mim, apesar de distantes.

Tentei imitar seus mergulhos e Renato riu com ainda mais vontade.

— Fique longe das margens — instruiu. — Lá há caimãos, jararacas da Amazônia, cobras d'água muito venenosas... eu já lhe falei do candiru?

— Já, e não precisa falar outra vez.

Caminhamos os três quilômetros do passeio de tábuas atravessando a mata suspensa até o lago Imuya carregando nosso equipamento, nossa água, nossa comida. À nossa volta, a selva era densa, verde e transbordante; fervilhava com os sons da vida. A cada vez que dávamos um passo para fora do passeio eu pensava *Estou matando pelo menos mil espécies diferentes de cada vez.*

Ao chegarmos ao lago, dois índios siona — Rojillio e Lorenzo — nos aguardavam numa canoa de talho rústico, esculpida a mão de uma única árvore tropical. Renato estufou o peito e levantou a sua carga um pouco mais alto.

— Tire uma foto minha com Rojillio — pediu ele, e tirei.

— É um homem sábio — declarou Renato. — Aprendeu todas as lições sobre o rio.

Renato sentou-se bem à frente da canoa, a seguir Lorenzo, com o remo e, então, eu. Rojillio sentou-se ao fundo da canoa

Três lições sobre biologia amazônica

empunhando um remo imenso que usava para dar rumo ao barco. Falou numa língua que não era, exatamente, espanhol. Lorenzo sorriu, começou a rir.

— Ele disse que, nos últimos dias, viram um imenso caimão-fêmea próximo daqui — contou Renato. — Tinha quatro metros. Segundo conta, ela talvez tenha filhotes. Não podemos irritá-la.

Rojillio fez um barulho com a garganta, três vezes, um coaxar grave e gutural. Lorenzo riu outra vez, mas desta vez suavemente, como uma brisa.

— Este é o som que faz o filhote de caimão — disse Renato.

Rojillio fez o barulho outra vez e nem chegou ao terceiro coaxar quando a cabeça do caimão-mãe surgiu acima da superfície da água.

— Lá está ela — disse Lorenzo, pronunciando suas primeiras palavras em inglês.

Enquadrei o caimão no visor e cliquei algumas vezes. Ela vinha se aproximando de nós, lentamente, em direção à proa da canoa, sem fazer uma única ondulação na superfície da água, com os olhos fixos, ao que parecia, apenas em Renato.

Ia chegando mais e mais perto até eu ter de afastar o *zoom* e, ainda assim, pegar apenas o seu olho na foto.

Recuei o *zoom* ao máximo e me dei conta, naquele centésimo de segundo, de que a distância da lente equivalia à realidade. Deixei a câmera cair sobre o peito bem a tempo de ver o caimão chegar um pouco para trás e sair da água, impelido pelo músculo que era o seu rabo como nada que eu havia visto, silenciosamente. As duas patas da frente e algo em torno de dois metros e meio do corpo de quatro metros estavam na proa da canoa e ela abria e fechava o maxilar de noventa centímetros vigorosamente, em direção a Renato.

Rojillio latiu uma ordem que em qualquer língua teria sido "não caia dentro d'água" e Renato deslocou-se ao redor de Lorenzo, do lado oposto, por cima da água, mas, de alguma maneira, sem entrar nela, um movimento mais bonito do que o de um receptor de futebol americano com a linha do gol na mira.

O caimão esticou o pescoço na direção de Lorenzo e de Renato, que a essa altura estavam mais ou menos sentados em meu colo, e todos chegamos levemente para trás de forma a evitar que o barco inclinasse na direção do caimão, até ela se cansar do show de equilibrismo e deslizar mais uma vez para dentro d'água.

Mas a cabeça permaneceu acima da superfície, desta vez com um olho grudado em mim e tão próxima que eu poderia ter coçado sua cabeça sem nem ao menos ter de esticar o cotovelo.

Durante vários minutos, flutuamos dessa maneira no silêncio absoluto de meio-dia em ponto, em Imuya. Então, Lorenzo pegou o remo e enfiou-o na água com a suavidade de quem enfia uma colher dentro de creme chantilly fresco e nos empurrou, muito de leve, para longe do caimão.

Já estávamos a vinte metros dela quando Lorenzo e Rojillio caíram na gargalhada. Renato sorriu, mas dava para ver que ele ainda tremia muito.

Três lições sobre biologia amazônica

— No curso de guias — disse ele —, nos disseram que o caimão não é agressivo.

Mais tarde, naquele mesmo dia, tirei uma foto de Renato com a cabeça dentro das mandíbulas de um esqueleto de caimão, o maior troféu do acampamento, mas que não chegava nem perto, em tamanho, do que havia se aproximado do nosso barco.

— Eu fico pensando em minha esposa, em meu filho, em minha mãe e em como estariam se sentindo agora se as coisas tivessem acabado de outra forma — disse Renato.

Com a unha, ele raspou um grãozinho de terra de um dos dentes do caimão. De cima do deque, fiquei olhando fixamente para dentro da água escura e então para as densas copas verdejantes, lá em cima. Uma perereca caiu de um galho bem em cima de meu pescoço, enquanto eu olhava para cima, e eu a afastei sem nem ao menos reclamar.

— Deve ser estranho para você — disse ele. — Pensar que ninguém estaria chorando a sua perda.

— Ora, também não é assim — respondi. — Eu tenho amigos.

— Ainda assim, ficar sozinho não é natural. Olhe à sua volta. — Ele fez um gesto largo, mostrando as árvores acima de nós e o lago, aos nossos pés. — Não há um único animal na selva que não tenha um parceiro. — Um par de araras-vermelhas passou por nós bem à altura dos olhos, tagarelando uma com a outra.

— Como é que você faz isso? — indaguei. — A comunidade animal inteirinha vive à sua disposição?

Valsando com a gata

— Não. Eu é que vivo à disposição dela.

— Além do mais — continuei —, encontrar um parceiro não é problema; encontrar um bom parceiro, é aí que está o meu erro. Acho que sou um pouquinho mais exigente do que as araras-vermelhas.

— E por que acredita que ela não é exigente, só porque sabe escolher melhor do que você?

Algo de pesado chocou-se estrondosamente de encontro à água e Renato se encolheu mais do que desejava.

— Por que é que você não presta atenção? — perguntou ele, tocando primeiro o olho e, a seguir, o lóbulo da orelha. — Por que é que os seus rios não a ensinaram a viver?

Pensei nos rios que deixei para trás na minha América, recordei suas manhãs douradas, a delicada surpresa de uma geada no meio do verão. Lembrei-me de como, vistos de cima, os rios do deserto lampejavam feito colares de esmeraldas, o único verde à vista por quilômetros e quilômetros de morros isolados e áridos e mesas íngremes, de rochas quebradas e areias. Eu me lembro de ter pensado que se a Amazônia fosse plana e verde, ela não teria como me machucar. Eu havia esquecido a primeira lição jamais aprendida no rio: o lugar que o deixar vulnerável é o lugar que o tornará forte.

Naquele mesmo instante, ouvimos um som que lembrava o vento soprando através de um bueiro no dia mais frio de inverno, no centro de uma cidade, embora a temperatura em Imuya não pudesse estar abaixo dos trinta e oito graus. Foi o som mais oco, mais triste e mais sozinho que eu havia ouvido até então.

Três lições sobre biologia amazônica

Renato fez um aceno, indicando com a cabeça a escada de corda, e subimos até o observatório do acampamento, coberto de colmo. O barulho ficava mais alto lá em cima mas as árvores não se moviam. Mesmo o topo das copas estava tão imóvel quanto o primeiro respirar do alvorecer.

— São os macacos-gritadores — disse Renato. — Estão gritando de seis, talvez oito quilômetros, rio acima.

— É o vento — rebato. — Um animal jamais poderia fazer um som como este.

— São os macacos, sim. E não são muito maiores do que papagaios bem alimentados. — Ele juntou as mãos para mostrar o tamanho. — Eu lhe disse que a selva é um lugar mágico.

— Como é que você sabe que não é o vento — insisti —, se ninguém nunca vê esses macacos?

— É como os seus três meses de noite no Alasca — disse ele. — Vai ter de acreditar na minha palavra.

Em minha última manhã no Equador, Renato me levou ao aeroporto ao nascer do sol e este nasceu, como sempre nascia, exatamente às seis da manhã.

— Minha cabeça está girando com tudo aquilo que você me mostrou — revelei.

— Foi o meu país que lhe mostrou — disse ele. — Eu só dirigi o carro.

No aeroporto, ele ajeitou o boné e ficou perfeitamente ereto, quase em posição de sentido.

— Eu tenho a sensação de que nos tornamos *compañeros*. — Ele sorriu como um menininho. — Conhece essa palavra?

— É claro que sim — respondi.

Valsando com a gata

— Mais do que amigos e menos do que irmãos. É... — Ele apertou minha mão. — Quase um mistério.
— É — concordei, sorrindo. — É, sim.
— Quando você voltar ao Equador — começou —, vamos ver o quanto o rio lhe ensinou.
— E se eu voltar sozinha?
— Então, da próxima vez, daremos aos seus olhos ainda mais tempo para se acostumarem.

As Lições

O tempo de viagem até Ann Arbor foi de 17 horas, contando uma corrida alucinada para atravessar o estacionamento do Aeroporto Kennedy, diversos descongelamentos e 15 voltas em torno de Washington, D.C. aguardando permissão para aterrissar. Tony não estava no portão quando desembarquei no Aeroporto Internacional de Detroit. Também não estava no terminal de bagagens, tampouco no estacionamento, no seu escritório ou no celular.

Depois de duas horas, liguei para meu amigo Henry, em Chicago, porque ele estava no fuso seguinte e isso era o máximo de contato humano que eu teria após a meia-noite.

— Você acaba de fazer uma viagem longa, vinda de outro hemisfério — aconselhou ele. — Hospede-se num bom hotel e me telefone pela manhã.

Eu estava ligando para o hotel Marriott quando Tony chegou.

Três lições sobre biologia amazônica

— Eu sinto muito — disse ele. — Acho que me confundi com os horários.

Já em Ann Arbor, admirei seus móveis novos. Brinquei com seu elegante cachorrinho preto. Eram três da manhã em Michigan; em Quito, sabia eu, o sol estava prestes a nascer. Eu disse:

— Tony, preciso ir para a cama.

— Precisamos ter uma conversinha antes — começou ele, dando tapinhas em minha mão como se eu fosse uma pessoa idosa. — Eu sinto muito, Lucy, mas eu conheci um novo alguém.

Meus olhos pareciam a parte interna de uma secadora de roupas.

— Desde sexta feira? — perguntei. — Em apenas cinco dias?

— Pois é, acho que deveria ter ligado para você. O nome dela é Beth. — Ele soltou a minha mão quando disse isso. — Eu a vi numa vitrine na terça-feira e, até aqui, a coisa me parece muito saudável.

— Tudo bem — disse eu, e estava sendo sincera. — Eu estou superbem aqui mesmo, no sofá.

— Bem, aí é que está. Beth está meio chateada por você estar aqui. Acho que eu deveria lhe contar que foi o motivo de nossa primeira briga.

— Eu sinto muito, Tony. Não vou a lugar algum até dormir um pouco.

Valsando com a gata

Quando acordei, Tony estava sentado no sofá olhando para mim. Lá fora, tudo estava vitrificado após uma tempestade de gelo recém-caída, ofuscante sob o sol.

— Acho que não fui muito hábil ontem à noite — disse ele.

— Eu já dormi — comecei —, agora pode me levar para o aeroporto.

— Não é preciso — contra-argumentou, afagando o cão.

— Fui à casa de Beth ontem à noite, fizemos as pazes e agora ela está morrendo de vontade de conhecer você.

— Amanhã é meu aniversário, Tony. E a única coisa que eu quero é ir para casa.

No carro, a caminho do aeroporto, Tony disse:

— Sabe, eu ainda posso dar meia-volta com este carro.

Olhei pela janela, para as árvores congeladas, os galhos — pesados com seus pingentes de gelo — prestes a quebrar.

— Eu provavelmente estaria fazendo o mesmo que você — começou ele. — Mas é claro que, mais tarde, eu me sentiria como um perfeito babaca.

LIÇÃO NÚMERO 1:

— As borboletas-monarcas — Renato havia dito no primeiro dia que passamos em Imuya — fazem os gaios vomitarem. É assim que as monarcas evitam ser comidas. Mas, através dos anos, através de um processo denominado mimetismo batesiano, diversas outras espécies de borboletas aprenderam a

Três lições sobre biologia amazônica

se colorir de forma a parecerem uma monarca a cada vez que um gaio estiver por perto.

— O problema ocorre — continuou Renato — quando o gaio se vê diante de uma borboleta impostora. Se o gaio não vomitar logo de primeira, vai passar o resto da vida sem saber quais são as borboletas seguras e quais o farão passar mal.

Encostei a cabeça na janelinha enquanto, mais uma vez, raspavam o gelo do avião.

— Quem quer que tenha sido o desgraçado — disse uma voz acima de mim —, aposto os dentes da frente que ele não vale a pena. — Ela era miúda, negra e sexy e enfiava a mala no compartimento acima de mim ao mesmo tempo em que puxava a saia para baixo e ajeitava os trinta ou quarenta anéis de ouro.

— Equador — exclamou ela, olhando a etiqueta de minha bagagem de mão. — Eis aí um lugar onde eu sempre quis ir.

— Acabo de voltar de lá.

— E o tal sujeito, estava no Equador? — indagou ela.

— Não, em Ann Arbor.

— Bem — começou —, se você me perdoa a expressão, que se foda o filho da puta.

Sentou-se ao meu lado e estendeu a mão.

— Meu nome é Charisma. Qual é o seu?

— Lucy. Lucy O'Rourke.

— Bem, então deixe eu lhe perguntar uma coisa, Lucy O'Rourke, você sabe aonde eu estou indo esta noite?

— Deve estar indo para Oakland. Isto é, se estiver no avião certo.

Valsando com a gata

— É isso mesmo. É lá que mora o meu ex... o meu primeiro ex... só Deus sabe por onde anda o segundo... mas o primeiro me telefonou na semana passada e disse: "Charisma, enfie-se num avião e traga uma mala vazia porque nós vamos às compras." E é isso, minha querida, que a gente deve procurar em um homem.

Um garoto de 18 ou 19 anos parou no corredor ao nosso lado, mostrou o bilhete, deu de ombros e disse para Charisma:

— Acho que você está na minha poltrona.

— E temos aqui mais um maravilhoso membro da espécie — disse para mim, e para o menino: — Querido, este avião é enorme, eu sei que você vai conseguir encontrar outra.

O rapaz ficou rondando por ali por mais um minuto, transferindo o peso do corpo em direção à poltrona e, a seguir, para longe da poltrona; então, seguiu em frente.

Charisma contou que era escritora, artista plástica e que cuidava de uma loja de antigüidades que o terceiro marido comprou para ela, além de cantar numa boate de Detroit, blues e um pouquinho de jazz, embora eu não tenha conseguido decifrar com qual dessas coisas ela se sustentava.

— Você escreve romances? — perguntei.

— Romances? Não, meu Deus. Eu mal consigo ficar casada. — Ela sacou uma lixa de unha, uma tesoura, esmalte e minúsculos decalques de estrelinhas douradas.

— Agora conte-me tudo a respeito do Equador ou do homem de Ann Arbor. Do que você mais estiver precisando falar.

Três lições sobre biologia amazônica

Quando cheguei em casa, havia um recado de Steven, um carpinteiro que se transformou em massagista e especialista em tantra que conheci no verão quando ficava sentada no Café Roma de Oakland, tomando os meus primeiros *macchiattos* e tentando fazer amizades. Naquele tempo, Steven estava curtindo uma tremenda dor-de-cotovelo por causa do fim de um relacionamento com uma mulher que era tão rígida que não conseguia falar sobre a própria evacuação. Passar dois anos na Índia, segundo ele, havia mudado a sua vida.

Ele disse que se os capricornianos abraçassem, de fato, a sua natureza caprina, seriam as pessoas mais bem-sucedidas da Terra. Ele disse que Mercúrio logo voltaria à sua órbita normal e, então, os problemas de todo mundo estariam resolvidos.

Eu não tinha notícias de Steven desde aquele dia, mas ele havia lembrado a data de meu aniversário depois desse tempo todo e estava telefonando para ver se podia sair comigo. Olhei para a pilha de contas e para a geladeira vazia, tomei um banho e liguei para ele.

Ele me levou para comer *sushi* porque era cru e porque era arte e comida em sua mais pura forma. Eu bebi saquê o bastante para afogar até mesmo as ovas de peixe voador e as cabeças de camarão. Ele disse que o saquê não carregava o menor carma negativo, contanto que fosse bebido dentro de uma caixinha.

De volta ao meu apartamento, sentados em lados opostos do sofá, ele me deu um bloco de cupons valendo cinco massagens. Contou-me sobre sua família, sobre suas raízes mórmons, sobre os anos passados no Havaí, sobre como ele e a

Valsando com a gata

segunda mulher encaravam o sexo de forma tão artística que, às vezes, os vizinhos iam assistir.

Então ele disse:

— Acho que gostaria de lhe dar um grande beijo de feliz aniversário.

— Ia ser legal — respondi.

Quando terminamos, ele disse:

— Isso foi um pouquinho maior do que eu imaginei.

— Bem — comecei —, eu sinto muito.

— Diga uma coisa, Lucy, você alguma vez já pensou em você e eu transarmos?

— Não — respondi, mesmo porque não havia mesmo pensado nisso; só que não lhe contei a verdade toda, que eu não pensava nele desde aquele dia no Café Roma, quando nos conhecemos.

— Talvez você pudesse começar a pensar nisso agora — sugeriu.

Manuseei o bloquinho de cupons e tentei imaginar aquilo; pensei em seus vizinhos havaianos e em como eu nem ao menos sabia o que significava tantra.

— Bem, esta foi uma noite adorável... e eu tenho a sensação de que estamos ficando amigos e todo mundo diz que é daí que deve vir o sexo... — Seus olhos não permitiam que os meus vagassem. Ele assentiu com a cabeça, como quem deseja que haja mais a ser dito. — Eu tenho uma certa paixão por homens que conseguem construir coisas e eu sei que você consegue, embora não construa mais.

— Mas eu poderia... Se estivéssemos juntos e você quisesse alguma coisa.

Três lições sobre biologia amazônica

— Então, eu acho que seria legal, considerando que é meu aniversário, e tudo o mais. Steven ergueu a mão do lugar onde ela havia pousado, entre os nossos joelhos. Contei trinta segundos de silêncio.

— E então, o que é que *você* acha, sobre nós dois ficarmos juntos? — indaguei, por fim.

— Bem, francamente — respondeu —, não acho que você seja espiritualmente avançada o suficiente para mim.

LIÇÃO NÚMERO 2:

No segundo dia que passamos em Imuya, vimos todos os beija-flores possíveis: o beija-flor-de-cauda-verde; o *heliodoxa rubinoides*, com o peito castanho-claro brilhante; o *lampornis amethystimus*, de garganta cor-de-ametista e o topetinho.

— O topetinho-macho — contou Renato —, tem o topete de ser brigão e territorial o suficiente para não deixar que a fêmea se aproxime das flores para tomar o néctar do qual precisa para sobreviver. Assim, a fêmea aprendeu a entrar num cio fictício, a adquirir o rubor das cores do período de acasalamento. Quando o macho a vê, fica todo generoso e permite que ela faça o que bem entender. Quando já se empanturrou o suficiente, a fêmea volta à sua cor embotada outra vez e voa para longe.

Uma semana após o meu aniversário eu não agüentei, peguei uma cópia do *Bay Guardian* só para dar uma olhadinha,

Valsando com a gata

foi o que eu disse, nos classificados pessoais. Após passar boa parte da noite lendo-os, me decidi por um homem chamado Mitchell Wagner, cujo anúncio era benigno e engraçado concentrando-se, em grande parte, no filho de seis anos.

Combinamos sair na sexta-feira seguinte — Mitchell, eu e Willy, um jantar na casa dele, trutas com limão e salsinha, brócolis, batatas e bolo de chocolate de sobremesa.

Negociei bem a história do moleque de seis anos, eu achei, assistindo a *Branca de Neve e os Sete Anões* com ele e brincando de barraca de índio debaixo da mesa até as costas ficarem doloridas.

Mitchell foi fazendo uma pergunta atrás da outra: quais eram a melhor e a pior coisa a meu respeito, qual era o caráter dos três últimos homens com quem saí, onde achava que estaria morando dali a cinco anos, dali a dez.

Entre as perguntas, ele falou da ex-mulher, dos vícios desta, de como ele a deixara em Baltimore no meio da noite, levando Willy, se preparando para ser apanhado pela polícia ou pelo FBI para uma investigação que jamais começou.

— Ela nem ao menos ligou para os meus amigos para saber o que havia acontecido. Nem mesmo para a minha mãe.

— Ele passava a mão em torno da cabeça de Willy formando círculos imensos. — Quer dizer, isso soa para você como um instinto maternal natural?

— Não — respondi, muito embora eu não soubesse coisa alguma sobre o instinto maternal, fosse ele natural ou não.

— Você jamais faria uma coisa dessas, faria? — indagou ele, apertando os olhos como se esperasse que eu mentisse.

— Não — disse eu. — Nem consigo imaginar.

— Sabe — começou ele, quando eu disse que já estava na hora de ir embora. — Eu ia dizer isto para a sua secretária eletrônica, mas, pensando bem, acho que vou dizer na sua cara. Eu meio que me segurei no braço da poltrona.

— Nunca, em toda a minha vida, passei três horas com alguém que demonstrasse tão pouco interesse por mim.

— Eu sinto muito. Foi a única forma que encontrei de...

— *conseguir acompanhar a torrente de perguntas*, era o que eu ia dizer, mas então ele passou as mãos por trás de meu pescoço num gesto que, a princípio, acreditei ser estrangulamento, para, mais adiante — quando sua língua escorregou pela minha garganta abaixo — compreender que se tratava de um beijo.

— Estou tendo dificuldades — disse eu, recuando até a porta, agarrando a bolsa enquanto me movia escada abaixo — em acompanhar os rumos que esta noite tomou. — Eu movia os olhos entre Mitchell e Willy. — Obrigada pelo jantar.

Willy fechou os punhos por dentro dos pijamas enormes, num minúsculo cumprimento, e sussurrou:

— Tchau.

LIÇÃO NÚMERO 3:

— O pássaro mais barulhento da selva — disse Renato no terceiro dia — é conhecido como *screaming pehah*.*

---

* *Screaming pehah*, em português, significa chefe que grita. (N. do E.)

Valsando com a gata

Enfiou dois dedos dentro da boca e emitiu um som muito parecido com o fiu-fiu cobiçoso de algum garanhão de plantão. Alguns segundos depois o pássaro respondeu, praticamente com a mesma intensidade.

— O *screaming pehah* é um pássaro interessante — disse Renato — porque passa mais de setenta por cento da vida procurando um parceiro.

— Ao contrário de certas pessoas que conhecemos — declarei. Ou Renato não me ouviu ou escolheu não sorrir.

— E o motivo pelo qual tem de gritar tão alto — continuou ele —, é por ser um pássaro muito comum, pequeno e marrom, que vive na selva em meio a tantos pássaros lindíssimos, papagaios azuis e amarelos, beija-flores de pescoço vermelho, araras-vermelhas; ele sabe que a única coisa que o torna superior é o seu grito.

O telefone tocou às duas da manhã e era Mitchell Wagner.

— Não consigo parar de pensar em você — disse ele com uma voz que era metade coaxo e metade sussurro. — Em uma única noite você conseguiu mudar todas as convicções que passei a ter sobre as mulheres.

— Não sei o que dizer — foi a minha reação.

— Diga que me verá outra vez. Diga que virá jantar aqui em casa amanhã.

— Não — disse eu. — Nunca. — E desliguei o telefone.

Muito antes de amanhecer, o telefone tocou outra vez.

— Minha querida — disse a voz. — Aqui quem fala é Charisma. Só estou ligando para saber se você está se sentindo, hoje, tão linda quanto é.

Três lições sobre biologia amazônica

— Estou, sim. Obrigada, Charisma. Eu acho que hoje é exatamente isso que estou sentindo.

— Há dois tipos básicos de pássaros numa selva — disse Renato no último dia que passamos em Imuya. — Os que comem frutas e os que comem insetos.

— Você faz a coisa soar tão simples — comentei.

— E *é* simples — argumentou ele, tomando as minhas mãos para que eu prestasse atenção no que dizia. — Os que comem frutas têm mais tempo para cantar.

No 747, indo de Quito para Miami, fiquei impressionada com a graciosa curva do continente sul-americano, com a forma das maiores ondas tremeluzirem antes de quebrar na costa virgem e impossivelmente longa. *No início*, havia dito Renato, *o mundo todo era a América*.

Fiquei acordada até o céu começar a clarear. Até mesmo em Point Barrow, o sol logo estaria nascendo. Adormeci e sonhei em devolver a minha vida ao rio. Pelo resto da manhã, os macacos-gritadores berraram nos meus sonhos.

A Lua é o primeiro marido de toda mulher

HENRY ACHOU QUE CONSEGUIRÍAMOS chegar antes do mau tempo. Tínhamos recebido toda a sorte de notícias sobre o furacão Gordon pelo nosso rádio de meia-tigela, dizendo que estava a 32 quilômetros da costa de Cuba, soprando mais freneticamente a cada minuto que preparávamos os cabos do barco. Dirigia-se para oeste, segundo diziam, seguindo reto — como costumavam fazer as tempestades tardias — para o Golfo do México, enquanto que nós íamos para o leste, para as Bahamas.

Eu estava correndo os cordames, certificando-me de que tínhamos todas as cordas e cabos e ferragens das quais precisaríamos para velejar a todo pano. Precisávamos estar longe do cais às nove da manhã se quiséssemos percorrer os 96 quilômetros até Bimini antes do anoitecer. A entrada da enseada de Bimini era complicada até mesmo com dia claro e impossível na escuridão desde que o furacão Hugo arrancara a bóia de

Valsando com a gata

iluminação como se fosse um mero patinho de borracha e a atirara com toda a violência perto de uma velha pista de pouso, bem no meio da ilha.

— Não estou conseguindo encontrar as alças do sarilho — berrei em direção à escada do tombadilho, para Henry, que estava com a cabeça enfiada na parte inferior do casco do navio, esmurrando o gerador com um par de alicates.

— Estão por aqui, em algum lugar — respondeu ele. — Mas não vamos precisar delas se não conseguir ligar este motor.

— Muito pelo contrário, capitão — disse eu, embora não alto o suficiente para ele ouvir.

O nome do barco era *Phaedrus,* em homenagem ao livro *Zen e a arte de manutenção de motocicletas* e, conforme eu vivia dizendo, *Os diálogos* de Platão, muito embora eu soubesse que Henry jamais havia lido qualquer um dos dois. Tratava-se de um brigue de cinqüenta e dois pés, dois mastros e era tão largo no vau que dava para dançar quadrilha no camarote principal. Era um barco projetado para refeições ao ar livre no cais e para cruzeiros da Inland Waterways, mas Henry tinha uma queda por mares abertos que ele não conseguia, exatamente, controlar.

Carter Thompson estava no deque comigo, testando os cabos das âncoras. Havia atirado os dois imensos ganchos na água e corrido toda a extensão da corda de ambos apenas para certificar-se de que estava tudo bem.

— O fato de esse gerador não estar funcionando tem algum efeito sobre o uso do sarilho para içar essas âncoras? — perguntou Carter, enrolando o primeiro cabo de âncora em torno da enorme roda de prata projetada para puxá-la.

A Lua é o primeiro marido de toda mulher

— Nenhuma — respondi. — Esse sarilho não funciona desde que o barco pertence a Henry.

Eu me levantei para ajudar Carter a puxar os cento e cinqüenta metros, duros e pesados, de cabo de âncora.

— O capitão acredita em içar as âncoras à moda antiga — disse.

Henry e eu havíamos velejado juntos umas dez vezes em nossos cinco anos de amizade. Era um rapaz sulista, criado na Flórida Central bebendo Coca-Cola na garrafa com amendoins enfiados no gargalo e atirando em aligatores com espingardas de chumbinho. A família era pobre demais para mandá-lo para a faculdade, mas ele ganhou um milhão de dólares mesmo assim, três vezes, conforme gostava de dizer, e perdeu-o pelos menos duas vezes e meia. Eu gostava dele porque era generoso com seu dinheiro quando o tinha, porque me dava conselhos sem precisar que eu os aceitasse e porque havia deixado que eu pintasse o nome *Phaedrus* no gio do barco em enormes letras pretas, à mão livre, pendurada de cabeça para baixo por cima da popa sem nem ao menos ficar de pé no deque para me vigiar.

Havíamos planejado esta viagem para o finzinho da estação de furacões e Henry achou que ficaríamos desfalcados se o tempo virasse. E então liguei para Carter Thompson de última hora e ele conseguiu se desvencilhar do que tinha de fazer.

Carter e eu havíamos nos conhecido em Baton Rouge mais cedo, naquele mesmo ano, comendo comida crioula de pé, meu ensopado de quiabo com camarão lado a lado com o *étouffée* dele e muito embora nada de muito significativo tivesse acontecido em termos românticos, eu havia ficado um tanto

Valsando com a gata

caída pelas suas maçãs do rosto saltadas, os cabelos dourados amalucados que cresciam em todas as direções e pela voz suave e doce como mel de seu violão Martin. Seus olhos não eram nem verdes nem azuis, nem mesmo exatamente castanho-claros. Traziam uma suavidade e uma certa hilaridade que eu achava acolhedora.

Carter tinha uma noiva em Los Angeles que aparecia fazendo cara feia em todas as fotos que ele carregava dela e um melhor amigo em Saint Louis chamado Al, o Ubíquo, que, segundo ele, ninguém jamais havia conhecido. E muito embora Carter fosse considerado o melhor descobridor de locações do mundo do cinema, a primeira coisa que havia dito a seu próprio respeito em Baton Rouge foi que era marinheiro.

Henry não era a pessoa mais fácil do mundo de lidar mas achei que ele e Carter talvez se dessem bem. Haviam se conhecido certa vez quando estávamos todos a negócios, coincidentemente, em Chicago, onde Henry vende imóveis. Fumamos maconha e subimos ao topo do edifício John Hancock e olhamos pelas janelas e foi como um daqueles auto-estereogramas, só que ao contrário.

Então, fomos a um restaurante italiano onde os garçons cantavam ópera e fingimos que era meu aniversário para que viessem à nossa mesa cantar para mim. Henry pediu uma garrafa de champanhe cara e quando a garçonete perguntou se queríamos outra eu disse que sim, como se tivesse esquecido que aquilo tudo não passava de uma brincadeira.

Henry estava prestes a se casar pela quarta vez com uma garota que tinha a metade da idade dele e se chamava Candy e falava coisas como *de jeitos nenhum* e *ô colega* e trabalhava num

A Lua é o primeiro marido de toda mulher

quiosque de *piercing* bem no meio de um *shopping*. Henry havia sido nocauteado pelo amor apenas uma vez, embora com força, e jamais se recuperara. Eu não sabia por que Carter queria se casar com uma garota que vivia de cara feia.

Eu saía para velejar com Henry com tanta freqüência porque a convicção das suas esposas em não querer acompanhá-lo era tal que não se importavam que eu fosse. Henry disse que eu era diferente das mulheres com quem ele havia se casado porque eu não ficava me lamentando, e não me assustava com facilidade, e não tinha de fazer xixi a cada dez minutos e não ficava enjoada. Era de se imaginar que ele procurasse essas características numa esposa, considerando que ele vivia parte de sua vida em alto-mar, mas as mulheres que escolhia pareciam cunhadas em papel, cada uma exatamente igual à anterior.

No início daquele verão, Henry havia me sentado bem no meio da praça central de Georgetown em Great Exuma. Estávamos na Regatta, a maior festa do ano na ilha e o *reggae* e o aroma de gim e de cocos enchiam o ar.

— Quer que eu lhe diga por que vou me casar com Candy e não com você? — perguntou ele.

— Não — respondi.

— É muito simples.

— Não — repeti, um pouco mais alto do que da primeira vez.

— Porque não é sempre que você é boazinha comigo — disse ele.

— E por acaso alguém é *sempre* bonzinho com alguém? — questionei.

— Candy é comigo. Sempre.

Valsando com a gata

Carter também disse coisas para e sobre mim que eu não compreendi, metáforas nas quais não consegui encontrar o menor sentido.

— Nós dois estamos no camarote da imprensa juntos — ele havia dito certa vez, por telefone. — Assistindo ao jogo de desempate da minha vida, lá embaixo.

E antes disso, em Baton Rouge, quando nos separamos no aeroporto, ele me deu um beijinho e disse:

— Eu sou a pista de dança, Lucy, mas você... você é a chapinha dos sapatos do dançarino.

Phaedrus não gostava muito de ser exposta ao vento e ficava tranqüila e lenta com qualquer coisa que não fosse um vento de alheta, mas conseguia acompanhar barcos que tinham duas vezes o seu valor justo de mercado descendo o mar em direção ao vento. Apesar da idade avançada, era uma garota durona, não tão segura quanto teimosa e, nos cinco anos em que eu velejava com Henry, ela sempre nos levou de volta ao cais, muitas vezes sem iluminação, uma vez sem hélice e sempre sem radar e sem sarilho, mas, ainda assim, sãos e salvos.

Henry dizia que ela era o fusquinha dos barcos a vela, mas ele a amava tanto quanto um homem pode amar seu barco. Ele dizia que o carinho com o qual ela cuidava dele, e de todos nós, era prova de que ela retribuía o seu amor.

Eu havia trabalhado em veleiros aos vinte e poucos anos, nos Grandes Lagos e no Caribe; trabalhei para um babaca atrás do outro com uma lista de regras a serem seguidas tão longa quanto uma religião e que ficava berrando *Só mais um pequeno pulso para a frente!* todas as vezes que tentávamos nos aproximar de uma plataforma, como se estivéssemos atracando o *Discovery*.

A Lua é o primeiro marido de toda mulher

Henry era o oposto desses capitães. Acreditava que uma das funções de um cais era parar um barco em movimento e *Phaedrus* tinha marcas de batalha como prova disso. Às vezes, seguíamos caminho sem alguma coisa importante — um amortecedor ou uma bolina, manteiga ou um bote salva-vidas — mas sempre tínhamos mistura para ponche ao rum e fita isolante o bastante para substituir qualquer objeto que deixássemos para trás.

Que eu soubesse, havia uma única regra a bordo do *Phaedrus*: as fitas de vídeo não podiam ser guardadas em suas respectivas caixas. Uma vez presenciei Henry expulsar um homem do barco em Georgetown, um francês, porque este não agüentava aquela bagunça toda. Henry acordou certa manhã e descobriu que os vídeos não estavam apenas arrumados em suas respectivas caixas como também em ordem alfabética. O francês também havia colocado os CDs em ordem e estava trabalhando na biblioteca quando Henry entrou.

— Na França — disse o homem —, nossos apartamentos são pequenos como camarotes de barcos. É importante ser organizado.

— Bem, isto daqui não é a França — respondeu Henry, praticamente levantando o homem pelo cangote para, então, largá-lo bem no meio do camarote, onde não poderia mais tocar em coisa alguma. — O nome deste país é *Phaedrus* — declarou Henry. — E eu sou o rei.

O francês estava fora da ilha antes do horário do coquetel naquela noite.

Valsando com a gata

Içamos todas as três velas assim que chegamos ao Gulf Stream. Eu fazia as vezes de timoneiro não-oficial em todas as viagens, em parte porque eu conseguia manter o curso com mais rigor do que qualquer outra pessoa que Henry conhecia e, também, porque ficava enjoada no instante em que tirava a mão da roda de leme.

Henry dizia que aquilo era fruto de minha obsessão por controle e, um belo dia, tentou me hipnotizar para me tirar dessa, mas eu vomitei sobre seu giroscópio. Nunca mais permitiu que alguém tentasse tirar de mim a posição de timoneiro.

Carter e Henry tiveram uma trabalheira danada para içar as velas sem as alças do sarilho que — nós decidimos, de uma vez por todas, assim que a silhueta de Miami mergulhou abaixo do horizonte formado pela popa — não estavam mesmo no barco. Comentei que *recolhê-las* seria ainda mais complicado, especialmente se o vento começasse a soprar mais forte, mas Henry disse que nos preocuparíamos com isso se acontecesse.

— O que você acha de desligarmos o motor — sugeriu Carter, alongando as costas após o içamento das velas — e deixarmos a natureza fazer de nós o que bem entender.

— Esqueci de avisar — comecei —, Henry nunca desliga os motores.

— Está brincando — comentou Carter.

— É um pequeno acordo — explicou Henry — entre mim e a doce *Phaedrus*.

Carter olhou para mim do outro extremo da cabina com expressão de quem pergunta *Por que é que ele não compra uma lancha*, mas eu fingi não notar. Eu também não gostava do barulho ou da fumaça de diesel, mas sabia que a probabilidade de ela nunca mais dar partida era maior do que dois para um.

A Lua é o primeiro marido de toda mulher

Henry fez uma boa quantidade de ponche ao rum e nos colocamos em nossas respectivas posições: eu por trás da roda de leme, e os homens estirados na cabina, um de cada lado meu.

Henry e Carter começaram a trocar piadas sobre advogados, depois sobre velejar e então, imaginem só, sobre cerimônias de casamento.

Então eu disse:

— Vocês dois parecem adolescentes.

— E você parece uma solteirona.

— Vá para o inferno, Henry — cortei.

— E, o que é pior, uma solteirona rabugenta — comentou Henry.

— Para a sua informação — comecei —, eu também vou me casar este verão.

— Jura? — indagou Henry.

— Juro — respondi.

— Está mentindo — contrapôs Henry. — Aposto o barco que está.

— Você está mentindo? — indagou Carter.

— É claro que estou — confessei. — Mas, por um minuto, vocês acreditaram.

— Por menos de um minuto — retorquiu Henry.

— Bem, ainda assim — continuei —, não é a idéia mais absurda do planeta, é?

— Está entre as dez mais — disse Henry. Ele se virou para Carter. — O grau de expectativa de Lucy tira a maioria dos mortais da corrida.

— Há dias em que acho que iria para casa com qualquer um que assoviasse.

Valsando com a gata

— E quais são as notícias que você tem de Josh ultimamente? — Henry quis saber.

— Ele me ligou para contar que tem tido ataques de sonambulismo e dado de cara com paredes e móveis — contei.

— Que acorda cheio de machucados. Disse a ele que procurasse ajuda, que se consultasse com Janice, sabe, minha antiga psicanalista.

— Então ele disse: "Lucy, eu não posso me consultar com Janice" — opinou Henry.

— Como é que você consegue saber tudo?

— Você acha que é a primeira pessoa cujo namorado dormiu com a analista dela?

— Agora, está parecendo meu pai — reclamei.

— Muito obrigado.

— E nos outros dias? — pronunciou-se Carter, e nós dois nos viramos para encará-lo. — Os dias nos quais você não iria para casa com qualquer um que assoviasse?

— Nos outros dias, eu quero me preservar para o êxtase e para os fogos de artifício. Nos outros dias eu, simplesmente, não estou disposta a me resignar.

— Como eu estou — observou Henry.

— Eu não disse isso — rebati.

— Como eu estou — disse Carter, e nós dois mais uma vez nos viramos para olhar para ele. — Eu estou — repetiu e nós dois esperamos que ele explicasse aquilo, mas ele não disse mais nada.

— Eu já tive os fogos de artifício — declarou Henry. — Já tive minas terrestres e morteiros e bombas H de foder. Agora, eu só quero alguém com quem conversar, em quem tocar, com quem trepar.

A Lua é o primeiro marido de toda mulher

— Interessante a escolha das palavras — observei.
— E o que é que você quer dizer com isso? — perguntou Henry.

Ao que respondi:
— O que é que você acha?

A três horas e vinte e nove quilômetros de distância de Miami, fomos pegos por uma série de rajadas de vento, acompanhadas de chuva, uma após a outra. Por um minuto, choveu com tanta intensidade que não dava para vermos, da cabine, a proa do barco afundar na água; e, no minuto seguinte, torrávamos debaixo do sol de meio-dia.

Carter levantou e fez uma dança da chuva, que acabou por se transformar numa dança do sol quando as nuvens se dissiparam. Estávamos contentes e alvoroçados como crianças naquela manhã, libertos de nossas vidas reais e soltos no meio do oceano. O vento soprava a constantes vinte nós, longe o suficiente de nossa proa para permitir que velejássemos. As ondas mediam três metros, às vezes chegando a quatro e meio.

— O que eu gostaria de saber — começou Carter —, é quando vamos amadurecer o suficiente para nos livrarmos da idéia de que há uma pessoa perfeita em algum lugar para cada um de nós que vai fazer com que cada dia de nossas vidas seja o paraíso?

— Em Nassau — comentei —, há uma ponte que leva a um lugar chamado paraíso e cujo pedágio só custa um dólar.

— A minha idéia do paraíso — contrapôs Henry — é ser o dono dessa ponte.

— Isto é o paraíso — opinei. — Nós três e *Phaedrus* no feroz e vasto oceano.

Valsando com a gata

— *Phaedrus* é o meu verdadeiro amor — disse Henry, curvando-se para beijar o sarilho que lampejava, prateado e luminoso, sob o sol intermitente.

— Venho lendo sobre o Phaedrus original — contei. — É Platão. Acho que você ficaria interessado em saber o que descobri.

— Conte-me tudo — pediu Henry, sabendo que era o que eu queria fazer.

— Está em um dos diálogos — comecei. — Phaedrus pergunta a Sócrates se é melhor passar a vida ao lado de alguém com quem se é compatível ou com alguém por quem se é louco de amor, alguém que poderá fazer de nossa vida um verdadeiro inferno.

— E o que diz Sócrates? — perguntou Henry.

— Ele diz que você deve ficar ao lado de alguém com quem se dê bem e leva trinta páginas para provar isso... de maneira lógica... como um teorema. — Observei uma sombra de alívio atravessar o rosto dos dois homens.

— Então — continuei —, ele muda de idéia.

— E diz que você deve passar a vida ao lado da pessoa que pode transformar sua vida num inferno — concluiu Henry.

— O que ele diz — expliquei — é que quando nos apaixonamos a todo vapor por alguém, é porque nossa alma reconhece outra alma com a qual se associou em algum plano anterior.

— Sócrates disse *a todo vapor*? — perguntou Carter.

— Ele disse, *mas o que é o raciocínio lógico do homem se comparado ao poder da loucura divina?*

— Loucura divina — repetiu Henry. — Gostei.

A Lua é o primeiro marido de toda mulher

— Ele diz que, quando estamos apaixonados, somos como um cocheiro conduzindo dois cavalos gigantes. Um deles salta adiante, arrastando a charrete como um louco enfurecido, enquanto o outro planta as quatro patas no chão, levando à mais ruidosa das derrapagens. O cocheiro precisa ter cautela para manter os dois cavalgando juntos.

— Já me vi nessa situação — disse Henry.

— A questão é que — concluí — Sócrates disse que não devemos nos resignar.

— É claro que devemos nos lembrar — provocou Henry — que esses rapazes todos falavam de sua paixão uns pelos outros.

— Sócrates era viado? — Carter quis saber.

— Até parece que faz alguma diferença — observei.

— Pode não fazer para você — disse Henry.

— A não ser que Sócrates estivesse tentando seduzir Phaedrus — comentei.

— E era justo o que ele estava fazendo — emendou Henry.

— Com certeza — concordei. — Mas Phaedrus disse que era melhor que não fossem amantes porque, assim, teriam mais liberdade para falar sobre o amor.

— Como nós — disse Carter.

E Henry concluiu:

— Exatamente.

Foi mais ou menos nesse momento que eu me dei conta de que a tempestade na qual nos encontrávamos estava durando mais do que as outras.

Valsando com a gata

— Henry — perguntei —, você tem a sensação de que o vento está soprando mais forte? — E tão logo terminei de falar, uma rajada chegou açoitando o vau do barco, fazendo os cordames soltarem um guincho agudo, alto, puxando as cordas das velas com força de encontro aos sarilhos. Os ventos prevalecentes no Gulf Stream chegavam do leste e quando passavam a soprar do sul, era sinal de que uma frente fria vinha chegando.

— Parece que, subitamente, estamos no meio de um vento de alheta — disse Henry depois de um instante. — Vamos tentar rizar a vela principal. — E, antes que pudéssemos nos deslocar para fazê-lo, a primeira das grandes ondas quebrou na proa.

— Você tem coletes salva-vidas a bordo? — perguntou Carter. Henry o ignorou, o que, eu sabia, indicava que a resposta era não.

O vento tinha dobrado de velocidade mais uma vez quando conseguimos rizar a vela principal e, agora, parecia soprar de todos os lados: um minuto estava na proa e no seguinte atravessava o vau; de vez em quando, uma rajada até mesmo eriçava os meus cabelos, chegando por detrás. Recolhemos a bujarrona o mais perto que conseguimos do estai de estibordo e amarramos a mezena com força, bem no meio do mastro, como forma de garantir o equilíbrio. Cada onda que varria o gurupés era maior do que a anterior. Os trovões rugiam em algum lugar ao sul de onde nos encontrávamos. Era Gordon, pensei, limpando a garganta.

Henry brincou com o GPS para se certificar de que continuávamos na rota certa. Em condições normais, a correnteza

A Lua é o primeiro marido de toda mulher

do Gulf Stream nos arrastaria mais de dois nós para norte e não havia como saber quantos nós seriam acrescentados a isso com vento forte.

— Está dizendo que estamos a cinco nós — disse ele. — Nunca chegaremos a Bimini à luz do dia nessa velocidade. Eu até pediria a ela que me desse mais algumas rpms, mas não estou a fim de emputecê-la. — Ele sorriu seu sorriso de velho lobo do mar que guardava para ocasiões tais como furacões. — Conheço um ou dois marujos que fizeram o trecho à noite.

— Sim, quando havia um farol no local — argumentei.

— Detalhes — rebateu Henry.

— As regras dizem para *jamais* tentar se aproximar do porto de Bimini em condições adversas.

— E onde estaria você hoje, meu bem, se tivesse vivido a sua vida inteira de acordo com as regras?

Ninguém mencionou o que todos sabíamos: que se Gordon tivesse, de fato, mudado o seu curso e tivéssemos acabado de pegar a sua borda, teríamos muita sorte de chegar em qualquer lugar nas proximidades de Bimini, quanto mais no porto e em segurança.

Phaedrus não havia sido construída para as condições das quais nos aproximávamos rapidamente. O vau era largo demais e o apoio estrutural muito pouco para a flexibilidade da qual precisaria — era muito espaço aberto no nível inferior para ela se agüentar num mar tão vasto. Henry me havia dito, certa vez, para pensar nela como um animal gigantesco cujas costelas não estavam, de forma alguma, coladas à pele de fibra de vidro. Já dava para ouvir a tensão no imenso camarote principal; rangia cada vez que despencávamos da crista de uma onda.

Valsando com a gata

O trovão que ninguém havia admitido ter ouvido estava próximo demais para ser ignorado. Contei segundos entre o clarão do trovão e o estrondo seguinte. Sete, depois seis e depois, quatro.

— É um ventinho e tanto esse que começou a soprar de repente — comentou Henry. Carter estava calado como eu jamais o vira.

— Na África Ocidental — eu disse, erguendo a voz —, as pessoas acreditam que o sol é um campo e que nele vive o carneiro de Deus. Quando o carneiro golpeia o sol com o casco, ruge o trovão e quando ele balança o rabo, o relâmpago lampeja. A chuva é causada por tufos de lã caindo do velo do carneiro e, quando o vento sopra, é porque o carneiro está galopando.

Carter me pareceu um tanto perdido. Henry, eu sabia, estava com a atenção firmemente voltada para outra coisa, para as especificações estruturais do barco, quem sabe, ou para o traquete que se esgarçava até perto do ponto de se rasgar por inteiro.

Eu estava ficando bastante enjoada e, pior, com vontade de fazer xixi. Isso significava não só ter de abandonar o leme como também ter de descer à parte inferior do barco, e a combinação dessas duas coisas me levaria daquele estágio da náusea em que a gente tem medo de morrer diretamente à fase em que se deseja estar morto.

— Conte-nos uma história — pedi a Henry, com o intuito de desviar a atenção de minha bexiga. — Conte-nos uma história sobre o buraco.

— Um homem se levanta, sai porta afora e cai num buraco — começou Henry.

A Lua é o primeiro marido de toda mulher

— Eu adoro esta história — disse eu. — Ouça só esta, Carter.

— Ele pensa assim, *Ora merda, por que foi que eu não vi aquele buraco* — continuou Henry, abaixando-se para tocar o espaço entre os pés para se certificar de que o embornal estava escoando a água. A essa altura, estávamos levando baldadas de água no meio da cara, nossas peles pinicando, ressecadas devido ao sal.

— Então, no dia seguinte, o mesmo cara se levanta — continua Henry —, sai porta afora e cai no buraco. E diz: *Ora merda! Como foi que eu consegui cair no mesmo buraco dois dias seguidos?*

Um raio caiu tão perto de onde estávamos que fez o ar crepitar. Com os olhos, percorri os vinte e dois metros de mastro até o topo e depois baixei-os até as minhas mãos, até a imensa roda cromada.

— No dia seguinte, o sujeito se levanta outra vez, sai porta afora e cai no buraco. A essa altura ele já está puto da vida.

Henry mexeu no GPS.

— Veja se consegue convencê-la a cair ao sul de noventa graus, Lucy.

— Sim, senhor capitão.

— E então... — cobrou Carter.

— Então chegamos ao quarto dia, certo? E o cara se levanta, sai porta afora e cai no buraco.

— Ela não quer me deixar passar de noventa e cinco.

— Então vá com o que ela lhe der — disse Henry.

— E aí, o que acontece? — impacientou-se Carter.

Valsando com a gata

— Agradeço o seu interesse crescente — disse Henry. — Pois bem, no dia seguinte o sujeito se levanta, sai porta afora, mas não cai no buraco.

Henry recolhe a bujarrona ainda mais.

— E assim... — insistiu Carter.

— É isso — concluiu Henry. — Essa é a história do buraco.

— Ele não cai no buraco — disse Carter.

— Não — disse Henry.

— Ele passa por cima do buraco — disse Carter.

— Imagino que sim — disse Henry. — Ou então o contorna.

Passamos alguns minutos sem falar, ouvindo milhares de litros de água despencarem sobre o gurupés, o som de náilon cansado movimentando mais vento do que poderia agüentar, o barulho do casco esgarçando e, a seguir, esgarçando um pouquinho mais, toda aquela fibra de vidro tesa movendo-se contra a empena, contra a respiração da madeira.

— Se estivesse escuro — comecei —, as estrelas acima de nossas cabeças formariam Delphinus, o golfinho.

— Fale mais a respeito dele — pediu Henry.

— Havia um poeta e músico chamado Arion velejando de volta para a Grécia. A tripulação do navio se virou contra ele, estava prestes a matá-lo, mas ele invocou um golfinho com sua lira, saltou na água, subiu no dorso do animal e foi carregado para longe dali, em segurança.

— Essa é uma história alegre — comentou Henry — no contexto das que você costuma contar.

— Eu conheço um monte de histórias alegres.

A Lua é o primeiro marido de toda mulher

O GPS mostrou que havíamos diminuído o ritmo para menos de dois nós. Mais uma vez, o vento soprava direto em nossos rostos com rajadas superiores a cinqüenta nós. As ondas tinham mais de nove metros e se aproximavam cada vez mais rápido. Até então, ninguém havia pronunciado a palavra *furacão*.

A vela principal havia rasgado ao longo da adriça de tal maneira que estava imprestável, e Carter a amarrou em torno do mastro com cordas de borracha só para mantê-la longe de meu rosto. Estávamos com a bujarrona puxada com tanta força que ela fatalmente rasgaria a qualquer instante; as únicas perguntas que tínhamos era *quando* e qual o *tamanho* do estrago.

— Talvez devêssemos tentar baixar essa bujarrona — sugeriu Carter. — Para o caso de precisarmos dela mais tarde.

Henry concordou com a cabeça, lentamente, mas não se mexeu. Mesmo que a recolhessem, sem o cabo do sarilho, talvez não conseguissem içá-la outra vez e se o motor desse pau, a bujarrona era a única chance que tínhamos de chegar a algum lugar.

A tempestade nos atingia em cheio, o vento uivava tão alto, os trovões rugiam tão perto, os clarões dos relâmpagos eram tão luzentes que achei que jamais ouviríamos o motor se engasgasse, mas, então, senti algo sob os pés, senti-o tossir uma vez, duas vezes e voltar a zumbir normalmente. Meus olhos encontraram os de Henry e compreendi que ele também havia sentido aquilo.

Eu estava tão enjoada a essa altura que a única coisa que me fazia permanecer de pé era a dificuldade de manter *Phaedrus* numa rota de noventa e cinco graus. Ainda assim, algo em mim não se dispunha a permitir que Henry me visse vomitar.

Valsando com a gata

Então, quando parecia que aquilo não podia piorar, uma onda surgiu do nada e nos atingiu transversalmente, tão grande e rápida que mergulhamos o topo do mastro principal no mar. A água jorrou célere para dentro da parte mais baixa do camarote e eu ouvi o que achei ser madeira estalando, da proa à popa. Agarrei a roda do leme e olhei fixamente para a bússola e, então, estávamos de pé outra vez e sendo atingidos pelas ondas apenas por cima da proa.

— A maior desvantagem do mar — declarou Henry, mais alto do que o volume da tempestade —, é que após vencer uma onda você encontra outra por trás dela, igualmente importante e igualmente interessada em inundar um barco.

— Quem disse isso? — perguntou Carter. Ele também precisava gritar para ser ouvido.

— Stephen Crane — berrou Henry. — *The Open Boat*.

— Esse estalido... — sondou Carter.

— Não foi o que pensou — disse Henry. — Não desta vez, não por enquanto. A esta altura é apenas a fibra de vidro discutindo com a madeira e perdendo. — Achei ter ouvido Henry rir baixinho. — Bem, saberemos imediatamente se uma onda escolher abri-la ao meio. Consegue aproximá-la ainda mais do vento, Lucy?

— Cem — respondi. — Talvez cento e cinco.

— Veja o que consegue fazer — respondeu ele. — Eu gostaria de ter um ângulo melhor da próxima vez que formos atingidos por um desses ventos laterais.

E tão logo as palavras deixaram sua boca, o próximo lateral de fato chegou, e mais dois depois dele. Os estalos, fossem eles o que fossem, ficavam cada vez mais altos.

A Lua é o primeiro marido de toda mulher

Aproveitei o caos trazido pela terceira onda para vomitar, rápida e silenciosamente, dentro de um copo que rolava de um lado para o outro do camarote e quando o vento inclinou o barco, atirei-o ao mar. Foi o vômito mais recatado que o mar aberto jamais presenciou, mas não é que o maldito Henry me pegou, mesmo assim?

— Boa garota — disse ele.
— Desta vez estamos fodidos, Henry, não estamos?
— Não, meu anjo. Vai ficar tudo bem.

E eu sabia que nossas palavras poderiam ser invertidas. Que eu podia ter dito: *Vai ficar tudo bem, Henry*, e ele poderia ter dito: *Não, estamos fodidos*. E no fim, o sentido teria sido exatamente o mesmo.

O rosto de Carter dizia que ele desejava jamais ter me conhecido em Baton Rouge. Então, mais uma daquelas ondas de mergulhar mastro atingiu a lateral do barco.

— Carter — disse Henry —, vá pegar a sua lira e comece a invocar o tal do golfinho.

— Em que estado se encontra o seu bote salva-vidas? — indagou Carter.

— Em bom estado — respondeu Henry, e eu rezei para que ele não estivesse mentindo. Então, completou: — Quanto tempo acha que conseguiria durar num barquinho inflável em mar aberto?

— Conte-nos a história do macaco — pedi.
— Você sabe essa de cor — reclamou Henry.
— Conte-me outra vez — insisti.
— Coloque um macaco numa caixa, dê a ele pelotinhas de comida a cada vez que ele puxar uma alavanca e ele aprenderá rapidamente a pegar a própria comida.

Valsando com a gata

— Eu conheço essa história — disse eu, não para demovê-lo, e sim para encorajá-lo.

— Então você confunde as coisas um pouco para ele — continuou Henry — e, em vez de uma pelotinha de comida, quando ele puxar a alavanca, você lhe dá um choque.

— Mas não é assim que se enlouquece o macaco — disse eu, recebendo a maior onda, até aquele momento, bem no meio da cara.

— Está bem — Carter entrou na conversa —, deixe que eu mordo a isca mais uma vez.

— Você enlouquece o macaco — continuou Henry — dando-lhe um choque algumas vezes, dando-lhe pelotinhas de comida nas outras vezes e não lhe dando forma alguma de descobrir o que vai receber.

A essa altura estávamos completamente encharcados, gelados e duros de sal com mais de 15 milhas náuticas para percorrer a uma média de dois nós enquanto ouvíamos nossa única vela ir rasgando em fitinhas e esperando o barco abrir bem ao meio.

Então escureceu e ficou ainda mais difícil ter idéia de nossos progressos. Havia apenas o vento infinito soprando a sessenta nós, então a setenta, diretamente em nossos rostos, como se saído de algum túnel invisível; as ondas pretas que tentavam nos engolir repetidamente; os relâmpagos que, a cada poucos minutos, nos mostravam os rostos uns dos outros, amedrontados e exaustos, além dos ângulos absurdos e mutantes formados entre *Phaedrus* e o mar.

Então, no momento em que a tempestade já parecia durar para sempre, dando a impressão de que levaria outra eternida-

A Lua é o primeiro marido de toda mulher

de para passar, o vento ficou um pouco mais fraco, as ondas ficaram um pouco menores e estávamos a sotavento da ilha de Bimini.

— Vejo luzes — disse Carter. — Prestem atenção quando estivermos no topo da próxima onda.

Realmente, lá estavam as luzes, em quantidade suficiente para poder ser Bimini, saltando por cima das nuvens no horizonte oriental.

— O.k., capitão — disse eu. — O que fazemos agora?

Havia mais de um problema relacionado a atracarmos no cais de Bimini à noite. Em primeiro lugar, havia o baixio que corria todo o lado oeste da ilha, um pedaço de coral tão duro e tão raso e que havia aberto os cascos de tantos barcos, de todos os tipos, para dar a Bimini a reputação de um dos melhores locais do mundo para mergulhos em barcos naufragados.

Havia uma única brecha no banco, bem na metade da ilha, mas como a encontraríamos no escuro não tínhamos a menor idéia. Se conseguíssemos passar pela brecha teríamos de navegar a passagem estreita durante algumas milhas em direção ao norte, até chegarmos à entrada do porto, com um ouvido grudado nas ondas que quebravam no banco e nas que iam ao encontro da praia e o outro tentando manter *Phaedrus* entre as duas.

À luz do dia, sem o menor vento soprando, as marés se encarregavam de rearrumar os bancos de areia o suficiente para complicar a entrada. O guia nem se dava ao trabalho de avisar que não se tentasse fazê-la no escuro.

— Leve-a a mil rpms, Lucy — disse Henry. — Carter, você e eu vamos baixar a bujarrona.

Valsando com a gata

Não havia porquê. Só restavam entre sessenta e noventa centímetros de tiras de náilon no topo do estai do traquete. Era muito pouco para capturar qualquer vento.

— Quero que você se aproxime o máximo possível do vento — disse Henry. — Não queremos nos aproximar desse coral sem freios.

— Talvez a gente devesse ficar aqui fora até amanhã — sugeri. — Subir e descer a costa até amanhecer.

— O vento pode estar soprando a cem nós pela manhã — rebateu Henry. — Confie em mim, Lucy, consigo farejar essa entrada.

Pela primeira vez após horas, tive a sensação de que estávamos nos divertindo outra vez.

Carter precipitou-se para o gurupés, olhando e ouvindo atentamente em meio à escuridão, em busca de ondas, a capa de chuva amarela luzindo lá em cima, transformando-o numa espécie de lua deformada. Mantive uma das mãos na roda e a outra no acelerador de mão, pronta para colocá-la em marcha a ré no segundo em que Carter gritasse. Henry mexeu no GPS, manteve a lanterna em cima da carta de navegação — que se encontrava encharcada e em frangalhos — erguendo a vista de vez em quando para tentar ler as luzes da ilha.

— Vejo ondas quebrando na posição de onze horas — gritou Carter.

— Diminua a velocidade — disse Henry, embora eu já tivesse reduzido.

— Mas não muito — dissemos juntos quando *Phaedrus* tossiu e engasgou.

— Caia para o sul — disse Henry. — Quero que me dê cento e cinqüenta graus.

A Lua é o primeiro marido de toda mulher

— Pronto — disse eu, quando ela terminou de fazer a sua volta, lentamente.

— Ótimo — disse Henry. — Agora volte a noventa.

— Ondas — disse Carter. — Desta vez, na posição de dez horas.

— O que vê exatamente à sua frente? — gritou Henry para ele.

— A praia. E agora tenho ondas às duas horas também.

— Certo, Lucy — disse Henry —, vamos colocá-la com todo o amor e carinho em marcha a ré.

Eu puxei o acelerador para trás e o motor fez um barulho horroroso, de metal sobre metal, engrenagens rangendo tão alto que poderiam ser ouvidas em Bimini. Voltei para a marcha neutra e o barulho cessou.

— Estamos sem ré, Henry — revelei.

— Não — disse ele. — Que pena. Certo, então vamos tentar ir um pouquinho para a frente, outra vez.

— Ainda tenho ondas quebrando às dez e às duas — gritou Carter.

— É o que vamos saber nos próximos trinta segundos — disse Henry. — Ou estamos bem no meio da entrada ou prestes a causar algum grave dano ecológico.

Eu agora via as ondas, grandes, brancas ao quebrar, chegando pelos dois lados de onde estávamos. Alinhei a proa do barco no espaço que imaginei ver entre elas e me preparei para o choque.

— Encontramos a entrada — disse Henry.

— Encontramos a entrada — berrou Carter. — Puta que o pariu, é inacreditável.

Valsando com a gata

— O.k., timoneiro — disse Henry —, agora é só virar suavemente para norte.

A passagem pelas águas azuis que separavam o banco da areia da praia provavelmente jamais havia estado tão agitada em toda a história da ilha de Bimini, mas para nós parecia uma banheira. Carter permaneceu na proa e berrava estimativas da distância de cada grupo de ondas, embora eu pudesse ouvi-las perfeitamente bem, mesmo de onde eu me encontrava e, mais tarde, Henry disse que eu passei por elas tão bem quanto qualquer computador teria.

Quando nos aproximamos do porto havia luz o bastante da cidade para nos mostrar o caminho até a alfândega, e eu me aproximei dela em linha reta.

— O vento vai nos empurrar com tanta força para cima desse cais que você não vai conseguir fazer nadinha para evitá-lo — disse Henry. — Assim, apenas tente mantê-la alinhada.

Fazer *Phaedrus* chegar em segurança ao cais não foi problema, mas impedir que as suas trinta e seis toneladas subissem e passassem por cima do mesmo foi outra história. Mesmo dentro do porto, o vento soprava a setenta nós. Cobrimos sua lateral com todas as imensas defesas pretas que conseguimos encontrar a bordo, demos duas voltas nos cabos espringues, fomos dormir e torcemos pelo melhor.

Na manhã seguinte, Henry e eu nos levantamos cedo. A tempestade estava ainda mais forte e precisamos de mais amortecedores, mas tínhamos de esperar que o oficial da alfândega viesse nos tirar da quarentena antes de deixarmos o barco. Carter emergiu de seu camarote um pouco antes do

A Lua é o primeiro marido de toda mulher

meio-dia, vestindo uma camiseta que parava acima do umbigo sem nada mais por baixo. Abri a boca para fazer um comentário engraçado, mas a combinação da adrenalina resultante da felicidade de estar viva que ainda circulava pelo meu corpo e as elegantes linhas do corpo dele me deixaram sem fala. Henry estava concentrado na preparação de uma de suas especialidades: lombo de porco *à la* Jack Daniels — e Carter já havia subido a escada do tombadilho e chegado ao convés antes que Henry erguesse os olhos.

— Feche essa boca — disse Henry, e eu fechei e apontei e nós dois enfiamos a cabeça pela escotilha. Lá estava Carter, nu em pêlo e lindo de morrer, verificando os amortecedores e enrolando as cordas.

— Carter — chamou Henry —, não quero que você pense que sou pudico, mas estamos no meio do que é considerado uma cidade grande das Bahamas e os bahamianos não enxergam com bons olhos os brancos virem aqui para desrespeitar as suas leis.

Eu podia ver o oficial da alfândega, portando insígnias governamentais completas, surgir na extremidade do longo cais.

Carter parecia sem ação, suas mãos pararam no meio de uma volta.

— Cubra-se — disse Henry. — Já!

Carter agarrou a toalha que eu havia pendurado nos cordames na noite anterior e saltou em direção ao tombadilho, antes que o oficial da alfândega pudesse erguer a vista. Ele me deu uma olhada que parecia dizer *Velha rabugenta*, ou algo do gênero, então desapareceu cabine adentro e fechou a porta pela primeira vez.

Valsando com a gata

Subimos o morro para jantar no Opal's — garoupa com bolinhos de moluscos fritos — e paramos para tomar uma cerveja no *saloon* End of the World, no caminho para casa.

Na manhã seguinte, eu abri a escada do tombadilho só o suficiente para enfiar a cabeça e os ombros e o equivalente a um balde de água acertou o meu rosto em cheio, arrancado da baía por uma poderosa rajada de vento.

— O vento deve estar soprando a oitenta agora — declarei.
— Com rajadas ainda mais fortes.
— O ponto mais alto da ilha fica apenas quatro metros e meio acima do nível do mar — comentou Henry. — Se continuar a chover assim, talvez ela não esteja mais aqui pela manhã.
— A expedição Em Busca de Atlântida se reuniu aqui há cinco anos — contei. — Há um monte de pedras grandes e arredondadas perto de Paradise Point. Dizem que era um templo que desmoronou.
— Talvez tenham vindo alguns anos antes do que deviam — disse Carter.

Começou a chover forte outra vez e eu bati a entrada do tombadilho.

— Acho que não temos mais nada a fazer — começou Carter —, a não ser falar um pouco mais de amor.
— É a sua vez, Carter — disse eu. — Até aqui deixamos você em paz.
— Não há muito que contar. Contando todas as idas e vindas, estou com Sarah há doze anos. Eu a amo, mas não de todas as maneiras corretas.

A Lua é o primeiro marido de toda mulher

— Você quer dizer que não sente tesão por ela — disse Henry.

— Sarah é uma mulher lindíssima — disse Carter. — Eu a pedi em casamento há dois anos, no Dia da Marmota...

— No Dia da Marmota! — exclamei.

— O fim do inverno é uma ocasião meio especial para mim — revelou Carter. — Mas, como eu ia dizendo, eu não consigo me fazer marcar a data.

— Então está enlouquecendo Sarah igual ao macaco — disse Henry —, e não transa com ela há doze anos.

— Eu não disse isso — protestou Carter.

— Doze anos — repeti —, e eu que estive pensando que doze meses seriam o suficiente para me matar.

— Ou mesmo doze dias — interveio Henry.

— Ninguém disse que eu não transo há doze anos — disse Carter.

— Henry disse — provoquei.

— Para que tanto mistério? — perguntou Henry. — Desembuche, Carter, quanto tempo faz?

Carter olhou fixamente para Henry por um minuto e então abriu a porta do tombadilho e foi ao encontro da tempestade.

Henry olhou para mim, levemente envergonhado.

— Acho que um verdadeiro homem do mar não teria dito isso.

Era uma velha piada, do primeiro ano em que velejamos juntos. Chegamos ao ancoradouro de Stocking Island, em Exuma, bem no pôr-do-sol, e o mesmo estava completamente

Valsando com a gata

coalhado de barcos, como nunca havíamos visto embora não fosse tarde demais para atracarmos. Nós nos enfiamos entre a costa e um barco menor chamado *Penny Pincher* que, segundo Henry, estava ocupando metade do espaço que caberia ao dele. Henry tinha uma certa implicância com gente que passa tanto tempo num ancoradouro que acaba acreditando que é o dono do pedaço.

O vento estava soprando do oeste quando baixamos nossa âncora, nos mantendo bem longe do *Penny Pincher*, mas à meia-noite as coisas ficaram calmas como num confessionário e acabamos com a popa meneando a poucos metros da proa deles.

O sujeito do *Penny Pincher* e a mulher acordaram, subiram ao deque e começaram a gritar conosco. Ele disse que estávamos chegando perto demais e Henry afirmou que tínhamos tudo sob controle, o que era verdade, puxando a corda conforme precisávamos para então soltá-la quando passávamos por eles. Então o sujeito disse que, para princípio de conversa, ancorar ali não havia sido atitude de um verdadeiro homem do mar e que, agora, um verdadeiro homem do mar levantaria âncora e seguiria em frente.

É claro que o sujeito tinha razão; só pôs tudo a perder porque escolheu mal as palavras.

— Eu posso até pensar em mudar de lugar — provocou Henry —, se você for homem do mar o bastante para me pedir com educação.

— Você está louco? — berrou a esposa, a luz da lua deixando a camisola vaporosa transparente. — Todos os pertences que possuímos neste mundo estão neste barco.

A Lua é o primeiro marido de toda mulher

— E onde guardam os seus pertences do outro mundo — continuou Henry —, em Cleveland?

— Ora — reclamou o homem —, aja como um homem.

— Escute, companheiro — começou Henry e eu achei que iam brigar, embora não houvesse forma de se pegarem por cima daquele metro de mar aberto.

— Capitão — pediu o sujeito —, o senhor poderia deslocar o seu barco.

— Com prazer — respondeu Henry, e assim fizemos.

— Estou entediada — declarei em nosso quarto dia no cais com todas as escotilhas fechadas. — Há algo que lembra o sol brilhando lá fora. Vou nadar.

— Tenha cuidado — disse Henry. — O mar não vai estar como de costume.

— Vou com você — disse Carter, embora eu não estivesse bem certa se a intenção era fugir de Henry ou estar em minha companhia.

Fomos à praia urbana, no lado nordeste da ilha, que costumava ser cheia e meio suja, muito embora o furacão a tivesse purgado tanto de gente quanto de sujeira. Atirei a toalha sobre a areia e saltei em direção à água sem pensar em mais nada além da sensação que ela me daria.

As ondas estavam quebrando a uns trinta metros da praia, cada quinta ou sexta delas espaçada o bastante para eu pegar jacaré. Henry tinha razão, as ondas estavam grandes para as Bahamas e muito mais fortes do que no ano anterior. Carter estava entrando mais devagar, com as mãos acima da cabeça,

Valsando com a gata

deixando as ondas quebrarem no tronco magro, fazendo caretas engraçadas a cada nova onda.

Eu tinha a sensação de que poderia permanecer em meio àquelas ondas para sempre, então fui boiando de papo para o ar até que uma vaga gigante me afundou e eu fui furando tantas quantas consegui, em série. Nadei até um pouco além de onde as ondas estavam quebrando, até onde nada havia entre mim e a Groenlândia a não ser, digamos, uma ou duas ilhas e um milhão de milhas de mar. Então eu subi e desci a praia a nado, seguindo o bordo de ataque dos vagalhões. Dei cambalhotas até ficar tonta. Boiei mais um pouco, mas desta vez com os olhos fechados, então fiquei tentando adivinhar quando seria erguida por cada ondulaçãozinha no mar.

Olhei para trás, para a praia e vi algo que não compreendi de início: Carter, de joelhos na areia. *Uma lente de contato*, pensei, *queimadura de água-viva, ataque de tubarão*. Nadei vigorosamente em direção à praia para saber o que havia de errado.

Aos poucos, fui me dando conta de que, mesmo nadando vigorosamente, eu não estava me aproximando da praia. O mar apenas permitia que eu entrasse na zona de arrebentação, e nada mais. *Rip current*: as palavras se formaram em minha cabeça, luminosas como o letreiro de um filme ruim, seguidas imediatamente de *Não entre em pânico*, saídas da boca do primeiríssimo instrutor de natação que tive na Associação Cristã de Moços. E eu compreendi que o que via na postura de Carter era exaustão, que ele havia lutado contra o mar com tudo o que tinha para dar e que o vencera por muito pouco, mas que não me seria nem um pouco útil.

A Lua é o primeiro marido de toda mulher

Parei de lutar por um momento e tentei respirar fundo pensando *guarde as energias*, pensando *Carter deve correr em busca de ajuda e deve fazê-lo rápido*, pensando, sem parar, *Onde é que você estava com a cabeça.*

— Carter! — gritei, mas ou ele não me ouviu, ou ainda estava abalado demais para erguer a cabeça.

Eu também estava sendo arrastada para o lado. Dali a mais cem metros, chegaria ao extremo da praia, ao extremo da ilha. A caminho da Groenlândia e sem barco. Naquele momento, o pânico percorreu meu corpo rápida e verdadeiramente pela primeira vez e fez os meus membros, já cansados, ficarem ainda mais fracos.

— Carter! — gritei, outra vez. E ainda assim ele não ergueu a cabeça.

Olhei para trás e vi uma onda enorme vindo em minha direção, talvez a maior do dia, uma onda que eu, em juízo perfeito, jamais enfrentaria; mas decidi num centésimo de segundo que minha única esperança era me sacrificar. Eu me deixei ser erguida por ela, nadei com toda a fúria para que me apanhasse e, de fato, me apanhou por um instante, muito acima da praia e de todo o resto do mar e quando encrespou eu encrespei junto e ela me fez virar cambalhotas atrás de cambalhotas até eu me arrebentar de cabeça na gloriosa solidez da areia.

Assim que aterrissei, afundei os dedos das mãos e dos pés, enfiei os braços até os cotovelos, qualquer coisa que me mantivesse no raso enquanto a contracorrente tentava me puxar para fora outra vez. Engatinhei alguns metros praia acima antes que a onda seguinte quebrasse e, quando ela se precipi-

Valsando com a gata

tou em minha direção, cavei a areia outra vez em busca de apoio.

Foram mais três rodadas de engatinhadas entre ondas até eu ter certeza de que estava salva. No outro extremo da praia, Carter havia conseguido se sentar. Ergueu o polegar para mim num gesto exausto e eu retribuí o cumprimento. Levei meia hora para ter energia o suficiente para atravessar a ilha e voltar para o barco.

— A parte dessa história que eu ainda não entendi — disse Henry quando lhe contei o que havia acontecido, enquanto Carter tomava banho — é, já que Carter teve tanta dificuldade para sair da água, como não se deu conta de que você também teria problemas?

— Mesmo que tivesse se dado conta, não havia nada que pudesse fazer — contestei. — Ele estava exausto, não teria conseguido nem mesmo ficar de pé.

— Você está sendo boazinha demais com ele, Lucy — discordou Henry.

A água do chuveiro parou de cair e eu levei o dedo aos lábios, pedindo silêncio. Carter saiu do banho nu em pêlo e atravessou o camarote principal até a cozinha para pegar uma cerveja.

— Não suponho que você tenha regras pessoais sobre nudez na ausência de oficiais bahamianos — Carter disse para Henry.

— Não — retorquiu Henry —, mas estou ficando de saco cheio de ter de olhar essa sua bunda cabeluda.

Carter atravessou o cômodo outra vez e vestiu uma calça de moletom.

A Lua é o primeiro marido de toda mulher

— *Phaedrus* não gosta de ir ao encontro do vento — me disse Henry. — Mas ela encontra uma maneira de fazê-lo quando houver necessidade.

Carter e eu estávamos doidões e deitados de barriga para cima na areia, no extremo setentrional da ilha. O sol havia eclodido através das nuvens naquela tarde pela primeira vez em cinco dias e qualquer um acreditaria ser o rosto de Jesus pela maneira que os ilhéus saíram para as ruas e se puseram a dançar.

O vento ainda uivava, todas as estradas se encontravam metros debaixo d'água, mas o céu havia ficado limpo durante as poucas horas que precederam o pôr-do-sol e continuou claro mesmo quinze minutos após escurecer.

A Via Láctea estava acima de nossas cabeças, acrescentando estrelas a uma velocidade de duzentas por minuto. Atrás de nós, as ondas provocadas pelo furacão ainda quebravam na areia. Henry encontrava-se no barco fazendo purê de batatas com leite de coco e minha favorita dentre as suas receitas ilhoas: pato com goiaba.

— Eu disse a Sarah que usaria esta viagem para colocar a cabeça no lugar — disse Carter. — Disse a ela que saberia se queria escolher a porta número um, a número dois ou a número três.

— Imagino que a número um seja casar-se com ela — deduzi. — A número dois deve ser a vida selvagem. O que há por trás da número três?

— Encontrar alguém por quem eu me sinta atraído fisicamente e tentar fazer a coisa funcionar ao lado dessa pessoa.

Valsando com a gata

Ele virou e se apoiou sobre os cotovelos, colocando o corpo de frente para o meu. Não dava para ver a cor de seus olhos na escuridão, mas vi o que pensei ser esperança dentro deles.

— O que o faz crer que você não seria, com a próxima mulher, da mesma forma que é com Sarah? — indaguei.

Ele se deitou mais uma vez de barriga para cima e cobriu os olhos com as mãos.

— Se eu achasse que seria — disse —, teria de me matar.

— Vamos ao bar tomar um *Goombay Smash*.

— O que é isso? — perguntou Carter.

— O remédio bahamiano para qualquer um que comece a falar em se matar.

— Lucy, você vai me deixar de porre para depois se aproveitar de mim?

— Vamos começar com o porre. Depois a gente vê no que é que dá.

Carter e eu acordamos juntos no meu imenso camarote de popa ao som de Henry tocando ópera italiana, aos berros, por todo o barco. Carter havia ficado bastante bêbado com os *Goombay Smashes* admitindo, apenas depois de virar três doses, que era fraco para bebida e que não deveria ter bebido mais do que uma.

Adormeceu profundamente na minha cama antes mesmo de eu sair do chuveiro e quando olhei para ele, para aquele rosto doce e para os membros longos e encantadores, não consegui resistir ao desejo de me aconchegar ao seu lado. Dormi como um bebê a noite toda, mas notei que, em algum momento, Carter voltou a tirar as calças.

A Lua é o primeiro marido de toda mulher

— Ei, tripulação — chamou Henry. — Coloquei uns pães de milho na grelha. O vento está soprando abaixo de trinta nós pela primeira vez em uma semana e partiremos para Nassau no pôr-do-sol.

— Estamos indo — respondeu Carter sem olhar para mim, mas quando fiz menção de levantar, ele agarrou minha mão.

— E, antes de partirmos, Carter — prosseguiu Henry —, quero que você dê mais uma olhada nesse gerador para ter certeza de que vai dar conta de fazer a bomba de esgotamento do porão funcionar, caso o tempo vire outra vez.

— Sim, senhor capitão — disse Carter. Ele cobriu minha mão com os dedos longos e manteve o corpo na horizontal.

— E o que acham da ligação que improvisei para o eixo do motor? — A voz de Henry estava próxima, agora, bem do lado de fora da porta do camarote. — Acham que ela agüenta se precisarmos dar uma rezinha para sair deste porto?

Carter colocou minha mão, com a palma virada para baixo, sobre o lençol que cobria sua barriga, desceu-a pela frente do corpo até chegar à sua ereção e fechou a mão por cima da minha, por cima do lençol, com tanta força que eu não podia mexê-la.

— É, eu acho que agüenta — disse Carter a Henry —, mas talvez seja uma boa idéia roubarmos um minuto esta manhã para encontrar alguém que tenha uma soldadora.

Sua mão continuava sobre a minha. Fechei os meus dedos ainda mais, tentei mexê-los só um pouquinho; ele aumentou a pressão sobre a minha mão, imobilizando-a.

Valsando com a gata

— É verdade — prosseguiu Henry. — Acho que vou deixar você fazer isso enquanto bombeio a água para fora do compartimento do motor, mais uma vez. — Ouvi a mão de Henry sobre a fechadura, vi a fechadura girar um quarto. Carter retirou a mão; a minha ficou ali, como um pássaro que voa em direção a um vidro polido.

— Vocês dois vão ou não vão se levantar? — insistiu Henry, ainda do lado de fora da porta.

— Neste instante! — exclamou Carter, saltando para fora da cama.

De todas as viagens em veleiro, esta era a minha favorita: a travessia noturna dos Banks com águas nunca mais profundas do que cinco metros, sem outros barcos, sem recifes, sem farol para marcar a entrada do canal desde que o *Blackhawk II* o derrubou num desleixado *réveillon*. Agora tínhamos ventos de vinte nós soprando às nossas costas, surfando as ondas rasas de um mar bahamiano azul-esverdeado.

Orion luzia acima de nós, tão brilhante e nítida que eu teria conseguido fotografá-la se tivesse um local firme para montar a minha câmera. Do outro lado do mastro, as Plêiades, as sete filhas de Atlas, cintilavam como uma pulseira caída sobre um retalho de seda preta. Nas primeiras horas do dia, Leo surgiria e os meteoros denominados Leonídeos cairiam de dentro dela a uma velocidade de cem mil por hora.

— Orion foi o homem mais lindo que a terra já viu — contei. — Talvez ainda seja.

— Eu achei que Carter tivesse dito que *ele* era o homem mais lindo do mundo — observou Henry.

A Lua é o primeiro marido de toda mulher

— E era tão alto — continuei — que podia atravessar qualquer oceano com a cabeça acima da superfície.

— Shawn Bradley poderia atravessar *este* oceano com a cabeça acima da superfície — comentou Henry.

— Alguém quer ponche de rum? — perguntou Carter.

— Eu quero as Plêiades — disse Henry. — Todas as sete irmãs de uma vez.

— Orion também queria — revelei. — E foi por isso que Zeus as transformou em estrelas. Para que pudessem fugir. A primeira esposa de Orion era tão vaidosa que foi exilada no submundo, e o pai da segunda mulher era tão ciumento que cegou Orion.

— Ele se parece cada vez mais com Henry — comentou Carter.

— Então, Ártemis, a deusa virgem da caça, apaixonou-se por ele e durante uma crise de ciúmes, açoitou-o com Scorpio e este foi o fim de Orion.

— Eu achava que uma matilha de mulheres enlouquecidas de paixão o haviam rasgado inteiro, membro por membro — disse Henry.

— Não, esse foi Orfeu — corrigi.

— Como é que vocês dois sabem isso tudo? — indagou Carter.

— E no fim, todas as plêiades casaram-se com deuses — contei. — Todas menos uma, que se casou com um homem. Ela é a mais apagadinha. Quer dizer, a que não dá para enxergar.

Estávamos entrando no porto de Nassau, a lua gorda e cheia estava agora a oeste, o dia amanhecia sobre o mercado de

Valsando com a gata

peixe, por cima da ponte de Paradise Island. Orion estava se pondo a oeste, junto com a lua. No horizonte oriental seu inimigo, Scorpio, se erguia.

Henry deixou que eu permanecesse no leme da língua de oceano até o porto agitado. Eu ficava esperando que ele pegasse a roda de mim, mas não pegou.

— Queria ter trazido o meu mapa lunar — disse eu. — A lua está tão próxima esta noite que teria dado para identificar cada um de seus mares.

— Está querendo me dizer que não os sabe de cor? — provocou Carter.

— Eu lembro que o Mar da Crise encontra-se entre a Tranqüilidade e a Fertilidade — afirmei.

— Assim como na terra, minha querida, assim como na terra — observou Henry.

Até mesmo àquela hora, os barcos entravam e saíam do porto, num vaivém alvoroçado, e as correntes não deixavam que as bóias indicadoras do canal permanecessem em linha reta.

— Depois que o pai da princesa cegou Orion — prossegui —, um oráculo disse a ele que fitasse o alvorecer para recobrar a visão e ele o fez, mas aí Aurora, a deusa do alvorecer, também se apaixonou por ele. Acho que foi isso que tanto enfureceu Ártemis.

— É um inferno ser lindo — provocou Henry. — Não é mesmo, Carter?

— É melhor do que a alternativa — respondeu Carter.

Eu mantinha os olhos grudados nas bóias do porto, tentando determinar se algum dos navios de cruzeiro estava se deslocando.

A Lua é o primeiro marido de toda mulher

— A gente quase se casou, não foi mesmo, Lucy? — comentou Henry.

— Foi mesmo? — perguntei.

— No verão do ano passado — respondeu ele. — Um pouco antes de eu ficar noivo de Candy.

— Devo ter perdido tal acontecimento — observei.

— Vou ligar para Sarah assim que atracarmos e vou dizer *Dia da Marmota. Case-se comigo. Aloha.*

— Um sujeito se levanta um dia e cai num buraco — diz Henry.

— Toda manhã uma vaca celeste dá à luz um bezerro de ouro — relatei. — E toda noite a mulher do céu abre a boca para engoli-lo.

— Quem foi que disse isso? — perguntou Carter.

— Não me lembro — respondi. — Li em algum lugar.

— Lucy — começou Henry —, você consegue passar um único instante sem pensar nessas suas histórias?

— A lua — continuei — é o primeiro marido de toda mulher.

Trocando uma extensão de água por outra

ESTA HISTÓRIA COMEÇA COM Carlos Castaneda. Em fevereiro, no Aeroporto Internacional de Los Angeles. Eu acabava de perder o único vôo da vida e olhem que eu, confesso, abuso da sorte mais do que OJ Simpson, semana após semana. Faço isso puramente pela adrenalina — é que eu não tenho passado tanto tempo ao ar livre quanto gostaria —, mas nunca na vida um avião havia partido sem mim.

Naquele dia, ônibus e táxis estavam engarrafados, como eu jamais havia visto, bem na entrada do Loop, então larguei meu carro alugado ligado no meio-fio do Terminal Um e atravessei o estacionamento, correndo, até o Terminal Três. Passei pela segurança aos berros e peguei a esteira rolante crente que havia conseguido. O funcionário do portão admitiu que o avião havia saído quatro minutos antes do horário.

Não que tivesse alguma importância. Eu estava indo para Nova York. Haveria outro vôo disponível em menos de uma hora. Eu não tinha nada para resolver lá até o dia seguinte. Mas fiquei uma fera, mesmo assim. Naquele tempo eu lançava mão de qualquer desculpa para fechar a cara, que era exatamente o que eu estava fazendo quando Carlos Castaneda se aproximou de mim.

Agora, permitam que eu deixe bem claro desde o início que nunca fui fanzoca dele. É claro que li os seus livros quando tinha 20 anos. Pelo menos os três primeiros. Embora não lembre de grande coisa.

Naqueles dias, eu vivia de acampamento em acampamento nos parques nacionais: Arches, Canyonlands, Capitol Reef. O *tour* do Grande Círculo, como chamavam. Doze parques nacionais em dez dias quentes a bordo de um trailer.

Meu namorado da época e eu vivemos assim durante um ano inteirinho, arrancando estacas de levantamentos feitos pelo Departamento do Interior dos Estados Unidos e cavando muretas de segurança, levantando acampamento a cada duas semanas de acordo com o regulamento, indo até a cidade para fazer compras e tomar banho — sério! — quer precisássemos ou não.

Não tínhamos mescal para testar as teorias de Castaneda, mas encontramos algo quase tão bom quanto: *Boone's Farm Strawberry Hill* e maconha cultivada em casa. A combinação fazia com que aqueles pedregulhos do deserto se erguessem e se colocassem bem no meio de nosso caminho.

Mas isso foi há dez anos; o namorado virou advogado e eu tiro fotografias para revistas de aventuras, o que não faz de mim uma guerreira ecológica, mas é infinitamente mais legal do que o Direito. Mas o que estou tentando dizer é que fazia

Trocando uma extensão de água por outra

muito tempo que eu nem mesmo pensava em Carlos Castaneda, e mesmo se tivesse pensado, não estou bem certa de que o que pensasse teria sido positivo.

— Com licença — disse ele e os meus olhos encontraram o rosto de um *chicano* compacto de olhar elétrico e rugas de expressão tão profundas quanto arroios correndo para longe deles. — Meu nome é Carlos Castaneda e eu tenho uma ou duas coisas a lhe dizer.

Agora, o que todo mundo diz é, *Como é que você sabe que era ele de verdade* como se essa fosse uma pergunta pertinente. *Mas era ele*, respondo, exatamente como aprendi na pós-graduação, *ou qualquer outro homem com o mesmo nome*. Quer dizer, seria mais ou menos interessante se fosse apenas um homem que acreditava ser Carlos Castaneda?

— Olá — foi o que eu respondi a Carlos Castaneda.

— Perdoe a intrusão — disse ele —, mas dá para perceber que você está zangada.

— Não. Não estou, não. É que acabo de perder meu vôo.

As rugas em torno dos olhos acentuaram-se ainda mais.

— Pois eu sou o motivo pelo qual você perdeu seu vôo — declarou.

— Ora, imagine. Você não está nem mesmo entre os dez principais motivos.

— Ouça — prosseguiu —, eu vim até aqui para lhe dizer que sua vida está prestes a se abrir de forma que você jamais sequer imaginou. — Ele deu um passo em minha direção e tomou as minhas mãos entre as suas. — Não vai conseguir impedir que aconteça, portanto nem tente; precisa se entregar ou se perderá.

Valsando com a gata

Havia algo em seus olhos. Eu sei que não faz o meu feitio dizer esse tipo de coisa. Mas eu não teria conseguido desviar o olhar mesmo que tentasse.

— Passe pelo menos uma hora por dia vislumbrando uma extensão de água aberta — aconselhou. — Também é importante que você se mude para uma casa com assoalho de madeira de lei. — *Me mudar?*, pensei. *De novo*, não, mas ele deu um puxão em minhas mãos e eu assenti. — Vai conhecer um homem que pensa de maneira precisa. Faria bem em se apaixonar por ele.

Assenti mais uma vez.

— Temo que seja só isso o que tenho a lhe dizer — concluiu. — Agora preciso seguir para a Cidade do México.

Ele segurou minhas mãos por mais um momento.

— Você não deve se zangar quando perder um vôo, Lucy. Este deve ser o seu primeiro passo.

Seus olhos mais uma vez cintilaram em minha direção e, então, ele se foi antes mesmo que eu lhe perguntasse como sabia o meu nome.

A primeira coisa que fiz ao chegar ao hotel em Nova York foi ligar para meu amigo Henry, em Chicago.

— Eu tenho a história mais extraordinária para lhe contar — comecei.

— Se não me falha a memória, *As pontes do rio Madison* começa mais ou menos assim — comentou ele.

— Escute, uma vez na vida.

— Está bem — disse ele e eu comecei.

Trocando uma extensão de água por outra

— Eu só não consigo compreender como ele sabia o meu nome — finalizei —, como ele sabia onde eu estaria. Alguém espera que eu acredite que ele alterou os horários dos transportes aéreos e terrestres inteirinhos de um aeroporto internacional em meu benefício?

— Mas é isso que Carlos Castaneda faz, Lucy. Quer dizer, é disso que o homem vive.

— E aí, o que você acha que eu deveria fazer?

— Se eu fosse você, iria atrás de uma extensão de água aberta e procurava um apartamento com assoalho em madeira de lei.

— Você está fazendo parecer que esse tipo de coisa acontece todo dia — reagi.

— E acontece mesmo — respondeu ele —, com alguém.

— Dava para ouvi-lo surfar pelos canais de televisão, ao fundo.

— Não quero prendê-lo com meus milagrezinhos banais — alfinetei.

— Ora, achei que você ia me contar algo de realmente impressionante. Achei que ia me contar que ganhou uma corrida de táxi grátis em Nova York.

O telefone tocou outra vez antes de eu tirar a mão do fone.

— Você é um tesouro nacional — disse a voz de Carter ao telefone —, e eu sou a nação em questão.

— Ora, ora — era o que eu dizia para todos os *carterismos* que não conseguia compreender. — Você certamente me achou rapidinho desta vez.

Carter Thompson tinha mais orgulho de seu domínio sobre a super-rodovia da informação do que de qualquer outra coisa. Faxes, celulares, secretárias eletrônicas, webs, nets e

Valsando com a gata

modems. Ele era tão bem conectado que às vezes sabia em qual cidade eu estaria a seguir antes que eu própria soubesse. Atualmente, seu objeto favorito era um *headset* novinho em folha. Podia passar o dia inteirinho ao telefone sem jamais precisar usar as mãos.

— Vou fazer uma filmagem de seis dias numa praia no Oregon — disse ele. — Oregon estará no seu itinerário em algum ponto do futuro próximo?

— Na verdade, não — respondi. — Mas posso dar uma passadinha por lá quando estiver voltando para Oakland.

Era assim que eu descrevia a situação para os meus amigos: Carter era o que eu tinha nos últimos muitos meses em vez de um relacionamento. Conseguimos progredir de falar ao telefone uma vez por mês para uma vez por semana e, finalmente, uma vez por dia, quando Sarah, sua namorada por todo o sempre, finalmente se cansou de esperar que ele a pedisse em casamento e o mandou às favas.

Ele cantava músicas dos anos 70 para a minha secretária eletrônica e me mandou um ursinho de pelúcia que dizia "eu te amo" em francês quando a gente o apertava, tirado de uma gravação da voz do próprio Carter, pelo telefone. Dei ao ursinho o nome de Chip e o abraçava noite após noite enquanto Carter voava de um lado do país ao outro em busca de paisagens onde os maiores astros de Hollywood conversariam com alienígenas, escalariam montanhas, travariam batalhas e se apaixonariam.

Ele cantou *Fire and Rain* de um quarto de hotel em Minneapolis, *Time in a Bottle* de uma hospedaria à beira-mar

Trocando uma extensão de água por outra

em San Diego, *Anticipation* de um celular num *set* a oeste de Washington, D.C. Se eu estivesse em casa e o quarto dele tivesse essa possibilidade, passávamos para o viva-voz e cantávamos juntos, eu tentando tirar as canções ao piano e ele dedilhando o violão.

Até então, nosso tempo cara a cara consistia num feriadão em Baton Rouge, uma noite — os dois doidões de maconha — em Chicago, uma viagem num veleiro com Henry no meio de um furacão e três encontros em cidades da Costa Oeste que quase se transformaram em desencontros, todos três devido à tendência de Carter de marcar coisas demais ao mesmo tempo.

Nunca havíamos tido o que eu poderia chamar de um beijo de verdade ao vivo. Carter me contou ao telefone, certa vez, que jamais havia feito sexo com alguém que fosse tão bom quanto em suas fantasias, e eu não consegui decidir se ele estava brincando ou não. Por trás das suas costas, eu chamava o que nós tínhamos de amor virtual.

— Há quanto tempo você não vai ao seu apartamento? — perguntou Carter.

— Oito semanas — respondi, e ele arrematou:

— Quase nove. Você é um animal.

— Animais têm tocas, covis, ninhos ou cavernas.

— Você sabe quantas donas-de-casa da América adorariam trocar as suas vidas pela sua? — indagou Carter.

— Eu não conheço uma única dona-de-casa — respondi. — Nem ao menos conheço os meus vizinhos de porta.

— Dois dias no Oregon — provocou Carter. — Pense nisso. Vamos nos divertir.

Valsando com a gata

Desliguei o telefone e desci a rua Oitenta e Nove até o Riverside Park para ver o sol se pôr por cima do rio Hudson. O céu emitia uma cor completamente diferente da que teria na Califórnia, onde a luz era azulada e sensual, ou então, nas Montanhas Rochosas, onde era dourada e cristalina. Eu quase disse lá em casa nas Montanhas Rochosas, mas me peguei bem a tempo.

Lá em casa era um termo que vinha me fazendo engasgar com regularidade crescente; o que já havia deixado de depender do contexto: um anúncio de descontos em acessórios para o lar já era o bastante, ou o placar aceso num jogo de beisebol. Eu havia tentado de tudo para fazer de Oakland a minha casa. Comprei panelas e frigideiras caras para me forçar a ficar em casa e fazer jantar. No último Dia dos Namorados fui a uma floricultura para comprar tulipas roxas para mim mesma e quando pus as mãos nelas pensei em como ficariam lindas em cima de um lustroso piano negro, então fui direto a uma loja de instrumentos musicais e me endividei para comprar um desses também. Mas jamais troquei minha carteira de motorista ou os documentos do carro quando deixei as Montanhas Rochosas. Ainda fazia minhas transações bancárias de milhares de quilômetros de distância.

Saquei um monte de tíquetes de bagagem de dentro do bolso da jaqueta. Chicago, Vancouver, Honolulu, Anchorage, Los Angeles. Havia feito um trabalho após o outro até que acumulei tudo com a viagem anual que faço para Nova York para visitar todos os editores de fotografia para os quais trabalho.

Como eu não morava no melhor bairro de Oakland, comecei a carregar meu portfólio comigo de cidade em cidade,

Trocando uma extensão de água por outra

negativos e originais, tudo aquilo que eu tinha para mostrar como resultado de cinco anos de trabalho. Estava tudo muito bem até eu chegar a Los Angeles e ficar paranóica, com medo de alguém entrar em meu quarto de hotel enquanto eu estava fora, fotografando, ou no meio da noite enquanto eu dormia, e levar tudo.

Não sinto orgulho do que fiz a seguir, mas temo que isso faça parte da história. Passei duas horas de meu único dia de folga dando voltas de carro pelos arredores de Los Angeles atrás de um depósito num bom bairro. A seguir passei mais uma hora caminhando por entre centenas de unidades de cimento idênticas para decidir qual delas era a mais segura.

Eu gostaria que vocês pudessem ter visto aquilo. Aquele depósito de cimento enorme, de três metros por seis, e o meu minúsculo portfólio cinza encostadinho em uma das laterais sem vida.

É bem provável que eu devesse ter me internado num hospital psiquiátrico a seguir. Ou pelo menos num daqueles locais que fizeram a fama da Califórnia, que mais parecem *resorts*, com suas piscinas e seus tons pastéis, exceto que todos os instrutores de aeróbica têm Ph.Ds. em doenças relacionadas ao estresse.

Em vez disso, o que fiz foi trabalhar cem horas por semana pela quinta semana consecutiva. Voltar ao depósito para pegar o portfólio foi mais um dos motivos pelos quais eu me atrasei para pegar aquele avião.

Caminhei até a parte de Riverside Park de onde dava para ver a água do Hudson e esperei para que ela me desse algum

Valsando com a gata

sinal: quem sabe uma saltitante criatura da água soletrando palavras ou uma luz bruxuleante lançando-se em direção ao céu. Talvez o rio Hudson partisse ao meio para que eu o atravessasse e caminhasse diretamente para um prediozinho sem elevador com apartamentos de assoalho de madeira de lei e um homem que consertava relógios sentado ao lado da lareira numa cadeira intricadamente esculpida.

Virei para o leste, em direção à cidade, as luzes dos prédios iluminando o céu com tal intensidade que parecia haver um sol ainda mais brilhante se pondo por trás deles. A terra começou a girar 180 graus na direção errada e, por um minuto, eu fiquei confusa sobre em qual costa me encontrava, mas no instante seguinte a ilusão se desfez e eu apenas olhava uma cidade grande que nunca, em todo o período da minha vida, ficaria escura o bastante para se poder enxergar as estrelas.

Lembrei-me de uma vez, quando descia com o meu barquinho pelo Westwater Canyon, no rio Colorado. A maré estava cheia, mais de cinco mil metros cúbicos de água por segundo de um rio espremido entre as paredes de um cânion tão estreito que dava para esticar os remos e, praticamente, tocar os dois lados. Os terríveis cinco mil, era assim que chamavam aquele nível d'água, devido a todas as ondas laterais enlouquecidas e efeitos hidráulicos que provocavam no rio.

As corredeiras vêm em sua direção sem parar por uma distância de quase cinco quilômetros, e eu tentava me manter de frente para cada uma daquelas ondas que chegavam de todas as direções, consultando o mapa do rio e baldeando água, tudo ao mesmo tempo.

Trocando uma extensão de água por outra

Foi só eu olhar para o mapa do rio que se encontrava ao meu lado por um único segundo, ou no máximo dois, quando um efeito daqueles tão matreiros que eu nem ao menos o senti, girou o meu barco, e, quando levantei a cabeça para ir de encontro à onda seguinte, nem percebi que estava de frente para a nascente do rio.

O que ficou comigo com relação àquele dia não foram as águas caóticas e enlouquecidas, e sim a sensação do momento, de como eu me dei conta com alguns segundos de atraso de que estava virada para a direção errada e que foi o cânion, e não eu, que teve de girar para me alcançar.

Na manhã seguinte eu precisava estar na Madison com Setenta e Cinco às nove e meia da manhã. O dia estava úmido, cinza e chuvoso, prova indubitável de que a marmota havia visto a sua própria sombra há apenas dois dias. O motorista do táxi era paquistanês e conversamos sobre sua mãe, sobre seus irmãos e irmãs que continuavam em seu país de origem; de como precisava lhes enviar mais da metade do dinheiro que ganhava; de como ele jamais seria capaz de melhorar a sua nova vida nos Estados Unidos porque dependiam dele e sempre haveriam de depender.

Ele parou no meio-fio em frente ao endereço que lhe dei. A corrida deu sete dólares e oitenta centavos. Ele se virou para me olhar através da abertura no plástico que nos separava.

— Tenho algo a lhe dizer — começou ele.

— Está bem — respondi. E você pode apostar que a essa altura eu era toda ouvidos.

— Vê minha mão? — Ele a abriu à minha frente.

Valsando com a gata

— Vejo — respondi. Seus olhos eram inexpressivos e cinza-chumbo.
— Sabe o que esta mão é capaz de fazer? — perguntou.
— Não — respondi.
Ele colocou a mão por dentro da jaqueta, como Napoleão.
— E agora, você consegue ver a minha mão?
— Não.
— E agora, sabe o que esta mão é capaz de fazer?
— Não.
— Você sabe de que tamanho é a minha mão? — continuou. — Sabe se ela sofreu algum dano? Sabe se eu tenho todos os dedos?
— Não.
Ele tirou a mão de dentro da jaqueta: morena, intacta, vazia. Então indagou:
— Agora consegue ver a minha mão?
— Consigo.
— Sabe o que esta mão é capaz de fazer?
— Não.
Ele bateu a mão contra o acrílico que nos separava com tanta força que ambos sentimos o golpe e o carro inteiro vibrou com o choque.
— Existe, realmente, alguma diferença entre quando você pode e quando não pode ver a minha mão? — perguntou ele, os olhos cinza-chumbo não mais inexpressivos.
— Quase nenhuma.
— Compreende o que estou tentando lhe dizer?
— Não.
— Mas vai compreender — disse ele. — Vai compreender.

Trocando uma extensão de água por outra

— E virou-se outra vez em direção ao volante. Eu mostrei os nove dólares e vi um olho castanho surgir, de lampejo, no espelho retrovisor.
— Não seja ridícula — disse ele. — Saia já deste carro!
— Não, por favor, pegue o dinheiro — insisti.
— Saia deste carro! — repetiu ele, e eu saí.
A primeira coisa que fiz foi achar um telefone público.
— Henry — disse eu. — Acabo de conseguir uma corrida de táxi de graça em Nova York.

Se você nunca teve um lar de verdade, mesmo quando decide que quer um, é difícil pra burro saber por onde começar. Meu pai trabalhava noite e dia e no país inteiro; minha mãe foi uma dessas pessoas cuja vida a deixou completamente confusa e ela bebia copos de água cheios de vodca para fazer a confusão ir embora.

Minha mãe fugiu das montanhas do Colorado para a Broadway quando tinha 13 anos e obteve um sucesso relativo no teatro. Então, conheceu meu pai e abriu mão de tudo aquilo do qual amava, como ela gostava de contar, para engravidar.

Minha avó jamais perdoou à minha mãe por ter abandonado o oeste, jamais a perdoou por ter escolhido meu pai — o solteiro mais cobiçado de Trenton, Nova Jersey. Ela odiava o fato de que ele não conseguiria consertar uma cerca mesmo que sua vida dependesse disso; odiava o fato de ele não saber a diferença entre uma cavadeira e uma tampa de bueiro, além de ser ignorante o suficiente para perguntar a ela, certa vez, para que servia um mata-burros. Mas, acima de tudo, ela o

Valsando com a gata

odiava pelas coisas que dizia e odiava minha mãe por permitir que ele as dissesse.

Na última visita de meus pais ao Colorado, quando eu era apenas um bebê, meu pai ficava andando pela casa com medo de que ele ou eu pegássemos alguma doença, murmurando bem baixinho *caipira bunduda* e *lixo branco de merda*. Minha avó disse a minha mãe que, se não conseguia controlar a boca de meu pai, era melhor que viéssemos sem ele da próxima vez, e meu pai respondeu que só por cima de seu cadáver e eles me embrulharam todinha e partiram de carro. Depois disso minha mãe e minha avó nunca mais se comunicaram. Minha mãe por ser leal ao meu pai como um carrapato e minha avó por ser orgulhosa demais — foi o que sempre achei — para fazerem as pazes.

Tentei entrar em contato com minha avó umas duas vezes, nos anos em que morei nas Montanhas Rochosas, mas jamais tive resposta às cartas que enviei. Achei que estaria fazendo coisas demais por trás das costas de minha mãe se fizesse um esforço maior do que esse. Então, as duas mulheres morreram no mesmo ano sem que nenhuma das duas soubesse disso. A essa altura, não se falavam há trinta anos.

Meu pai e eu passamos a nos falar com mais freqüência do que quando minha mãe estava viva mas nunca com muito sucesso. Ele havia me telefonado alguns dias antes de eu partir de Oakland da última vez para me contar que acabava de se dar conta de que não havia a menor possibilidade de um dia colher os louros de seu próprio seguro de vida e que se eu quisesse o dinheiro depois que ele morresse, teria de começar a pagar o prêmio a partir do mês seguinte.

Trocando uma extensão de água por outra

Em minha terceira manhã em Nova York, o sol voltou a brilhar e eu tinha três compromissos aos quais comparecer em quatro horas. Eu provavelmente não teria conseguido essa façanha nem mesmo sob as melhores condições, mas acabei num elevador parador. Cinqüenta e seis andares, e eu juro que paramos em todos eles. Modelos, secretárias, especialistas em informática, operários de construção. Dava para ter criado tipos para uma temporada inteirinha de comédias de situação com as pessoas que entraram e saíram durante aquele longo trajeto.

Finalmente éramos só eu e um boy rastafári com quem eu havia começado no qüinquagésimo sexto — ele vestia cores primárias dos pés à cabeça, os cabelos no meio das costas.

— Sabe que horas são? — indaguei, temendo a resposta.

— É hora — disse ele, com o maior sorriso do mundo — de ir para a praia.

— Isso seria ótimo — comentei.

— Tudo é possível — disse ele. — É só acreditar. — Ele saltou no segundo andar e as portas fecharam às suas costas.

— Como? — perguntei para o teto espelhado do elevador. — Como?

As portas abriram no térreo e eu saltei e fui, mais uma vez, ao encontro do sol.

— Você vem para o Oregon amanhã — indagou Carter ao telefone —, ou não vem?

— Eu sinto muito — respondi. — Achei que, a esta altura, já saberia o que fazer.

— Você quer dizer que um passarinho já deveria ter-lhe dito.

Valsando com a gata

— Ou um motorista de táxi ou um boy.

Pensei nas deliciosas mãos longas de Carter, pensei em nossa primeira noite em Baton Rouge, nele cantando para mim sob as estrelas. Então pensei em todas aquelas horas à espera de coisa alguma no terminal de bagagens. Sua voz em minha secretária eletrônica, pedindo desculpas, cheia de arrependimento, nunca tão cheia de amor.

— Quanto tempo você teria? — perguntei. — Quanto tempo eu poderia ficar?

— Você sabe que eu nunca sei a resposta para essas perguntas de antemão, Lucy.

— Mas estamos falando de minutos, horas ou dias?

— Horas — respondeu e, quando eu nada disse, continuou: — Pelo menos. Você não me amaria se me visse todos os dias.

— E quem foi que disse que eu o amo? — questionei.

— E então? — insistiu ele. — Você vem ou não vem?

— Ligo para você daqui a 15 minutos. — Então desliguei o telefone e liguei para Henry.

— Henry — comecei —, você acha que Carter pensa com precisão?

— Eu acho que Carter pensa de forma muito precisa, sobre aquilo que deixará Carter contente.

— Eu sabia que você ia dizer isso — afirmei.

— Então, por que se deu ao trabalho de ligar?

— É estranho — comentei —, eu não consigo dizer, ao certo, se somos ou não somos um par.

— Por favor, não me faça perguntar um par de quê.

— Henry — perguntei —, você acha que estou apaixonada por Carter?

Trocando uma extensão de água por outra

— As probabilidades, sinto dizer, apontam nessa direção — respondeu ele.

— Mas você não diria isso — insisti.

— Ele já a beijou?

— Não exatamente.

— E o que houve com Sarah?

— Acabou. Carter disse que foi ele quem decidiu, desta vez. Ela enviou um cartão-postal para ele dizendo *estou me divertindo horrores, ainda bem que você não está aqui*.

— Lucy, já lhe ocorreu que talvez você tenha feito Castaneda aparecer no aeroporto?

— Você está querendo dizer que eu o inventei?

— Quero dizer — corrigiu-se Henry —, que os poderes são seus, e não dele.

Consegui pegar o último lugar no único vôo sem escalas até Portland, um desses vôos de fim de tarde em que o sol se põe contiñuamente por quase três horas, nos quais você quase consegue acompanhá-lo enquanto voa.

Olhei o amarelo ir se transformando em laranja, em vermelho, em magenta, até o céu inteiro ficar de um roxo tão profundo que parecia eterno, uma única tira de vermelho iluminada por trás e incendiada por dentro. Passei tanto tempo fitando aquele pôr-do-sol que, de alguma forma, ele acabou se perdendo em sua própria beleza e tornando-se mais puro do que qualquer coisa que eu jamais poderia capturar com palavras. Cravei meu olhar ali até não mais ter certeza se realmente havia tido um pôr-do-sol do lado de fora daquela janela ou

Valsando com a gata

se ele, também, havia sido algo criado por mim, no interior daquele avião, usando unicamente os olhos.

Eu havia telefonado para a empresa de aluguel de carros de antemão, pedindo um carro com toca-fitas. Se Carter e eu íamos começar alguma coisa de verdade, queria ter a trilha sonora sob o meu controle. Mas aquele era um fim de semana movimentado em Portland, com exposições de carros antigos e convenções de caubóis. O agente disse que eu havia tido sorte em encontrar um carro do tipo econômico e que alguns tinham rádio AM/FM e que outros não tinham coisa alguma.

O sujeito da Alamo era da Lituânia e era franzino, moreno e simpático.

— O que a traz à cidade, negócios ou prazer? — quis saber.

— Prazer, espero — respondi. — Mas não vou contar com isso.

— E em qual ramo trabalha? — indagou ele, os dedos pousando no teclado.

— Eu tiro fotos — respondi.

— Você tira fotos tipo... com uma Kodak Instamatic ou tira fotos como Avedon e Stieglitz?

— Algo entre as duas coisas — respondi, agora sorrindo.

— Você é fã de Avedon e Stieglitz?

— Para mencionar apenas alguns. Dediquei minha vida a estudar os mestres da fotografia. — Por um momento, ele olhou nos meus olhos com firmeza. — Acredita no que acabo de lhe contar?

— Certamente — disse. — É claro.

Trocando uma extensão de água por outra

— Bem, neste caso — disse ele —, vou lhe dar um conversível de tamanho médio pelo preço de um Escort. Com milhagem ilimitada. — Ele devolveu meu cartão de crédito por cima do balcão. — E então — continuou —, vai querer um toca-fitas?

Quando cheguei ao meu hotel em Cannon Beach minha correspondência havia me alcançado e havia uma carta pedindo que eu entrasse em contato com um advogado no Colorado.

— Finalmente, o espólio de sua avó foi liquidado — disse ele diretamente do Colorado na manhã seguinte — e, para a grande surpresa de toda a família, ela deixou a fazenda, localizada perto de Hope, no Colorado, para você.

— A fazenda próxima de Hope? — repeti. — A fazenda que fica às margens do rio Grande?

— Praticamente *dentro* do rio Grande, é o que dizem — comentou ele. — Mas, ao que parece, é uma bela propriedade.

— Não compreendo — disse eu. — Nós praticamente não nos conhecemos.

— Seus primos também não compreendem — disse ele —, embora talvez seja uma bênção. Ninguém do outro lado da família teria dinheiro para tirar a propriedade do buraco.

— De que tipo de buraco?

— De um buraco tributário — prosseguiu ele. — Parece que ninguém paga os impostos sobre aquela propriedade desde 1982. Vai a leilão este verão, a não ser que você queira um projeto que vai ocupar todo o seu tempo e levá-la à loucura. Você mesma poderá colocá-la à venda, é claro, talvez até mesmo ter algum lucro no fim das contas.

— Espere aí — eu o interrompi. — Sabe se essa fazenda tem assoalho de madeira de lei?

— Acho que talvez você esteja imaginando a coisa errada... — disse ele. — Trata-se de uma cabana, um barraco abandonado há anos.

— Mas o assoalho é, certamente, de madeira, não? — insisti.

Deu para ouvi-lo farfalhando papéis do outro lado da linha.

— Eu quero a propriedade — declarei, antes que ele pudesse responder —, e não quero que faça coisa alguma até eu poder vê-la com os próprios olhos.

— Não — disse Henry, antes mesmo que eu chegasse à parte sobre os impostos atrasados. — De jeito nenhum.

— Mas seria meu, Henry. Meu lugarzinho no mundo.

— Venha para Chicago. Posso lhe fazer uma grande oferta na casa dos seus sonhos em Sanctuary II.

— Ora — insisti —, qual é a pior coisa que pode acontecer?

— Você gasta todo o seu dinheiro tornando o lugar habitável, fica sem meros cem dólares para pegar um avião, caem milhões de metros de neve e você não consegue sair de carro, os dias vão ficando cada vez mais curtos e você acaba dando um tiro na cabeça.

— Viu só, isso não me soa tão ruim assim.

— Aposto que essa história vem com um monte de impostos atrasados embutidos.

— Não — menti, e até ri um pouquinho. — Pelo menos nesse particular eu tive sorte.

Trocando uma extensão de água por outra

— O que eu quero dizer é, depois não venha me procurar, chorando — disse Henry. — Embora vá precisar fazê-lo.
— Muito obrigada, por tudo. Estou falando sério, Henry. Estou me sentindo bem.

O dia seguinte foi o mais ensolarado de toda a história dos fevereiros de Oregon, além de quente. Os pedaços de rocha incrustados dentro do mar, que os habitantes do noroeste americano chamam de penedos marinhos, luziam no local de onde se projetavam, a luz de inverno lavando-os em tons profundos de âmbar. Carter passou pelo meu quarto no meio da tarde e fomos direto para a praia. Ele queria caminhar, aparentemente pensando que essa seria a melhor forma de evitar o que estava prestes a acontecer, mas eu queria ficar de pé na beirinha da água, então ele ficou ali, também.

Após tantas tempestades de inverno, o mar estava violento, mal-humorado, com uma cor levemente diferente da de costume, mais azul do que verde, com matizes de prata.

Por trás de nós, as pessoas passavam em capítulos, tal qual histórias. Uma garota hispânica e o novo namorado, ambos complacentes e reluzentes sob o primeiro rubor do amor. Uma família — se é que era, de fato, uma única família —, um carrossel de crianças e chihuahuas e cockers e carrinhos. Um casal de seus 80 anos caminhando lentamente, de mãos dadas.

— Cinqüenta anos juntos — comentou Carter —, quem sabe mais.

— Não, de modo algum. Estão saindo hoje pela primeira vez. Vi o anúncio dele nos classificados pessoais. — A maré estava enchendo e as ondas chegavam até nós por entre os penedos marinhos, despencando umas por cima das outras, ziguezagueando como corredeiras num rio, mas isto aqui não era rio algum, não havia margens, tratava-se de milhões de quilômetros quadrados de movimento contínuo; apenas os penedos eram sólidos, soluços figurativos em meio a um terreno insondável.

Mas havia algo naqueles penedos, na maneira que formavam aquele pano de fundo escuro para a água. Faziam as ondas parecerem tombar de alturas incríveis. Era certo que eram grandes, as ondas, considerando que se seguiam a uma tempestade, mas não podiam ser tão altas quanto aparentavam ser, três ou talvez até mesmo mais de quatro metros acima de nossas cabeças, e muito próximas. E, quando vinham chegando daquele jeito, cheias de si, e as marolas resultantes das que haviam quebrado antes delas nos cercavam, parecia que nós, certamente, seríamos tragados, assim como todas as pessoas à nossa volta, assim como a praia e, até mesmo, algumas das casas, as que ficavam nas dunas mais baixas. Mas à medida que corriam em nossa direção após quebrarem, havia um momento indetectável quando a ilusão se desfazia e elas assumiam, mais uma vez, o tamanho apropriado para uma onda.

— Normalmente, sou bastante efusivo num relacionamento — disse Carter e eu desviei a vista das águas trambolhantes para olhar em seus olhos. — Até mesmo com Sarah, mesmo depois de tantos anos, ainda andávamos de mãos dadas.

— Um relacionamento, Carter — disse eu. — É disso que se trata?

— Num sentido virtual — disse ele, e eu talvez tivesse rido dele então, mas não ri.

Trocando uma extensão de água por outra

— Vamos caminhar — pediu ele, mais uma vez. E desta vez eu me afastei da beira do mar com ele.

Paramos numa barraquinha de bijuteria que um sujeito barbudo havia feito de um posto de salva-vidas destruído, mas eu estava agitada demais até mesmo para baixar a vista.

— Olhe só, Lucy — disse Carter. — Talvez você goste. — Tratava-se de um anel de âmbar, uma pedra bonita, mas um pouquinho grande e desajeitada demais para o meu gosto.

— Mas não é *este* o anel que *você* quer — declarou o joalheiro e só então ergui os olhos para encará-lo. Seus olhos eram intensos e negros como as gaivotas.

— Ah, não é? — indaguei. — Então qual seria o anel que eu desejo de fato?

— Este — disse ele, enfiando a mão por dentro do estojo e me entregando um anel. Este era um círculo chato, de prata, com uma pequena serra num relevo em bronze. Havia dois minúsculos bonequinhos-palito entalhados na lateral da montanha. Duas linhas de pontinhos minúsculos saíam de suas cabeças em direção ao céu. Era um anel bobo, cafoninha.

— Não, obrigada — agradeci, tentando colocá-lo de volta em sua mão.

— Estes homenzinhos na lateral da montanha são Don Juan e Carlos Castaneda — disse ele, sem pegar o anel. — Está vendo os pensamentos profundos que saem de suas cabeças?

Virei o anel na palma da mão. Olhei atentamente para as linhas de pensamentos profundos.

— Você tem razão — concordei. — É este o anel que desejo.

Valsando com a gata

— O que está acontecendo? — perguntou ele, os olhos negros pulando de minha mão para o meu rosto. — Há algum tipo de sincronismo acontecendo em sua vida neste momento? — De tal maneira que está ameaçando foder com o meu grau usual de cinismo para sempre.

Ele se afastou de mim então, tomando os trinta dólares de minha mão.

— Não se preocupe — começou —, sempre acaba voltando. Peguei o anel e coloquei-o no dedo mínimo da mão esquerda.

— Que história foi essa? — perguntou Carter, quando nos afastamos do joalheiro. Eu estava prestes a lhe contar quando ele começou a pentear os cabelos no meio da minha primeira frase e eu me dei conta de que não queria saber, de verdade.

Virei a cabeça outra vez em direção à água, fiquei observando como estava alta e enlouquecida bem em frente aos penedos marinhos e como as ondas estavam calmas e regulares nos dois flancos.

Tivemos uma conversa, tarde de uma noite ventosa, quando contei a Carter que jamais havia dado o primeiro passo para beijar um homem e ele disse que as irmãs lhe ensinaram algo em torno de mil e quinhentos testes que ele deveria fazer para saber com certeza se uma mulher queria ser beijada antes que ele a beijasse. Ele confessou que se envolvia de tal maneira nos testes que ficava passando-os na cabeça muito depois do momento já ter passado.

Mas este era um tipo diferente de teste, assim mantive os olhos colados na água, que agora quebrava com mais força

Trocando uma extensão de água por outra

sobre a areia, diante de nós. E eu queria dizer: "Carter, será que dava para você olhar para lá e me dizer se as ondas que estão se formando bem na frente dos penedos marinhos são mais altas do que em todas as outras partes deste oceano?" Porque o termo ilusão de ótica estava se afastando cada vez mais de mim, da mesma maneira que o pôr-do-sol, na noite anterior.

A maré estava enchendo e as ondas quebravam com mais força ainda e eu as assistia despencar. Eu queria flagrá-las tornando-se menores, desmoronando mais uma vez para dentro daquilo que todos nós concordaríamos em chamar de realidade, mas então uma das que eu observei não diminuiu e veio correndo quebrar na praia e lambeu nossos tornozelos com avidez, uma pequena provocação do outro lado.

— O mar está bem mais alto aqui do que em qualquer outro lugar — declarei, finalmente. — Eu sei que não é possível, mas é verdade.

— Talvez a gente devesse caminhar — disse ele e tocou a lateral de meu rosto e eu mais uma vez pensei no pôr-do-sol que assisti do avião, de como ele havia deixado de ser um pôr-do-sol para se transformar em algo totalmente diferente, uma forma mais autêntica de beleza do que qualquer coisa que eu jamais saberia nomear.

— Conheci Carlos Castaneda num aeroporto na semana passada — contei. — Ele tentou me dizer algumas coisas importantes.

— É mesmo, Lucy — disse Carter. Ele passou um dos braços pelo meu ombro e tentou me afastar das ondas que ficavam cada vez maiores e mais próximas, mas eu não me mexi.

Valsando com a gata

— Você não acha que isto pode ter alguma coisa a ver com Deus, ou algo assim, acha? — E naquele instante ele, sutilmente, deu um passo para trás. Tive a sensação de estar me aproximando de alguma coisa, como se tivesse saltado, momentaneamente, sobre a engrenagem que faz tudo se mover e que aquilo poderia me mandar pelos ares a qualquer momento e eu só queria aproveitar cada instante passado ali.

E eu não sabia dizer ao certo por que não conseguia parar de olhar para o local onde a água despencava de cima dos penedos marinhos ou por que eu precisava transformar aquele imenso oceano plano num rio, tão desesperadamente. Eu havia passado a vida inteira inventando coisas do gênero e acreditado nelas. Eu achava que o amor também fosse assim, que era possível enquadrá-lo como a uma fotografia, de acordo com a nossa necessidade.

Era esta parte de mim que olhava o mar fixamente, a mesmíssima parte que sabia que para cada imagem positiva havia um negativo puro e perfeito, que exatamente do outro lado daquele finíssimo pedaço de papel denominado *inventar coisas*, havia outra história completamente diferente e que esta história tinha a ver com aprender a acreditar em tudo aquilo que havia estado bem ali, o tempo todo. O que, na verdade, não era diferente de acreditar no pôr-do-sol; a tradução de um objeto em oferenda, uma simples questão de fé.

Então, eu finalmente compreendi o que o paquistanês quis dizer — há exatamente uma semana — ao bater com a mão contra a janela de acrílico que nos separava um do outro e dizer: "Existe, realmente, alguma diferença entre quando você pode e quando não pode ver a minha mão?" Eu agora sabia a

Trocando uma extensão de água por outra

resposta para a sua pergunta. Era que as diferenças são todas as possíveis — e nenhuma. Era que a intuição nada mais é do que a mais provável junção daquilo chamado desejo com aquilo chamado acaso. Era que as crenças são como fogos de artifício: precárias, maravilhosas, momentâneas e luminosas.

E foi naquele momento que Carter Thompson me deu o primeiro beijo real que jamais recebi dele, longo e intenso, mas suave também, cheio de todos os sentimentos que ele trazia dentro de si, muito embora se aquilo era amor ou mero galanteio, eu não saberia dizer ao certo.

E tão logo terminou de me beijar, desvencilhou-se de meus braços e entrou correndo na água, casaco e calças de moletom, tênis e meias encharcados para, então, sair correndo outra vez, chacoalhando-se e pingando como um cachorro carregando um *Frisbee*, parecendo, aos meus olhos, esperar algum tipo de recompensa.

— E agora vamos às más notícias — declarou ele, olhando para o relógio. — Eu não quis lhe dizer antes, não quis estragar o dia, mas daqui a uma hora pego um avião para Amarillo, no Texas. Vacas. Vacas enormes. Prestes a dominar a terra.

— Você vai perder o pôr-do-sol — observei —, entre várias outras coisas.

— Você precisa assistir sozinha, Lucy. Esse é o desejo de Carlos Castaneda.

Eu quase ri com ele. Para então quase virar-lhe a mão na cara. Então coloquei uma das mãos num lado daquelas maçãs do rosto saltadas e lindas, da maneira que havia imaginado fazer mil vezes e sua pele era macia, cálida e perfeita, exatamente como sempre soube que seria.

Valsando com a gata

E então eu soube, com certeza, que amava Carter Thompson, mas não muito, e que não continuaria a amá-lo por muito mais tempo. Que, primeiro, eu assistiria ao sol morno de fevereiro afundar neste oceano glacial da Costa Oeste e então voltaria para a Califórnia, para os meus livros e para as minhas panelas e frigideiras de classe internacional e para o meu piano preto lustroso, sabendo, também, que não ficaria lá por muito mais tempo.

Sabia, igualmente, que meu tempo à beira-mar estava chegando ao fim, que um rio também podia constituir uma extensão de águas livres e que meu lar talvez fosse um barraco em ruínas com assoalho de madeira de lei e móveis pertencentes a outro alguém, um local que permitiria a uma pessoa perdoar todos os seus anos de expectativas; um local que permitiria a ela — com o tempo — se perdoar.

E eu sabia que ficaria sozinha em Hope, embora não para sempre. Eu havia feito coisas mais difíceis nesta vida do que ficar sozinha; uma porrada de coisas muito piores. E eu sabia que quando o tempo de estar sozinha chegasse ao fim, eu nunca mais precisaria tentar salvar a minha vida trancando-a num depósito de cimento em forma de bloco, de três metros por seis; que havia um homem em algum lugar à minha espera que pensava com precisão e que, a essa altura, eu já seria esperta demais para me contentar com o amor virtual de alguém.

Então Carter se foi e eu fiquei sozinha a assistir ao sol cair no oceano, àquele espetáculo de luzes ao seu redor, à areia cintilante e translúcida, como a superfície do cérebro do mundo.

Duas meninas, um pouco mais novas do que 13 anos, com membros e cabelos igualmente longos, passeavam pela praia,

Trocando uma extensão de água por outra

entre mim e a água e o céu fulgurante, perfeitamente fluido, perfeitamente livre. Eram silhuetas e nada mais, então quando a que estava mais próxima de mim atirou a cabeça para trás e gargalhou, eu não fiquei nem um pouco surpresa ao me pegar rindo também.

E eu fiz a terra girar 180 graus de novo, igual àquela vez no rio, igual àquela noite em Nova York, exceto que desta vez eu me encontrava à beira de um oceano totalmente novo e, desta vez, o sol não estava se pondo, estava nascendo.

Como a bondade sob os seus pés

HOPE É UMA CIDADEZINHA BONITA, enfiada bem à entrada de um grande cânion com duas paredes de pedra erguendo-se de cada lado da Main Street, tal qual sentinelas. Não há muito além dessa rua: o mercado Kentucky Belle, a loja de ferragens True Value, o Crooked Creek Saloon, o Hope Hotel, o Primeiro Banco Nacional de Hope — com grades nas janelas —, uma loja que vende jóias feitas de prata e crina de cavalo trançada. O riacho Willow corre por trás de Main Street através de uma calha de cimento que, antigamente, trazia a prata das minas localizadas acima da cidade. Um marco histórico um tanto apagado revela que, há cem anos, diariamente, trezentas pessoas mudavam-se para Hope para se arriscar pelos campos com picaretas e sacos de aniagem e a prata era despejada da montanha aos vagões.

— Se quiser saber as histórias verdadeiras — diz uma voz atrás de mim —, vai precisar conversar com os habitantes locais.

Valsando com a gata

Ao me virar, deparo-me com uma mulher de olhos castanhos e um monte de sardas.

— E você deve ser um dos habitantes em questão — comentei.

— B. J. Blair — diz ela —, nas redondezas há 29 anos e ainda não falo sozinha, com muita freqüência.

— Eu sou Lu...

— Por favor, não insulte a minha inteligência. Você é Lucy, neta de Marge Cunningham, que veio tomar conta da fazenda que fica rio acima. Qualquer um que tenha olhos pode ver isso.

— Fala sério? — pergunto, apesar do formigamento no estômago que costuma preceder acontecimentos extra-sensoriais.

— A semelhança é impressionante — comenta B.J. —, mas eu certamente não sou a primeira pessoa a observar isso.

— Eu não a conheci — revelo. — Ela e minha mãe tiveram uma briga há mais de trinta anos.

— Deve ter sido uma senhora briga — observa B.J.

Uma caminhonete de entrega do UPS vem subindo a Main Street a toda, como se saída de um comercial. Trata-se do primeiro veículo a entrar na cidade desde a minha chegada, há meia hora.

— Ela dizia boas coisas a seu respeito — conta B.J. — Vivia contando vantagem sobre você ter ganhado este ou aquele prêmio.

— Eu jamais pude imaginar. Tentei conhecê-la algumas vezes.

— As pessoas são orgulhosas — diz B.J. — E, então, morrem. Venha até o Café. Vou lhe preparar um almoço.

Como a bondade sob os seus pés

Ganho um almoço e a versão abreviada da história de Hope como acompanhamento. A história de como Rutherford B. Hope encontrou o primeiro veio de prata, praticamente por acaso, na mina Holy Moses, localizada trezentos metros acima da cidade, de como corretores de lugares tão distantes quanto Paris e Madri passaram a conhecer a cidade pelo nome, depois disso, de como durante a explosão da mineração a cidade queimou até torrar três vezes com incêndios iniciados por bêbados, tarde da noite, e de como a cada vez que isso acontecia os comerciantes, ávidos para ganhar dinheiro, a reerguiam e botavam tudo para funcionar até o meio-dia do dia seguinte.

B.J. conta que a mina permaneceu aberta enquanto tantas outras fecharam na virada do século; que ficou aberta durante a década de 20 e de 30, década após década, diminuindo de tamanho até os hippies chegarem nos anos 60 e tomarem conta de pelo menos metade das casas pertencentes aos mineradores, que começavam a morrer.

Quando a mina finalmente cessou as suas atividades ao fim da década de 70, a população mergulhou para menos de duzentos e Hope quase se transformou numa cidadezinha-fantasma, quase perdeu sua escola. Um grupo de mulheres da cidade, minha avó inclusive, lutou com o estado para manter a escola aberta e ganhou.

— A população se estabilizou em trezentos, mais ou menos, mas os corretores de imóveis ainda olham com mais benevolência para uma pessoa se chegar aqui com um monte de crianças dentro do carro. Pretende ter filhos?

— Não imediatamente — respondo.

Valsando com a gata

— Que pena. Pelo menos está em idade fértil. Talvez devesse começar por um cachorro.

— Talvez eu devesse começar por uma planta — digo. — Não sou conhecida pelo esmero com o qual tomo conta das coisas.

— Primeiro um cão — diz B.J. —, depois, quem sabe, um amigo. — E a expressão em seu rosto foi tão direta quanto um convite.

— Pelo que ouço falar, a casa de minha avó talvez não esteja em condições para eu receber alguém.

— Espere aí. Está querendo dizer que ainda não a viu?

— Não. Acabo de chegar.

— Então não perca tempo batendo papo comigo, vá até lá neste instante e veja a sua casa.

— Ela está muito acabada? — pergunto, tentando me preparar para a resposta.

— Não, é uma casa mágica. É um desses lugares que parece sempre ter estado ali, como se já estivesse ali quando as pedras surgiram de dentro do solo.

Rumo para o norte e deixo a cidade, subindo o vale do rio Grande onde o rio faz duas pequenas curvas nos penhascos cor-de-arenito e depois uma maior no norte antes de correr em linha reta rumo ao leste, em direção à sua cabeceira no Continental Divide, o grande divisor de águas do país.

Estou aqui, fico repetindo para mim mesma, à guisa de experiência. Vim até aqui para me afastar da beirada pronunciada do continente por algum tempo, para ver se consigo me livrar, para sempre e de uma forma geral, de beiradas. Vim para cá porque um prado bem na base da espinha dorsal da

Como a bondade sob os seus pés

América é o local mais seguro que me ocorre e, também, por saber que poderia estar de volta na cidade em 48 horas, se me desse conta de ter cometido um erro gravíssimo.

Meu carro não está tão cheio quanto da última vez em que cruzei a Grande Bacia, indo na direção oposta. A gente deve acumular coisas, eu sempre pensei, à medida que vai ficando mais velha, mas eu pareço estar mudando de pele, como uma pessoa envolta em cem camadas de celofane, rasgando uma de cada vez, tentando chegar a quem é de fato.

Trouxe minhas máquinas fotográficas, minhas ferramentas, grande parte de meu equipamento para esportes ao ar livre e uma caixa de cartas escritas por uma mulher morta da qual não sou parente; uma mulher em quem eu não me permiti pensar nem mesmo cinco vezes nos três anos passados desde a sua morte, uma mulher que talvez tenha sido a única pessoa em 34 anos que eu amei de fato. Trago suas cinzas numa lata de café, na poltrona ao lado da minha. Ela me pediu que não as espalhasse até encontrar o lugar certo.

A fazenda de minha avó encontra-se exatamente no local descrito por B.J., bem no centro da maior curva do rio, o Divide se curvando para dentro de si como uma ferradura por trás dela. Não se trata de uma casa construída sobre a terra, e sim de uma casa instalada dentro da terra: uma cabana de madeira construída há mais de cem anos com troncos cortados de uma floresta ainda mais alta do que este local e trazidos rio abaixo flutuando, presos com correias como se fossem uma balsa.

Há um estábulo centenário queimado pelo sol nas cores do outono, com uma empena enorme e um celeiro de feno. Cercas de madeira construídas sobre cavaletes percorrem a paisagem até onde os olhos conseguem ver. O mato da pradaria, há anos sem ser aparado, está alto, verdejante e coroado de dourado, denso de flores silvestres, lupinos, *castillejas* e gílias. Contas de sol levitam acima da superfície do rio e casais dos pássaros mais azuis que jamais vi saltitam de uma estaca da cerca para a seguinte.

Pínus e álamos contornam a propriedade, debruando as bordas que sobem em direção ao Divide, culminando numa montanha de topo arredondado com três sulcos descendo pela frente de maneira tão simétrica que parecem ter sido arranhados por um urso.

A porta da casa permanece aberta com a ajuda de uma lata de café e lá dentro encontra-se a cozinha, antiga e surrada, embora mais asseada do que eu esperava. Há um moedor de carnes antiquado preso a uma das extremidades da bancada e uma tábua de carne no formato de um porco por cima da pia. A geladeira é antiga e adornada com cromo e, bem no meio da porta, há uma foto minha tirada de um antiqüíssimo exemplar da revista *Photography*, recebendo o prêmio Ansel Adams no primeiro ano depois que me formei.

A sensação que havia começado em minha barriga quando B.J. me reconheceu transformou-se num alvoroço de borboletas ao ver minha foto aqui, na casa de minha avó, por todos esses anos. Então eu entro na sala e o mundo realmente começa a rodopiar e eu me deixo afundar naquela que, eu rapidamente me dou conta enquanto afundo, só pode ter sido a sua poltrona favorita. Acima dos móveis, penduradas em paredes desesperadamente necessitadas de uma demão de tinta, encontram-se cinco — não, seis — fotografias originais de Lucy O'Rourke:

Como a bondade sob os seus pés

um celeiro coberto de neve perto de Layton, Utah; um casal dançando juntinho num casamento cigano em Los Angeles; um cavalinho escuro numa tempestade de neve em Dakota do Sul; um velho afinando uma rabeca perto de Grass Range, Montana; roupas voando num varal durante uma tempestade de verão em Iowa; minha mãe, com os olhos arregalados, passando maquiagem diante de uma lente de aumento.

Fico sentada naquela poltrona por um bom tempo e penso longamente nessa mulher que não conheci, que parecia não ter o menor desejo de me conhecer, que gastou uma pequena fortuna nas minhas fotografias, enquanto sua casa ia deslizando, suavemente, em direção ao rio; que morreu só Deus sabe quantos dias antes de alguém encontrá-la e cuja decisão — que me parece cada vez menos arbitrária — fez de mim a dona desta fazenda.

Na manhã seguinte, eu caminho até o topo do morro e encontro o cemitério da família do qual B.J. havia falado: nenhuma lousa de sepultura, apenas marcadores de prata martelados, todos os nomes — com exceção do de minha avó — gastos demais para serem lidos.

— Este é o pedaço de terra mais abençoado que eu já vi — digo, mas não há ninguém por perto para me ouvir. Uma fazenda não é uma fazenda sem um cão, então entro em minha caminhonete para ir até o depósito público de animais.

O mais próximo é o de Durango, a mais de duas horas de distância, então dou uma passada pela casa de B.J. ao atravessar a cidade, em busca de apoio moral. Ela pendura o aviso "Tive uma emergência... volto dentro de algumas horas" na porta e faz a viagem comigo.

Valsando com a gata

— Estou em Hope há vinte e seis anos — começa ela. — Às vezes acho que é o melhor lugar do universo para se viver, e em outros momentos acho que não passa de um esconderijo para cachorros sem dono e almas perdidas, para gente que não conseguiu acertar a vida de primeira e que está assustada demais para tentar uma segunda vez.

Quando eu nada comento, ela acrescenta:

— Aliás, eu estou falando de mim mesma. Não sei coisa alguma sobre a sua história.

Surpreendemos uma pequena manada de alces que havia descido à beira do rio para beber água e eles o atravessam aos saltos, afastando-se da estrada, nove décimos graciosos e um décimo desengonçados.

— Há dias em que adoto as palavras que os outros usam para descrever a minha vida — comento. — Tais como independência e um certo grau de sucesso. Na maioria dos dias, no entanto, ela me parece ser um falso início após o outro, altos e baixos demais para eu sempre acabar no mesmo lugar.

— Acho que chega um momento na vida em que todos os altos e baixos começam a parecer uma linha reta, e a linha reta começa a parecer uma aventura.

Ela aponta para uma águia muito jovem sentada sobre um tronco, dentro do rio, esperando um peixe.

— Acho que é assim que as pessoas vivem o suficiente para envelhecer.

No depósito de animais, a cachorra que B.J. escolhe para mim nem ao menos se aproxima da porta da jaula e permanece numa bolinha, mais parecendo um coiote, encostada na

Como a bondade sob os seus pés

parede do fundo em meio à algazarra de uma centena de cães que saltam e uivam, tentando parecer mais engraçadinhos do que o outro.

O cartão amarelo diz que ela tem oito meses e que este é o seu último dia antes de ser sacrificada e, quando eu a levanto, sua traseira está tão encovada de fome que ela mal consegue ficar de pé. Seu rosto faria Rin Tin Tin abrir mão de seu último osso e tem todos os tons de sardas marrons, brancas e cinza, aumentando em intensidade à medida que se afastavam dos olhos, como se tivessem sido pintados a pincel.

— A Lana Turner dos cães — comenta B.J.

— Alguns cães recusam-se a comer aqui — diz o encarregado. — Esta daqui recusa até mesmo água.

Quando eu a pego no colo ela fica dura, da maneira que cachorros ferozes costumam ficar quando tocados.

— Não acredito que tenha tido muito contato com gente — diz ele. — Nós a pegamos perto da reserva. Há muitos cães à solta por lá.

Eu a carrego para o local chamado de O Quintal, um quadrado de 36 metros quadrados de chão batido, a cerca cobrindo até mesmo o teto, um local idealizado para se saber como o cão agirá uma vez tirado da jaula.

Eu a coloco bem no meio do Quintal, me encaminho para um dos cantos e me sento, também. Ela permanece um momento paralisada com as patas quase que escancaradas, então vem engatinhando para onde estou como um soldado de infantaria à espera de um ataque aéreo, se arrasta até o meu colo e forma mais uma bolinha perfeita encostando o focinho no rabo.

Valsando com a gata

— Acho que está decidido — declara B.J.
E naquele instante eu decido chamá-la de Ellie, a cachorra.

A primeira Ellie tinha cabelos louros e olhos castanhos e um sorriso tão grande que sua boca precisava se abrir como uma flor para recebê-lo. Nós nos conhecemos em um *shopping center* no dia em que ela me salvou do pessoal que trabalha para a Consumer Reports.

Às vezes, apenas faziam perguntas sobre produtos que jamais comprei — refrigerante dietético ou pasta de queijo —, mas outras vezes conseguiam me enfiar numa daquelas salinhas brancas que existem no ventre mais profundo dos *shoppings* e onde distribuem amostras de comida.

Naquele dia era maionese e Ellie deve ter me ouvido dizer que eu nem ao menos usava maionese e que estava com pressa e será que dava para me deixarem passar. O rapaz bem-apessoado me garantiu que só levaria um minuto e colocou a mão, da maneira que eles sempre fazem, exatamente na curva onde meu braço encontra o cotovelo, e foi então que Ellie nos abordou, lembrando um pouco um jogador de defesa.

— Não, não, não, não, não! — exclamou, quase sobressaltando o rapaz.

— A senhora poderia me dar licença — começou ele.

— Não, não, não, não, não, não, não! — repetiu Ellie, me arrastando para longe dele, sem parar até já termos dobrado a esquina e nos encontrarmos diante de uma placa da lanchonete Orange Julius.

— Esta é a única maneira no mundo de lidar com esse povo.

Como a bondade sob os seus pés

— Obrigada — agradeci.

— Meu nome é Ellie — apresentou-se e apertei a sua mão.

A segunda vez em que a vi foi numa caminhada que ela havia planejado fazer perto de sua casa, nas montanhas. Ela me convidou, segundo me disse, além de todas as suas amigas favoritas — uma pintora, uma poeta, uma professora e uma bruxa. Caminhamos por uma trilha chamada o Caminho dos Anjos e fomos acabar numa cachoeira que, quando iluminada por trás pelo sol da tarde, parecia fazer chover diamantes.

Era setembro e eu me lembro de como os álamos se apegavam ao seu último verde como se à vida, de como um passarinho se lavava perto daquela parede íngreme de água, de como Ellie cantava pela trilha afora — mas só para ela mesma — uma canção sem palavras e praticamente sem música, como se estivesse, de alguma maneira, dando voz para o sangue que pulsava em suas veias.

Todas as outras mulheres são para mim, agora, um borrão, uma foto que ainda guardo em algum lugar, de cabelos com permanente e coxas bem definidas e roupas cem por cento algodão. Lembro-me do extremo cuidado com o qual tirei aquela foto; meu objetivo, até mesmo então, era deixar Ellie orgulhosa de mim.

Ellie era um osso duro de roer e ferozmente independente, embora demonstrasse uma ferocidade igual em seu amor; e se você fosse objeto desse amor, conforme eu fui por algum tempo, compreenderia o poder que ele tinha de jogá-la para cima e de manter a sua cabeça no lugar; um amor tão feroz que não permitia que você a desapontasse.

Valsando com a gata

Ela assustava todo mundo um pouquinho, mas ninguém mais do que os pais, que a internaram num manicômio quando tinha 16 anos. Ela contava que a única coisa de valor que realizou durante o ano que passou lá dentro (ela adorava essa expressão, lá dentro) foi ter organizado uma convenção de carros vermelhos em que todo mundo apareceu.

Ela tomou todas as providências de dentro do hospital — filipetas, programas e anúncios — e os contrabandeou para fora através de um assistente da psiquiatria que estava a fim dela. Antes que alguém se desse conta, havia um cartaz em cada poste de telefone de Evanston, Illinois.

Ela oferecia prêmios para o maior carro vermelho, para o menor carro vermelho, para o carro vermelho mais vermelho e convidou restaurantes e artesãos para armarem barracas. Ela sempre contava a história de forma que a gente era levado a achar que o número total de presentes fosse algo em torno de cinquenta ou cem, e então ela se recostava com aquele sorriso se abrindo em flor por todo o seu rosto e dizia uma única frase:

— Dezesseis mil, duzentos e trinta carros vermelhos.

De volta a Hope, Ellie, a cachorra, não move um único músculo enquanto Dr. Howard a examina. Uma vez por semana, ele faz o trajeto de carro de Gallup, Novo México, até aqui porque, segundo conta, ninguém mais o faria. Deixa o consultório aberto nos outros dias porque, se alguém precisar de ração de cachorro ou de analgésicos ou de uma vacina para isso ou para aquilo, é só entrar e pegar e anotar o nome num bloco.

Como a bondade sob os seus pés

Ele diz achar que Ellie seja mais velha do que nos disseram no depósito; é provável que tenha um pouco mais do que um ano. Diz que ela vai precisar engordar nove quilos para chegar ao peso ideal. Quando vê as beiradas vermelhas em torno dos olhos, diz acreditar que seja cinomose.

— Não existe cura — diz. — E se ela estiver para morrer, você vai saber dentro de duas semanas. Ela vai começar a tossir, a respirar com dificuldade; não vai ser nada agradável de ver, então, torça para ser rápido.

Compro para ela um saco de comida especial para ativar o sistema imunológico e um brinquedinho de morder e pegamos o caminho de volta para a fazenda.

Ao chegarmos, tenho quase tanta dificuldade em tirar Ellie da caminhonete quanto tive para colocá-la lá dentro. E durante os dois primeiros dias, ela não chega nem perto da casa.

No terceiro dia, atravessa a soleira da porta, pé ante pé, senta-se aos meus pés e sorri para mim, o rabo martelando as tábuas podres do assoalho. Espirra, de maneira quase imperceptível.

— Não, não — digo. — Não ouse ficar doente.

Eu sou filha única, uma criança sozinha, e costumava me autodenominar solitária, mas os campos amplos e planos da fazenda e a maneira que o Divide abraça todo o terreno dá um sentido completamente novo para a palavra solitária, o significado que tinha quando foi inventada.

— É possível a gente passar um tempão aqui, morta, antes que qualquer pessoa sinta a nossa falta — digo para Ellie. — Qualquer uma de nós poderia.

Valsando com a gata

Um camundongo atravessa o chão, apressado, e Ellie salta no ar e sobre ele num movimento tão gracioso e sem esforço que só faz confirmar minha desconfiança de que seja metade coiote, ou talvez até mais do que metade. Ela deposita o rato sem vida aos meus pés, intocado ao que parece, a não ser por um pescocinho quebrado, e espera para ver o que farei com ele.

Os dias vão passando e vamos nos acomodando na casa com Ellie, a cachorra, de sentinela — desde o dia em que chegou, ela sequer se aproxima da caminhonete — e eu fazendo viagens diárias até a cidade para comprar comida, lâmpadas, peças de encanamento e qualquer outra coisa da qual talvez precisemos.

Ellie ouve a caminhonete se aproximar muito antes de eu chegar ao fim da pista de rolamento e é lá que vai ao meu encontro, com aquele imenso sorriso de coiote na cara. Ela saltita até a casa ao meu lado num ritmo de corrida-corrida-corrida-salto, corrida-corrida-corrida-salto, no qual a cada quarto passo estende as quatro patas para os lados como se não conseguisse conter a sua alegria com a minha chegada.

À noite, ficamos ouvindo os coiotes de verdade ganirem e uivarem, e eu observo Ellie levantar as orelhas para então me olhar sorrateiramente para ver se a estou vigiando. Quando vê que estou, aquieta-se e se deita outra vez, mas desta vez por cima dos meus pés.

Não se preocupe, diz o ritmo de suas pancadas com o rabo no chão. E a expressão em seus olhos diz *Eu nunca vou embora*.

Estou no melhor momento em minha cozinha — quando o sol que acabou de nascer fica logo acima do Divide, despe-

Como a bondade sob os seus pés

jando sua luz através da janela —, quando Ellie se levanta com um salto e voa porta afora com um rosnado preso na garganta. B.J. salta da caminhonete com um saco cheinho de *bagels* numa das mãos e um pedaço de couro de morder na outra, que ela deixa cair perto de Ellie, que mal consegue acreditar no que está vendo.

— Esse maldito distribuidor vive me trazendo mais desses troços do que eu sei o que fazer com eles — diz. — Espero que não esteja cedo demais para você. Não vou ficar se estiver ocupada.

Retiro os *bagels* de suas mãos, o *cream cheese* de debaixo de um braço, a garrafa térmica de debaixo do outro.

— Um pouquinho de cada vez, hein? — comenta ela ao ver o pedaço de parede que pintei, o trecho de assoalho que esfreguei.

— Posso limpar o quanto quiser — digo —, mas não vai ajudar grande coisa se este telhado desmoronar ou se a casa deslizar rio adentro.

— Você precisa de um homem para mexer com essas coisas — diz B.J. Ela acende o forno e começa a tostar uma quantidade tal de *bagels* que daria para uma turma inteira de segundo grau.

— Eu preciso de um homem como preciso de um buraco no meio da testa.

— Era exatamente isso que sua avó dizia. — Ela se deixa cair numa cadeira da cozinha. — Eu simplesmente acho um crime contra o universo que vocês duas nunca tenham se conhecido.

— Foi ela quem quis assim — respondo.

— A briga foi por causa de seu pai, sabia? Ela não gostava nem um pouco dele.

— Ora, até parece que isso a colocava em alguma categoria exclusiva.

— Ela teria adorado criar você bem aqui, sozinha.

— E é o que deveria ter feito. Provavelmente teria sido muito melhor para mim.

Eu coloco duas xícaras diante dela.

— O povo da cidade disse que você não viria — conta B.J. — Disseram que isto daqui não significaria nada para você.

— Foi quase verdade. Poderia ter sido. Na verdade, talvez ainda possa ser.

— Sua mãe deve ter enlouquecido quando você disse que vinha para cá.

— Minha mãe morreu — revelo. — As duas morreram no mesmo ano, a dias uma da outra, a semanas da morte de minha melhor amiga, a amiga cujo nome dei para a cachorra.

— E você não tem um amigo de verdade desde então.

— Eu tive amigos. Mas ninguém como Ellie. Havia uma mulher, chamada Thea, que chegou bem perto, mas eu tentei afogá-la no rio Colorado.

— Eu duvido muito — diz B.J. Ela mergulha o *bagel* coberto de *cream cheese* diretamente dentro da xícara de café. — E então — diz ela, levantando o *bagel* para eu mordê-lo —, o que a traz aqui?

Eu vim porque Carlos Castaneda me mandou vir, é o que eu poderia ter-lhe dito. Ou *Eu vim porque este é o lugar de onde*

Como a bondade sob os seus pés

minha mãe fugiu. Ou *Eu vim porque parte de mim estava morrendo na cidade.*

— Ellie teria gostado daqui. — São as palavras que uso, enfim. — Trouxe as suas cinzas e as suas cartas. Precisava encontrar o lugar certo para ambos antes de conseguir deixá-la partir.

A primeira Ellie queria que eu tivesse um lar mais do que qualquer outra coisa. Ela não aprovou um único homem com que eu saía.

"Ele não é lírico o suficiente para você", disse ela, certa vez. E "Não há nada que eu possa fazer por você até você perder essa predileção por protótipos." E "Às vezes, Lucy, eu juro por Deus que você foi posta na terra apenas como confirmação de minha boa saúde mental, se comparada à sua."

Ela disse não conseguir compreender como uma fotógrafa de paisagens podia ter um problema tão sério com a relação entre figura e superfície.

— Encontre um lugar neste universo do qual você faça parte — disse ela. — Um local onde a terra seja como a bondade sob os seus pés. Se você tirar a fotografia certa, um homem vai entrar dentro dela. Se você o agüentar, nem que seja só um pouquinho, deixe que ele fique, por um tempo.

O que eu mais amava no mundo era ficar sentada à mesa da cozinha de Ellie, enquanto ela fazia carne assada ou feijão branco ou presunto assado no mel. Sua horta era grande o bastante para alimentar um batalhão, embora o marido e os filhos dessem a impressão de sempre comer fora. Ela conseguia fazer uma tonelada de compota com tal rapidez que deixava qualquer um tonto. Conseguia fazer *pesto*, molho mexicano e uma caixa inteira de tomates verdes em conserva, tudo ao mesmo tempo.

Mesmo depois do diagnóstico, ninguém conseguiu mantê-la longe da cozinha. Ela usava um lenço bem colorido em volta da cabeça careca e as mãos voavam da porta do forno para a geladeira, parando para fazer uma massagem de dez segundos nos meus ombros.

— Suponhamos que eu morra antes da próxima temporada de conservas — dizia ela, enquanto me olhava muito séria. — O que é que esse povo todo vai comer, hein?

Quando o inverno chegou, ela foi embora para Tulsa, Oklahoma, para morrer. Havia um homem lá que disse que conseguiria curá-la conversando com seus pés. Dizia que mostraria uma erva após a outra para as solas dos pés dela e estas lhe diriam de quais ervas o seu corpo precisava.

Ela havia telefonado e escrito cartas quase que diariamente de sua fazenda e do hospital em Albuquerque, onde toda a sua medula óssea foi retirada, tratada e devolvida para o corpo. Passou três dias num mundo intermediário, entre os vivos e os mortos, e, no quarto dia, me escreveu uma carta. Quando chegou a Oklahoma, no entanto, todos os telefonemas e cartas cessaram.

No fim, ela nem ao menos me atendia quando eu ligava; não falava com ninguém. Combinou com a companheira do quarto de hospital para que esta mentisse para todo mundo. Quando eu finalmente soube da verdade, era tarde demais para chegar até ela. Ela morreu enquanto o marido, os filhos e eu cruzávamos o oeste do Oklahoma num avião; e a companheira de quarto continuava a afirmar que Ellie não queria nenhum de nós presente.

Durante a nossa segunda semana na fazenda, Ellie, a cachorra, começa a passar cada vez mais tempo debaixo da varanda e eu a ouço tossir pela manhã e tento não chorar. Fica lá embaixo, também, quando as tempestades de verão chegam, intensas e silenciosas na parte da tarde até se transformarem primeiramente num trovão que vem despencando em ondas que às vezes duram até 15 segundos e, por fim, relâmpagos que bailam pelos topos das montanhas e nos deixam, todos, à procura de incêndios.

Até a noite cair, entretanto, as tempestades costumam ter passado, e eu imploro a Ellie que saia dali para comer alguma coisa. Ela balança o rabo, os olhos se iluminam ao me fitar, mas ela não demonstra a menor intenção de sair.

A varanda é alta o bastante para eu conseguir enfiar metade do corpo lá embaixo e agarrar uma de suas patas, que é o que faço. Depois disso, ela deixa de resistir e se permite ser puxada pela pata como uma espécie de Gandhi canino, permite que eu carregue todos os seus 23 quilos até a tigela de comida e que eu a alimente, uma bolotinha de ração de cada vez, da minha mão.

Mais tarde, quando nos sentamos no sofá juntas, ela estende a mesma pata — um pouco como uma dama que deixa cair o lencinho — e espera que eu coce a sua barriga. Então, eu a massageio por um tempo, às vezes pego o violão e canto aquele tipo de música que costuma servir de fundo musical para o suicídio de muita gente e fico me perguntando o que estou

Valsando com a gata

fazendo no meio do nada, mais sozinha do que jamais estive na vida, com exceção de uma cadela quase feroz, batizada com o nome de minha melhor amiga — falecida — e que, muito provavelmente, não viverá até a sexta-feira.

— Vou chamar o homem do telefone amanhã — digo a Ellie. — Acho que não estaremos sendo desonestas arranjando um telefone.

A única pessoa para quem me passa pela cabeça telefonar é meu amigo Henry, em Chicago.

— Fico feliz por você estar se divertindo. Só quero saber quando vai superar essa merda de fase mãe-terra e voltar para a civilização.

— Gostam mais da gente por estas bandas se a gente tiver filhos — conto. — Decidi começar com um cachorro.

— Cachorros são legais — comenta Henry.

— Acho que ela está com cinomose.

— E o seu novo namorado é Testemunha de Jeová — diz ele. — Francamente, Lucy, você acha que morreria se tentasse, uma vez na vida, viver a sua vida de forma que as probabilidades estejam a seu favor?

— Eu não estou de namorado novo — respondo.

No décimo dia passado na fazenda, Ellie, a cachorra, cava um lugarzinho debaixo da varanda onde eu não consigo alcançá-la e lá permanece por dois dias e duas noites inteiras. Eu me arrasto ali por baixo até onde meu corpo consegue chegar e ouço aquele chiado em seu peito. A tosse é, agora, incessante, a respiração ainda mais ofegante, ainda mais lenta.

Como a bondade sob os seus pés

Levo água e qualquer outro alimento que me passe pela cabeça — caldo de galinha, hambúrguer, até mesmo atum em lata — e deixo-o ali para que ela não pense que se trata de um suborno; mas ela não toca a comida nem mesmo depois de eu me afastar.

Seus olhos ficaram sem brilho e as gengivas, brancas e pálidas. Tento não pensar no que terei de fazer para tirá-la dali pela manhã se ela morrer no meio de uma dessas longas noites escuras.

Na segunda manhã, eu nada ouço e acho que está morta, mas, quando me enfio lá embaixo, seu rabo ainda dá pancadas, debilmente, entre a terra e as tábuas do assoalho.

Então chegam as grandes tempestades. As nuvens parecem iluminadas por dentro, com tons que vão do mais puro branco ao índigo mais profundo; acumulam-se em torno de nós vindas de todos os lados, algumas da Red Mountain, outras da cordilheira de La Garita, outras ainda da cabeceira do rio, no céu que não conseguimos enxergar além de Bristol Head.

Na maioria dos dias, as tempestades que passam pela fazenda vêm do oeste, despejam sua umidade em cima do Divide e, então, vão pelejando em direção a La Garita. Mas esta, em especial, fica acima de nós hora após hora. Despeja sua chuva ou o seu granizo, descansa um pouco e começa tudo outra vez, rodopiando, rodopiando, rodopiando exatamente acima da fazenda, como se não tivesse mais para onde ir.

Quando cai a noite, fica tudo ainda mais espetacular, os trovões chegando de todas as direções e o relâmpago acendendo a cerca como se esta fosse elétrica, acendendo a Red Moun-

Valsando com a gata

tain, acendendo o rio, acendendo o celeiro e a casa e a fazenda como um todo, deixando tudo mais claro do que a luz do dia.

Enrolada em cobertores, sento-me na varanda exatamente acima do local onde sei que Ellie se encontra e rezo para o relâmpago e para Deus e para Carlos Castaneda que, por favor, não a levem embora de mim.

Era a terceira vez que eu e a primeira Ellie estávamos juntas, fazendo *cross-country* numa neve precoce demais. As folhas do álamo estavam vermelhas e douradas e, em alguns lugares, até mesmo verdes e caíam sobre o pesado e molhado tapete branco como lápis de cera espalhados sobre um lençol recém-lavado.

Estávamos em silêncio há quase uma hora a não ser pelo som dos esquis e do "crunche-crunche" da neve solta e seca.

— Eu já amo você — foram as palavras que ela disse.

Ao voltarmos para o carro, ela acrescenta:

— Eu não serei como os outros. Eu nunca vou deixá-la.

Exatamente um mês mais tarde, o médico encontrou o primeiro calombo. Durante os três meses que se seguiram à sua morte, eu via Ellie por todos os lados. Era uma das cantoras que se apresentavam com James Taylor, a caixa do lava-jato, a modelo de um anúncio de lingerie espalhado por toda a França. Isso acontecia com tanta freqüência e a semelhança era tão incomum que após um certo tempo eu passei a ter certeza de que Ellie estava fazendo aquilo acontecer, deixando que eu soubesse que não iria a lugar algum enquanto eu precisasse dela por perto.

Como a bondade sob os seus pés

Lia as suas cartas diversas vezes, diariamente, e sonhava com ela cada vez que fechava os olhos. Sua voz permanecia em minha cabeça, emudecendo todas as outras. Fui parada, certa noite, por excesso de velocidade e, quando o policial se aproximou de minha janela, me pareceu natural culpá-la. Então, um dia, sua voz parou de falar, eu dormi profundamente, um sono sem sonhos e ninguém por quem eu passava nas ruas se parecia com ela. Nada havia me preparado para o vazio que se seguiu. Dobrei todas as suas cartas e guardei-as num local seguro.

Acordo na varanda com o sol penetrando os cobertores e Ellie, a cachorra, sentada em posição de atenção, olhando fixamente para mim. Seus olhos estão brilhosos e as gengivas vermelhas e ela salta no ar quando me sento para cumprimentá-la.

— Agora que você está bem — digo-lhe —, chegou a hora de decidirmos se vamos ou não vamos ficar aqui.

Ela abana, nem tanto o rabo quanto toda a parte traseira, gira o corpo com incrível precisão e mata outro camundongo um instante antes de este conseguir chegar à soleira da porta.

— Esse é seu — digo, e ela inclina a cabeça para me olhar, morde com força e engole.

Quando ela começa a recuperar as forças, Ellie e eu damos início à tradição de caminhadas diárias. Ela começa colada aos meus calcanhares como uma espécie de cão pastor, mas quanto mais nos afastamos da propriedade e quanto melhores os aromas, maiores são os círculos que ela começa a formar, até passarem-se três e quatro minutos sem que ela dê sinal de vida.

Então, eu a chamo, não muito alto, para o caso de estar caçando e, com freqüência, ela surge na crista de um morro, espera até ter certeza de que a enxerguei e então sai atrás de alguma outra coisa. Se ela sumir por cinco ou seis minutos eu grito ainda mais alto e aguardo, no eco, o som de seus arquejos — sempre ouço isso antes de seus passos — e ela vem trotando morro abaixo e se atira em meus braços e eu faço festa nela até uma de nós duas se cansar e lá sai ela outra vez, correndo.

Não ligo de ter de ficar chamando-a tanto porque, depois de tantos anos sentindo saudades, adoro saborear o nome de Ellie outra vez em minha boca.

Quase uma semana inteira mais tarde, depois que as tempestades passaram e estou sentada na varanda, pego o violão Larivee que comprei para Carter Thompson e que tive o bom senso de não lhe dar e começo a dedilhar os acordes de *Brown-Eyed Girl*.

Ellie, a cachorra, sai imediatamente debaixo da varanda e senta-se ao meu lado como se acabasse de gastar o seu rico dinheirinho e tivesse direito a uma poltrona na primeira fila.

Enquanto canto, ela me olha, prestando muita atenção, mas quando chego à parte do Sha-la-la-la-la-la-la-la-la-la-ti-da ela atira sua linda cabeça para trás e canta junto. Não se trata de um uivo ou de um latido ou de qualquer som produzido por um cão, mas o som exato de um ser humano quando não sabe a letra da música.

Depois disso, canto *Suzanne* de Leonard Cohen, que ela ouve pacientemente, com grande apreciação, até, embora não emita um único som. Mas quando canto *The Boxer* e chego ao Li-la-li, Li-la-li-li-li-li-li-li, Li-la-li, o que acontece é exatamente de acordo com minhas suspeitas: ela canta comigo.

Como a bondade sob os seus pés

Admito que ela pegue um tanto pesado nos "R's", assim cantamos Ri-ra-ri em vez do original.

— Eu amo você — declaro e ela inclina a cabeça para um lado.

— Rreu rramo rrocê — repito, um pouco mais devagar dessa vez.

— Rreu rramo rrocê — repete ela, batendo o rabo atrás do corpo.

— Rrrrrabo, rrrrabo, rrrrrabudo — digo.

— Rrrrrabo, rrrrabo, rrrrrabudo — repete ela, lambendo os lábios e se deitando.

— Gerrrallldo Riverrrra — digo antes de se cansar do jogo.

— Rerrrallldo Riverrrra — diz ela, embora eu me dê conta de que está prestes a perder o interesse.

Então apanho o violão e cantamos *Bobby McGee*, na versão de Janis Joplin com um monte de Ra-ra-ras ao final e, depois disso, acrescento um refrão especial para Ellie a qualquer música que eu cante até que depois de dez ou doze canções ela se deita numa pele de carneiro para me comunicar que, para ela, está bom por hoje.

Coloco o violão no chão e olho para o sol, luminoso, brilhando agora sobre o Divide. E, de repente, tenho a sensação de que chegou o momento, então Ellie, a cachorra, e eu caminhamos com a lata de café até o topo do morro e eu abro a caixa de cartas escritas por Ellie.

Ela escreveu:

Esta manhã os cavalos, 13 ao todo, passaram o dia correndo ao longo da serrania, bem no extremo do pasto. Eles saem galopando

Valsando com a gata

em fila, incomodados com a nossa presença. Duas éguas brancas velhas lideram a manada.

Ela escreveu:

Voltei a usar os chapéus de quando estava careca. São um tanto ridículos, mas sinto imenso prazer em colocá-los na cabeça.

Ela escreveu:

Desde quinta que chove, chove e chove aqui. As nuvens e a neblina caminham pelo cânion como mulheres carregando cestos enormes na cabeça.

Ela escreveu:

Eu continuo apegada ao chão, à terra, daquela forma que sempre me foi peculiar e fico grata por isso.

Ela escreveu:

Tenho a sensação de estar indo passar algum tempo debaixo d'água. Preciso nadar com as criaturas submersas.

Ela escreveu:

Eu sei que é verdade que a levo comigo porque posso senti-la na frente de meu corpo, diante de meu rosto e de meu peito onde a respiração aquece a cavidade do pescoço. O que é gostoso, mas me faz sentir ainda mais saudades suas.

Em sua última carta, escreveu:

Fico pensando que deve ser muito estranho para você ter uma amiga como eu.

Abro a lata de café e antes mesmo que me dê conta do que estou fazendo, a terra ao redor de meus pés está coberta de cinzas. O solo está macio devido à chuva, e as nuvens escuras a oeste mostram que ainda há mais chuva a caminho. Hoje, cairá sobre Ellie e a levará de volta à terra e ela se transformará em comida para a gília e para o lupino roxo, para a grama dos

Como a bondade sob os seus pés

prados e para as pínus ponderosas e tudo aquilo que há de selvagem crescendo na fazenda de minha avó.

Ellie, a cachorra, ergue a vista para me olhar, estendendo a pata como se pedisse para eu cantar mais e piscando os olhos de cachorro que é metade coiote, como se dissesse *obrigada por me dar o nome certo*.

— Estamos aqui há um mês. Se vamos nos mudar de fato, chegou a hora.

Ellie faz uma bolinha compacta com o corpo, exatamente em cima de meus pés. Se a primeira Ellie tivesse me ouvido falar em ir embora deste lugar, teria esvaziado meus quatro pneus.

B.J. me contou que não houve uma única pessoa da cidade que não tivesse tentado convencer minha avó a deixar a fazenda no fim da vida, que não tivesse tentado fazer com que ela fosse para Durango para receber os cuidados apropriados, onde poderia colocar as pernas para cima durante um ou dois anos e estender um pouco o tempo de vida. Mas ela ficou na fazenda até o fim, manteve tudo na mesma, como era o seu feitio, assim como minha mãe jamais permitiu que alguém a ajudasse a abandonar o álcool, e Ellie, se escondendo com aquele médico louco de Oklahoma, nunca mais atendeu o telefone.

Todas estavam sozinhas quando chegou o fim: Ellie por escolha própria, minha mãe sozinha, muito embora meu pai estivesse ao seu lado, e minha avó porque esta havia sido a sua condição de vida. Eu fiz tantas idiotices na vida para não ficar sozinha e agora adotei uma receita para toda a vida. Acho necessário. Tenho esperança de que seja temporário. Comecei com um cachorro. A seguir, quem sabe arranjo um amigo.

Valsando com a gata

O sol escala, inabalável, a face da Red Mountain e o ar está tão limpo após a chuva que consigo contar cada folha nova nos galhos dos álamos.

Começo a dedilhar alguns acordes e Ellie, a cachorra, senta-se em posição de sentido. Se a primeira Ellie estivesse aqui esta manhã, cantaria aquela canção sem palavras que cantou na cachoeira. Diria que um dos maiores problemas de minha vida, até aqui, foi o fato de ter dito eu te amo tantas vezes quando o que realmente queria dizer era Geraldo Rivera. Ela me contaria por que dificultou tanto as coisas para chegarmos perto dela em suas últimas semanas de vida. Diria que eu finalmente havia encontrado o lugar do qual eu nem sabia que precisava, o local onde eu e Ellie, a cachorra, poderíamos continuar a fazer valer as nossas convicções pessoais.

Aí, você levanta da cama e toma café

— Vou encontrar um homem nesta cidade que queira transar comigo este fim de semana nem que seja a última coisa que eu faça — eu disse, deixando a porta do Glory Hole Café fechar-se às minhas costas com um estalo.

B.J. limpou a maionese e a mostarda das mãos no avental, serviu duas xícaras de café, pegou o catálogo de telefones detrás da máquina de refrigerante e sentou-se.

Há 283 pessoas em Hope. A cidade toma apenas duas páginas e meia do catálogo da região de Alamosa. Há praticamente dois homens para cada mulher nesta região, mas, mesmo assim, B.J. só conseguiu pensar em quatro possíveis candidatos. Um estava no meio de um divórcio horroroso que incluía crianças pequenas; o outro havia saído para cortar lenha e não era visto há um mês; eu já havia encontrado os outros dois em diversas ocasiões e digamos, apenas, que não houve fagulhas voando para todos os lados.

— Todos vão estar na festa de Paul esta noite — disse B.J. — A turma de veranistas deste ano também vai estar lá. Tome um banho bem gostoso e vista alguma coisa bem sexy. Aí, é só escolher.

Paul Stone dava uma festa de Quatro de Julho todos os anos. Também construía um carro alegórico para o desfile todos os anos. Este ano ia se vestir de Boina Verde e descer a Main Street atirando uma metralhadora que disparava feijões e trazia cartazes pendurados dizendo: "Aprenda a construir bombas, oficina às 15h." Seus carros alegóricos nunca eram "autorizados" pelos fundadores da cidade, mas ele sempre conseguia desfilar com eles, de um jeito ou de outro. Há três anos, havia ficado bastante rígido com relação ao desarmamento de civis, depois que o irmão mais novo deu um tiro nele mesmo.

— É só escolher — repeti, tentando acreditar na possibilidade. Mas nós duas sabíamos que meu recorde estava no ponto mais baixo de toda a sua história.

— Vai haver fogos no céu esta noite, de todos os formatos e cores — disse-me B.J. —, é só você dançar um pouquinho em meio às labaredas.

Carter Thompson havia se despedido de mim para sempre há três longos dias, levando embora sua mochila, a risada aguda demais e o estojo de viagem contendo o violão Martin.

— Achei o rapaz bonito demais — foi só o que disse B.J.

E era verdade. Aqueles cachos louros, as rugas de expressão e maçãs do rosto saltadas. Mãos que se moviam como poemas, levitando e esculpindo o ar.

Durante algum tempo, acreditei que era por ele que eu havia esperado tanto tempo, achei que era um bom sinal o fato

Aí, você levanta da cama e toma café

de que — ao contrário dos anteriores — não havíamos transado assim que nos conhecemos.

Carter gostava da fazenda de minha avó e, desde que eu havia voltado a morar nas Montanhas Rochosas, ele pegava vôos que passassem por Denver, sempre que possível. Mas suas visitas eram tão curtas que, às vezes, nem deixávamos o aeroporto. Na época, eu também vivia viajando, fazendo fotos encomendadas por revistas de aventuras. Se tínhamos um fim de semana livre ao mesmo tempo, nos encontrávamos ao ar livre, onde quer que estivéssemos: esquiávamos, caminhávamos ou boiávamos por algum rio abaixo. Cinco meses se passaram dessa forma até eu me dar conta de que nunca havíamos transado.

Carter tinha uma casa enorme, na qual eu nunca havia entrado, em algum canto de Los Angeles. Na maioria dos anos, ele não passava nem trinta dias lá. Quando nos conhecemos em Louisiana, eu estava bancando a minha própria estada enquanto fotografava um eclipse lunar sobre o delta do Mississippi para um livro de arte que eu tinha vontade de fazer um dia. Ele estava procurando uma locação para a refilmagem de *The Swamp Thing* na qual a "Thing" — a "coisa" — se tornava membro do time de futebol da Universidade Estadual da Louisiana.

Isso aconteceu uns dois anos depois de minhas fotos começarem a fazer fama. Minha especialidade eram temas noturnos: a luz do luar refletida dos telhados de metal dos celeiros, auroras boreais e desenhos coloridos nas estrelas.

Na noite em que nos conhecemos, fomos no conversível alugado por Carter até um braço de rio e eu fotografei bruxuleantes defensas de barcos. Então cantamos *Peaceful Easy Feeling* e *Red Rubber Ball*.

Deixei o café de B.J. e fui até a casa de Paul ajudá-lo com a decoração para a festa de Quatro de Julho e para me certificar de que não ia deixar tudo para a última hora, como era o seu costume.

Ele estava trabalhando numa nova escultura chamada Realidade Virtual, uma máquina de chiclete antiga cheia de balas de revólver e uma Magnum .357 presa à frente, pendurada numa corrente de prata. Nem todos os habitantes da cidade compreendem o seu senso de humor, o que é, segundo ele, um dos principais motivos para continuar lá.

Hope era o meu lar há três meses, desde que minha avó morrera e me deixara a propriedade. Ela havia morado ali sozinha e não havia mantido os impostos em dia. Após a sua morte, a conta sobrou para mim.

Antes disso eu morava na cidade, gastando dinheiro de subvenções que eu não estava bem certa de que merecia e tentando tirar fotos boas o bastante para arranjar outra subvenção. Achei que se entregasse o apartamento e começasse a aceitar mais trabalhos, talvez conseguisse pagar os impostos atrasados, além de ter tempo de deter o deslizamento da casa morro abaixo e para dentro do rio. Depois de três meses e uma centena de vôos, eu estava indo bem com relação aos impostos, mas a casa e o rio estavam me ganhando — rapidamente.

Eu me sentei e observei, enquanto Paul pintava as laterais de porcelana da máquina de chiclete amarelo — cor-de-babydoll. O nome impresso na tampa da lata de tinta era *Conforto*.

Aí, você levanta da cama e toma café

— Eu escolho as minhas tintas pelo nome em vez de pela cor — declarou ele. — A cozinha foi pintada com *Evasiva*, o corredor com *Loucura* e o banheiro do primeiro andar com *Lourinha Divertida*.

— Quem diria que a loucura poderia se resumir a uma única cor — comentei.

— Pois é, é o que a gente pensa de início — começou Paul —, mas depois, começa a fazer o maior sentido.

Ele baixou o pincel de tinta, pegou o revólver prateado e, por um único instante, enfiou-o dentro da boca.

— E por falar em loucura — disse ele. — Meu melhor amigo está vindo de Kansas para passar o fim de semana. Estou tentando terminar isto aqui para ele ver.

O nome do amigo era Erik Sorenson e eu o conhecia apenas através das invenções que havia trazido e deixado em Hope: um lançador de latas de cerveja com dois canos, um para cervejas Coors e outro para todas as outras marcas; um foguete bolado para lançar tubos de lâmpadas fluorescentes acesas; uma arma de ar que lançava rolos de papel higiênico de maneira que desenrolassem em pleno vôo.

— Desta vez, ele se superou — disse Paul. — Está trazendo noventa mil fogos de artifício e um canhão que atira uma bola de boliche a mais de um quilômetro e meio de distância.

— Ele é solteiro? — indaguei, e Paul fez um barulho com a garganta que não chegava a ser uma risada.

— Ele é babaca? — perguntei.

— Ele é um príncipe — foi a resposta de Paul. — O mais inteligente, o melhor. Em termos de QI, ultrapassa qualquer limite e é mais doce do que um homem deveria ser. — Por um

Valsando com a gata

minuto, olhou fixamente para a mão, que ainda segurava o revólver prata. — De vez em quando, o mundo fica um pouquinho pesado demais para Erik e ele já teve mais do que o seu quinhão de dificuldades. Sobrevive à base de um litro de tequila por dia.

— Que pena — comento. — Tenho regras com relação a alcoólatras.

— Aí é que está o mais engraçado — concordou Paul. — Eu também tenho.

Carter Thompson ficava passional de vez em quando, na maioria das vezes ao ar livre, em locais públicos e completamente vestido. Aeroportos pareciam enchê-lo de tesão, especialmente: a iminência de partidas e paisagens vistas de cima, faiscantes silhuetas urbanas, contornos serrilhados de cordilheiras, extensões horizontais de imensos lagos salgados. Mas quando chegávamos em casa, ele ficava acordado, cantando, até o céu começar a clarear, e na maioria das ocasiões eu acabava adormecendo no sofá. Nas raras noites em que acabávamos na cama, juntos, este era o protocolo: ele de camiseta, sempre, nu da cintura para baixo, o corpo encolhido numa bolinha bem apertada e bem afastada de mim os cabelos escuros do bumbum pinicando a curva de minha barriga. Se eu me mexesse e me aproximasse dele minimamente, ele se encolhia ainda mais.

Da primeira vez em que vi Erik Sorenson, estava de pé diante de um flamejante caldeirão de gasolina, os imensos braços noruegueses acalentando alguns milhares de fogos de artifício. Paul ficava a alguns passos dele com a mangueira do jar-

Aí, você levanta da cama e toma café

dim apontada enquanto Erik ia e vinha da picape e atirava os fogos, duas braçadas de cada vez, dentro daquele buraco fumegante.

Era noite de Quatro de Julho e os fogos patrocinados pela cidade já haviam terminado há muito e, mesmo assim, não eram páreo para o espetáculo da avenida Stone: dois homens de meia-idade envoltos, primeiramente, em nuvens de fumaça de poeira negra, a seguir em chuvas de centelhas, em foguetes, espirais e outros enfeites iluminados; em tanques de papel voadores e aviões, em lanternas de papel rodopiantes e *tequila sunrises* explosivos.

Observei Paul e Erik atirarem a cabeça para trás, às gargalhadas, metade bruxos e metade meninos em idade escolar, naquele instante. Paul era magro, mas forte e muito ágil; Erik era imenso, pesadão, um Pé Grande, um cavalo de tração. Pensei comigo mesma: uma de suas mãos é do tamanho da cabeça de Paul.

Naquele momento, um dos foguetes voou para dentro da boca de Erik e ele se virou para os espectadores, todos nós amontoados por trás de vidraças de blindex dentro da oficina de Paul. O rosto de Paul estava aberto num imenso sorriso.

— Pois entrou direto na minha boca — disse ele, apontando e rindo, e suas palavras eram uma chuva de centelhas vermelhas e douradas.

A primeira coisa que lhe perguntei foi por que gostava de chegar tão perto do fogo, e ele respondeu:

— Porque meu avô disse que é o melhor lugar de todos para se estar.

Valsando com a gata

Mais tarde, naquela mesma noite, lá no Crooked Creek, esqueci a regra que eu mesma me impunha durante tempo o bastante para desafiar Erik e ver quem bebia o maior número de tragos. Eu não sou muito de beber, mas o troço que saiu dos peitos de minha mãe era um décimo leite e nove décimos vodca, então eu nunca fui de dar vexame com tequila, em especial quando se trata de Cuervo Gold ou coisa ainda melhor; aquilo me deixa bem alegrinha e depois, horas mais tarde, eu me esborracho.

O *barman* nos serviu duas doses de Three Generations e Erik me mostrou fotos dos objetos que fazia com as mãos: réplicas, em miniatura, de grandiosas casas no estilo Tudor, uma delas com 14 mil tijolinhos minúsculos e palitos de carvalho no chão fazendo as vezes de tacos; caixas para jóias no formato de aviões e de coelhos; um banco de madeira com um sol nascente, com tábuas de todas as cores ao fundo.

Ele me contou uma história sobre 5 mil pingüins que caminharam até o Oceano Antártico em fila indiana, numa fileira perfeitamente reta; sobre o cientista que tentou fazê-los sair da fila e caminhar ao redor dele e como todos os 5 mil — até mesmo os que se encontravam no fim da fila — sentaram-se, na mais perfeita ordem, para esperar que o cientista se retirasse.

Ele contou das borboletas-monarcas que iam e vinham, repetidamente, atravessando cinco mil e seiscentos quilômetros do Canadá ao México até a fazenda da família de sua namorada, aquela para quem ele havia feito as caixinhas de jóias, aquela que morrera de falência pulmonar não fazia nem três anos.

Aí, você levanta da cama e toma café

Ele me falou sobre *feng shui*, sobre como construir uma casa de maneira que a sorte permaneça dentro dela, sobre o seu mentor asiático — também falecido —, que lhe deixou um anel com um dragão, que ele usa na mão perfeita.

Na Dakota do Norte, ele e o avô costumavam ir à loja de ferragens para comprar dinamite, levá-la de volta à fazenda e explodir as rochas.

— Aquilo levava meu pai à loucura — contou. — Mas é claro que o percurso era curto.

Ele ergueu o indicador da mão direita, uma falange menor do que os outros, no ar.

— Se tem uma coisa que eu aprendi sobre ferramentas elétricas...

Seus óculos refletiam o azul e o dourado das luzes do bar.

— Doutor — gritou para o *barman*. — Temos dois feridos aqui deste lado.

Contou sobre os anos passados tirando prisioneiros políticos da China, trazendo-os para os Estados Unidos, ajudando-os a começar a vida.

— Um desses sujeitos veio para cá, sabe? E quando eu lhe perguntei quais palavras ele sabia em inglês, ele me respondeu, em chinês, *só sei duas frases, mas qualquer uma das duas funciona para qualquer coisa que um americano me disser*.

Erik fez sinal para que o *barman* nos trouxesse a dose de número cinco.

— Então eu lhe perguntei que duas frases eram essas e ele respondeu: "Uma delas é *'Tá de sacanagem'*". — Ele passou o dedo pela borda do copo. — "E a outra é, *'Puxa, como sabemos pouco'*".

Valsando com a gata

— Eu não resisto a um bom contador de histórias — eu lhe disse, sabendo que se me pedisse, eu certamente dormiria com ele naquela mesma noite.

Em nove meses, Carter fez três coisas que me fizeram saber que não seria muito difícil esquecê-lo. A primeira aconteceu em Baton Rouge, durante um festival de música, quando ele saltou sobre o palco e se juntou a um grupo de jovens músicos que tocavam *reggae*, tirou o pandeiro de cima da mesa do percussionista e começou a caminhar lá em cima como uma galinha pomposa.

A segunda foi em Illinois, quando me pediu para tirar uma foto sua na frente da placa com o nome da cidadezinha de Normal escrito, e quando achou que eu estava com a cabeça enfiada na mala do carro procurando minhas máquinas fotográficas, eu o peguei ensaiando a expressão que queria ter no rosto, não uma ou duas, mas três vezes.

E a terceira, bem, não estou bem certa de que consigo contar a terceira coisa em voz alta.

Me dei por vencida após 14 doses de tequila, quando minha cabeça girava e minhas frases lembravam mingau de aveia. Erik, que não demonstrava o menor sinal de embriaguez, ainda comprou duas cervejas para tomarmos no caminho de casa.

Tive a presença de espírito de enfiá-lo na minha picape com a finalidade de ter companhia no percurso de 24 quilômetros de estrada escura até a fazenda.

Era uma noite sem lua e a Via Láctea se derramava pelo céu noturno como xarope Karo e eu desejei estar com a má-

Aí, você levanta da cama e toma café

quina fotográfica à mão e ter umas duas horas para brincar com ela e aí me lembrei que tinha uma com filme no carro. O imenso quadrado de Pégaso ascendia sobre o Divide, ao leste. Atrás dele estaria Andrômeda, uma constelação inteirinha escondida nas dobras de sua saia.

E foi então que Erik me contou sobre os antidepressivos.

— Eu talvez devesse ter-lhe contado isso lá no bar — começou. — Há dois anos que não tenho uma ereção.

Estudei a rainha Cassiopéia, luminosa no céu bem acima de minha cabeça. E pensei *Talvez eu seja vítima de uma maldição antiqüíssima.*

— Eu gostaria de tocá-la — disse ele com os olhos fixos numa tábua quebrada do chão da varanda —, e acho que você também gostaria.

Ele colocou uma mão sobre cada seio, o dedo amputado da mão direita encontrando a ponta do mamilo; seus olhos transformaram-se numa pergunta.

— Sim — disse eu, levando-o até a cama.

Suas mãos não pararam de se mover nas quatro horas que se seguiram. Ele me tocava como um cego que tem uma única noite para descobrir o que é uma mulher e eu adormeci e acordei como se aquilo fosse um sonho doce e perpétuo. Quando o sol chegou ao topo do Divide, do lado de fora da janela de meu quarto, eu havia adquirido uma compreensão bem mais ampla das fotos que ele me mostrara. Senti bem lá no fundo, o encaixe perfeito de cada um daqueles quatorze mil tijolinhos minúsculos.

Valsando com a gata

Às sete horas, Erik se levantou e foi até a cozinha e eu vesti minha camisola de flanela e o segui. Ele abriu a geladeira e pegou uma cerveja. Meu estômago deu uma cambalhota quando o cheiro de malte chegou perto de mim. Tentei esconder a pergunta de meus olhos, mas ele a respondeu mesmo assim.

— O problema todo começou há 15 anos — começou. — Primeiro foi minha irmã mais nova, depois meu pai, aí foi o meu prédio e, então, todos os brinquedos. Uma mulher me deixou, a outra adoeceu, depois foi meu mentor e, por fim, meu melhor amigo. — Ele olhou à sua volta. — Você tem um armário de bebidas em algum lugar?

Apontei para o guarda-louça, ao lado da pia.

— Eu quis me matar um milhão de vezes, mas sabia que seria demais para minha mãe suportar, então resolvi fazê-lo lentamente, um delicioso litro de bebida de cada vez. — E ele encheu um copo de água com Cuervo Gold.

— Minha mãe bebeu até morrer — contei. — Não é nada bonito.

— Mas você é muito bonita — disse ele. Tomou minha mão e me levou de volta para o quarto e começou a me tocar outra vez como se aquilo fosse alguma espécie de religião.

Ao meio-dia, ele disse:

— Por que não mostra o que há de errado com o encanamento?

Eu havia lhe contado que havia passado o verão inteiro com uma única pia funcionando e sem o vaso sanitário de dentro de casa, pois os canos haviam congelado e rompido após tantos anos de abandono.

Aí, você levanta da cama e toma café

Nós nos arrastamos pelo espaço existente debaixo da casa.

— Bem — comecei —, quando Carter esteve aqui disse que este daqui servia a uma das torneiras externas e disse, também, que este daqui devia ser o cano principal.

Eu avancei ainda mais pelo subsolo apodrecido da casa, observando Erik dobrar o corpo ao meio como uma serpente.

— Carter achava que o vazamento devia estar um pouco depois de onde o cano principal se liga aos outros, em algum lugar escondido ou, quem sabe, debaixo da terra e eu achei que se isso fosse verdade, a terra estaria molhada, mas aí Carter...

Erik ergueu a mão.

— Quem é esse tal de Carter? É bombeiro?

— Não. Trabalha com cinema, o que quer dizer que sabe fazer o papel de bombeiro.

— Ótimo — disse Erik. — Então vamos ver se conseguimos deixá-lo fora desta conversa, está bem?

No fim, Carter acabou terminando comigo no meio de Weminuche Wilderness na segunda manhã de uma caminhada de quatro dias. Eu disse a ele que o fato de estarmos juntos há oito meses sem fazer sexo era o mesmo que querer sapatear com uma das pernas amarradas por trás das costas e então ele terminou tudo, naquela mesmíssima manhã, antes mesmo de sairmos da barraca.

Passamos as quarenta e oito horas seguintes caminhando ou sentados, em silêncio. De vez em quando, ele sacava um papel e escrevia alguma coisa. De volta ao início da trilha, enquanto colocávamos nossos pertences em nossos carros, a lista caiu no chão tempo o bastante para eu ler alguns dos itens:

Valsando com a gata

1 — Ombros largos demais; 2 — Lábio superior fino demais; 3 — Proporção de cintura para quadril pouco atraente; 4 — Descoloração permanente na canela.

— Isto é apenas o fim do primeiro ato — disse ele, me dando um beijo no rosto e enfiando a lista de volta no bolso. Então, entrou na Lumina alugada, soprou um beijo em minha direção e se afastou.

Depois que Erik arrumou o encanamento, ele consertou a fiação da garagem, fez o velho trator funcionar e, logo a seguir, escorou o lado da casa que estava mais caído com blocos de cimento.

Fiz *quesadillas* com pimentas *habañero* fresquinhas que havia comprado em Tucson há duas semanas, durante um trabalho.

— Você precisa levantar esta casa e colocar um alicerce novo debaixo — disse ele. — Esta é a primeiríssima coisa a fazer.

— Você está sangrando — observei, olhando um riachinho de sangue escorrer pela lateral da lata de cerveja.

— Não há nada que um homem ame mais do que verter sangue sobre o encanamento de sua patroa — declarou.

— Eu não tenho dinheiro para fazer um alicerce novo — reclamei.

— Então — começou ele, olhando em direção ao rio —, comece a pensar em colocar a casa toda sobre bóias.

Erik me levou para passear na Blazer incendiada que seu vizinho lá do Kansas lhe dera.

Aí, você levanta da cama e toma café

— Acho que devemos entrar aqui — disse ele, subitamente, dando uma guinada tão repentina com a picape que achei que nós dois voaríamos pela porta do carona, aberta apenas com pé-de-cabra.

A placa dizia Black Canyon com uma seta pintada a mão e a estrada era de terra e não era percorrida desde a última chuva, no início da semana anterior. Eu tinha ouvido falar que as terras em torno do Black Canyon eram das mais selvagens de todo o condado, cheias de penhascos rochosos e cumes esculpidos pelo vento, planaltos altíssimos muitas vezes ainda cobertos de neve até o fim de julho.

Seguimos de carro até a estradinha dar num tipo de neve rosada conhecida como *watermelon snow*, a uns cem metros da borda norte do cânion. Saltei correndo da Blazer e corri até a beirada.

A pedra do topo era lisa e dourada, mas ia ficando com pontos e negra à medida que mergulhava 600 metros abaixo de onde eu me encontrava. As paredes do cânion continham estrias ainda mais profundas e escuras do que o rio negro que luzia lá embaixo. A distância era vasta demais para eu não querer despencar dentro dela. O rio subiu o cânion correndo para me encontrar. As árvores das saliências dos rochedos abaixo pareciam não conseguir conter seu crescimento.

— Eu tive uma sensação com relação a isso — sussurrou Erik, dando um passo rápido para trás, enquanto eu permanecia fixa à beirada.

— Até mesmo uma pessoa que nunca teve um dia ruim na vida se sentiria tentada aqui — declarei.

Valsando com a gata

Eu havia passado a vida toda com medo de pronunciar a palavra *suicídio*, mas fiquei sentada ali, na beirada, deixando as pernas penderem no vazio. Senti vontade de provocar os limites das minhas próprias possibilidades, desejei a pressão de me desprender da rocha lisa que se encontrava sob as minhas mãos e ir encontrar o nada.

Erik sentou-se encostado numa pedra imensa e arredondada, um pouco afastado da beirada. Apanhou a minha máquina fotográfica, tirou uma foto minha com as mãos repousadas sobre a pedra e a cabeça pendendo para a frente; tirou uma garrafa de bebida do bolso e tomou dois longos tragos.

Eu olhei para a garrafa e, mais uma vez, por cima da beirada.

— Acho que você está completamente enganado — afirmei.

Encarei-o com dureza e ele bateu outra foto.

— Se realmente tivesse desistido, não conseguiria me tocar do jeito que toca.

Ele acionou o *timer* de minha máquina fotográfica, andou pé ante pé até a beirada do cânion e sentou-se ao meu lado. O clique do obturador soou alto demais.

Eu me levantei da saliência do rochedo e o trouxe para perto de mim através das lentes da câmera, tirei a foto, dei um passo atrás e tirei outra.

Então o imaginei saltando, me imaginei levando a picape de volta a Hope, sem ele dentro, notificando o xerife e então contando o que havia acontecido a Paul. Imaginei o velório e os fogos que dele fariam parte, imaginei o tamanho do foguetório que teriam de explodir para chegarem perto do tamanho da perda.

Aí, você levanta da cama e toma café

— Eu não costumo ter medo de alturas — disse ele, ficando de pé. — Mas isto aqui é bem mais do que considero tolerável. — E eu me dei conta de que estávamos seguros, os dois, protegidos por qualquer que fosse o tipo de amor que estávamos sentindo naquele dia. Um casal, como Paul Stone gostava de dizer, moldado nas profundezas do inferno.

— Quer saber — começou Erik —, vamos voltar àquele campo coberto de neve para eu fazer um anjo de neve para você, aí você senta em cima de mim e me sufoca com isto aqui. — Ele puxou a frente do meu collant para baixo e segurou os dois seios com sua mão imensa.

O sol estava baixo sobre o Divide e o vento já começava a esfriar.

Eu me ajoelhei por cima dele com ele deitado sobre aquela neve dura de junho vestindo apenas uma camiseta e calças Levi's, agitando braços e pernas como um louco para imprimir o tal anjo no chão, a cabeça atirada para trás mais uma vez, às gargalhadas, os óculos embaçados e as orelhas rubras.

— Você deve estar congelando de frio — declarei.

— Eu sou norueguês — disse ele. Ao seu lado, a garrafa de tequila brilhava ao sol.

— Pingüins, peitinhos e rutabagas — brincou — são algumas das coisas que mais amo na vida.

Eu me equilibrei sobre o seu peito por um instante para tirar os joelhos nus da neve.

Então, ele disse:

— Se eu, algum dia, fizer alguma coisa que magoe você, é só me dar um sopapo na nuca, combinado?

Valsando com a gata

— Combinado.
— Ótimo. Esse vai ser o nosso sinal secreto.

Já havia escurecido há muito quando deixamos Black Canyon e na metade da descida da montanha nos chocamos contra uma saliência na estrada e os faróis apagaram.

Fiquei na lateral da estradinha de terra segurando uma lanterna olhando Erik mergulhar dentro da fiação sob a capota da Blazer. Algo de tão poderoso se mexeu dentro de mim quando vi aquelas mãos monumentais enroladas naqueles fios fininhos que engoli seco para conseguir manter a lanterna parada. Eu me lembrei de um caderno amarelecido que eu havia encontrado, todinho escrito na letra de minha avó: *Deus ama um homem que sabe usar as mãos.*

No dia seguinte, à tarde, Paul chegou à fazenda puxando um trailer cheio dos canhões de propriedade de Erik; alguns dos moleques das redondezas vieram junto.

Atiramos lata após lata de Coors Light sobre o beiral de metal do celeiro e olhamos seis lâmpadas fluorescentes darem cambalhotas e atravessar o crepúsculo. Mas a molecada tinha vindo ver o canhão de bola de boliche e se tinham mesmo a intenção de lançá-lo, que fosse logo, antes que escurecesse completamente.

— Vai estragar a noite só um pouquinho se a gente matar um dos cavalos — disse eu a Paul, olhando para o pasto, para os cavalos dos quais estava cuidando para ajudar a financiar a fazenda.

Aí, você levanta da cama e toma café

— É — concordou Paul —, mas pense só na história que teríamos para contar.

Erik cavou um buraco fundo o bastante para abrigar metade do canhão. Misturou três tipos diferentes de um pó preto, cada qual um pouquinho mais poderoso do que o outro e despejou a mistura para dentro do cano.

— A gente podia atirar para cima — sugeriu Erik, sorrindo —, e assim descobriríamos qual de nós acredita que o seu deus é o Deus de verdade.

— Hoje, não — protestou Paul e Erik mirou o nariz do canhão para o pasto, virado para cima, na direção do Continental Divide. Fez com que nos afastássemos e engoliu o último trago do litro diário de tequila; então enfiou a bola de boliche dentro da boca escura do canhão. Correu alguns fios da vela de incandescência da base do canhão até a bateria da picape, abaixou-se por trás do pneu dianteiro e gritou:

— E lá vamos nós.

Mas o canhão não detonou. Nem da segunda vez em que ligou os fios à bateria da picape e tampouco quando os ligou diretamente na corrente de 110 volts da casa. Tentou outra vez, e mais outra vez, mas o único som que ouvíamos não era um *bum* de canhão, e sim um *ping*, a cada vez que a chave do disjuntor detonava lá dentro.

Erik acrescentou mais pólvora e tentou outra vez e, quando isso não funcionou, pegou um galão inteirinho de combustível Coleman e acendeu uma caixa de fósforos. Então entrou na casa para ver se tínhamos alguma sobra de fogos de artifício para atirar lá dentro também.

Valsando com a gata

— Tenha cuidado. — As palavras escapuliram de minha boca antes que minha mão pudesse detê-las.

Primeiro, assisti-o enfiar a mão direita bem na frente da boca do canhão fumegante; a seguir a cabeça, a orelha e, então, o rosto.

— Há algumas pessoas aqui, sabe, Erik — gritou Paul para o amigo —, que prefeririam não assisti-lo ir pelos ares.

Ele sorriu para nós e virou mais uma Budweiser. A seguir, tirou uns trapos de dentro da caminhonete, rasgou e torceu-os até formar um estopim comprido e fino; embebeu-o com gasolina, acendeu uma das extremidades e enfiou a outra dentro da boca do canhão.

Dessa vez nem ao menos se deu ao trabalho de correr de costas. O canhão fumegou, estremeceu e chocalhou em seu suporte. Mais uma vez, no entanto, não detonou.

Contornou o canhão por um minuto, deteve-se e estudou-o com extrema atenção. Então, ergueu a geringonça de 54 quilos — que ainda soltava fumaça — sobre o ombro, fez um barulho de locomotiva e lançou-a do outro lado do quintal.

— Meu Jesus Cristo — comentou Paul.

O canhão aterrissou com um baque surdo, chocando-se contra uma estaca da cerca. A bola de boliche saiu rolando de dentro dele e seus buracos nos encararam como se fossem um rosto.

— Isso tudo é um desejo suicida — comentei com Paul —, não é?

— Sem dúvida — respondeu ele e, ao ver a expressão em meu rosto, acrescentou: — Ora, o que mais você esperava que eu dissesse?

Aí, você levanta da cama e toma café

A molecada se cansou e foi tomar a última rodada de drinques no Crooked Creek. Até mesmo Paul disse que não agüentava mais assistir àquilo, entrou na caminhonete e voltou para casa. Erik ficava dando voltas e mais voltas em torno do canhão, bebericando o conteúdo de outra garrafa de tequila e falando sozinho. Eu me embrulhei num cobertor e fiquei me balançando na rede da varanda, contente porque, pelo menos, os cavalos haviam sobrevivido à noite.

Acordei quando senti as mãos dele em meus ombros.

— Onde foi que você arranjou um toque tão suave? — perguntei-lhe.

— Madeiras exóticas. Coisa fina. A gente só tem uma chance de talhá-las da maneira certa.

Ele se abaixou para me beijar e, por cima de sua cabeça, eu vi o ferrão de Scorpio e Cygnus, o Cisne descendo a Via Láctea num vôo em linha reta. No horizonte, ao leste, recém-surgida estava a Lua Velha, embalada nos braços da Lua Nova. Erik tirou os óculos e o seu rosto, ao luar, era o rosto de um menino sardento, míope, esperançoso demais naquele momento para o que se escondia por trás dos olhos.

Ele me tirou da rede, me carregou até o meio do quintal e me colocou sobre um local onde nada havia à nossa volta além de céu, vasto e profundo como o oceano.

— Antes de usar óculos — contou —, eu achava que as estrelas fossem bolinhas de algodão.

Então, colocou as mãos de volta sobre os meus ombros e me beijou outra vez. Ele me beijou ali, naquele prado, como se nossas vidas dependessem disso, como se se tratasse de uma competição mundial e estivéssemos defendendo o nosso título.

Valsando com a gata

Ele me beijou até todas as estrelas do céu que me cobria transformarem-se em helicópteros e dragões chineses. Ele me beijou até eu estar quase distante demais para sentir a pressão de seu pênis contra a minha perna através de suas calças.

— Acho que estamos tendo um novo despertar aqui dentro — disse ele, a boca ainda colada na minha.

— Oh, meu Deus — disse eu. — E o que é que eu faço?

Ele tirou uma camisinha fluorescente do bolso traseiro. Tratava-se de um camisão reutilizável com uma cordilheira de látex mais espesso fulgindo ainda mais do que a ponta.

— Coloque-a em mim e depois me mostre onde fica Júpiter.

No dia seguinte, eu tinha de partir para um trabalho de duas semanas — encomendado pelo Conselho de Turismo do Estado de Washington — para fotografar a chuva de meteoros Perseid que cairia sobre o Pacífico. Erik disse que talvez ficasse na fazenda mais alguns dias antes de voltar para o Kansas, que substituiria as tábuas podres do assoalho da varanda e, quem sabe, até mesmo consertasse a cerca.

Ele me levou de carro até Alamosa.

— Faça o favor de sentir saudades minhas — disse-lhe, diante do único portão do aeroporto.

— Pode deixar. — E o ar escapou de dentro dele de uma só vez como se fosse um pneu.

— E veja se toma conta de você... só um pouquinho... — comecei. — Tente não... você sabe... detonar tanto.

Ele balançou a cabeça em sinal de sim, ou de não, talvez, sabendo que nenhuma das duas respostas importava grande coisa.

Aí, você levanta da cama e toma café

Beijei a sua cabeça e, depois, a sua boca. O funcionário da companhia aérea sacudiu a maçaneta da porta para chamar a minha atenção.

— Eu sou louca por você — declarei.

E ele respondeu:

— Você é louca, ponto final.

O ar estava quente na pista. Eu me virei uma, duas, três vezes enquanto caminhava para o avião e ele continuava no mesmo lugar, acenando. Durante todo o procedimento de vôo e uma espera de dez minutos no solo, ele não se afastou da janela. E quando o piloto aumentou a rotação do motor e o aviãozinho finalmente começou a se deslocar, ele ergueu a mão, lentamente, um gesto que era meio aceno e meio vergonha e ficou naquela janela até tirarmos as rodas da pista de decolagem A.

O telefone tocou às duas da manhã de minha primeira noite em Washington e eu acordei de um sono profundo com um sorriso nos lábios.

— Estou cheio de poemas dentro da cabeça — disse ele —, e quadros. — As risadas borbulhavam e desaguavam de dentro dele como uma cascata.

"Estou bêbado — confessou.

— Não importa.

— Isto vai assustá-la e eu não quero que se assuste, mas é que eu não penso em me matar, de verdade, há setenta e seis horas e vinte e três minutos.

— Isso não me assusta — afirmei, e aquilo foi só uma meia-mentira.

Valsando com a gata

— Eu nunca havia me afastado de beirada alguma em linha reta.

— Não.

— E não há motivo algum para acreditar que eu conseguiria fazer isso agora.

— Não, não há.

— A última mulher que amei está morta. A mulher antes dela arrancou as minhas entranhas e me abandonou num manicômio. Você compreende que os riscos são muito altos, não?

— Compreendo.

— Tenho certeza de que não estou dizendo as coisas certas — preocupou-se ele.

— Você está indo muito bem — disse-lhe eu.

— Eu não estou bem certo, mas acho que o que estou sentindo é paz.

— Eu não saberia lhe dizer — confessei. — Nunca tive a menor idéia do que isso pudesse ser.

Eu estava quase dormindo outra vez quando o telefone tocou. Era Allen, o melhor amigo de Carter para me dizer que Carter estava em Montreal, apenas um passo à frente da equipe de filmagem, mas, ainda assim, desesperado para que eu recebesse o seu recado. Queria que Allen cantasse *Daisy Jane* e *More than a Feeling* para mim. Queria que eu soubesse que estava quase pronto para iniciarmos o Segundo Ato.

Interrompi Allen após o primeiro verso e contei-lhe a respeito de Erik com a mesma facilidade que se ele fosse um repórter de tribunal investigando um crimezinho banal.

Aí, você levanta da cama e toma café

— E o que quer que eu diga a Carter com relação ao sexo?
E eu respondi:
— Diga a ele que descobri que é uma coisa muito simples. A gente transa, depois transa de novo, transa mais uma vez e aí você levanta da cama e toma café.

Tudo bem. Agora vou contar a terceira coisa. Certa noite, muito depois de eu ter perdido a esperança de que algo acontecesse, Carter deitou-se na cama comigo e aconchegou-se em meu ombro, me encarando de frente pela primeiríssima vez.
— Você sentiu isso? — perguntou. — Meu pipi tocou o seu bumbum.

No litoral de Washington, passava os meus dias na câmara escura e as noites nas dunas, esperando o cair das estrelas.

Lá, conheci uma mulher chamada Gloria que plantava gladíolos e alho em seu jardim para vender e que estava apaixonada por um polinésio chamado Joey que, segundo ela, bebia cerveja demais.

Montamos cavalos de sua propriedade até uma praia coberta com todas as cores possíveis de cacos de vidro polidos pelo mar e pela areia durante anos e anos: estrelas vermelhas e verdes, azul-celeste e índigo, piscando para nós do meio da areia.

Ela me contou a história de como ela e Joey se apaixonaram. De como haviam sido namoradinhos no segundo grau e haviam perdido contato durante 25 anos; de como ela subitamente começou a sonhar com ele; de como ele estava sempre doente ou moribundo nesses sonhos, em algum tipo de terrível apuro que ela jamais conseguia evitar.

Valsando com a gata

Seu marido a abandonara depois de 18 anos de casamento. Ela tentava administrar a fazenda de alho sozinha. Mas os sonhos continuavam e ela ligou para um número de telefone de muito tempo atrás que pertencia à irmã de Joey. Qual não foi a sua surpresa quando o próprio Joey atendeu.

A primeira coisa que ele lhe contou foi que era viciado em drogas, que havia passado a maior parte da vida na cadeia e a outra parte no Vietnã. Ela lhe perguntou se ele ainda se parecia como antigamente e ele respondeu que sim, a não ser pelos cabelos brancos. Os caras da prisão o chamavam de "coruja da neve".

Quando ela foi à Califórnia, tiveram menos de vinte e quatro horas para ver o que ainda havia entre eles. Gloria tinha três filhas para criar e se preocupava com a segurança delas. Ele disse que poderia ajudá-la com a fazenda e que, se ela quisesse, ele trocaria as drogas por cerveja.

Ela passou dois meses tentando decidir; nada típico para ela, contou, não ter uma resposta imediatamente. Estava voltando para casa do trabalho, certa noite, pensando que tanta indecisão a levaria à loucura quando um imenso pássaro branco atravessou o seu pára-brisa. Ela ligou para Joey e pediu que ele viesse no dia seguinte.

A maré começava a encher, cobrindo o vidro e deixando os cavalos nervosos. Observei Gloria enquanto desviava o macho castrado no qual estava montada do tronco que bloqueava o nosso caminho.

— O problema de amarmos os loucos — começou — é que quando a gente se cansa e precisa de um descanso, descobre que os caras normais simplesmente não nos interessam

Aí, você levanta da cama e toma café

mais. — E com isso ela afagou o pescoço do cavalo com mais força do que o normal e as lágrimas encheram-lhe os olhos.

No meio daqueles dois dias intermináveis, saindo daquele bosque profundo com Carter, quando o silêncio ficou insuportável, eu disse:

— O.k., Carter. Eu sou o gênio da lâmpada e posso satisfazer três desejos seus. Quais são eles?

Ele parou por um momento, esticou as costas por debaixo da mochila e respondeu:

— Uma casa no Caribe, visão perfeita até morrer e uma facilidade única com o violão de 12 cordas.

— Ótimos pedidos — elogiei, reiniciando a caminhada.

Ouvi os seus passos atrás de mim, questionando-se, foi o que supus, sobre tudo aquilo que não havia pedido e por quê.

— Então está bem — disse ele, respirando fundo como se aquilo fosse uma obrigação. — Eu sou o gênio da lâmpada e você pode fazer três pedidos.

Ouvi as solas das minhas botas de caminhada triturarem o chão sob os meus pés uma, duas, três vezes.

— Não, Carter. *Eu* sou o gênio da lâmpada.

Erik não ligou outra vez nas duas semanas inteirinhas que passei em Washington, mas no dia antes de eu partir, recebi uma fita de vídeo pelo correio na qual ele e Paul executavam provas das Olimpíadas das Ferramentas Elétricas: furadeiras boxeadoras e lixas corredoras, aspiradores de pó bebedores de cerveja e serras circulares mergulhadoras.

Valsando com a gata

Quando voltei para Alamosa, ele me aguardava na gaiola que se estende da sala de espera à pista de pouso. Usava quepe de motorista, óculos escuros, jaqueta de couro, uma meia presa com alfinete de fralda no lugar da gravata e uma placa com meu nome escrito.

De volta à fazenda, Paul esperava com uma camiseta que dizia Boliche Alpino e um capacete de aço inoxidável da Primeira Guerra Mundial bem no meio da cabeça. Quando eu ia saltando do carro, ele acendeu o estopim e, em menos de dez segundos, o canhão explodiu e nós ficamos olhando a bola ir se afastando como algo tirado de um desenho animado do Papaléguas; ouvimos os buracos da bola assoviarem como um pião enlouquecido para então desaparecer no céu branco, longe da vista, longe dos ouvidos.

— Ouça — sussurrou Erik. — Está descendo.

E o assovio de fato voltou a ser ouvido e foi ficando cada vez mais alto, mais alto até eu sentir vontade de mergulhar debaixo do caminhão de Paul, caso a reentrada se desse justamente sobre as nossas cabeças. Vimos a nuvem de poeira subir no local do pasto onde caiu a bola.

— Quarenta e nove segundos — disse Paul, sorrindo. — Mesmo a menos de 320 quilômetros por hora, isso significa uma distância impelida de quase dois quilômetros e meio.

Erik piscou para mim por cima da cabine da picape. Do outro lado do pasto, todos os seis cavalos voltaram trovejando em direção ao celeiro.

Erik atravessou o campo em direção à pequena nuvem de poeira. A silhueta gigantesca estava encurvada, como sempre, mas eu notei uma nova leveza em seus passos. E foi então que

Aí, você levanta da cama e toma café

me dei conta de que minha casa estava acomodada no lado do morro, no nível exato.

— Espere aí — gritei para Erik. — O que foi que vocês andaram aprontando por aqui? — Ele sorriu para mim por cima do ombro e continuou a caminhar até o local onde a bola de boliche havia aterrissado.

— Faz 14 dias que ele começou a se desintoxicar — comentou Paul. — Cinco cervejas por dia, nenhuma bebida mais forte, dois tragos no domingo, segundo ele, se por acaso se comportar bem.

— Ele consegue fazer isso? — indaguei. — É possível?

— Eu não sei — começou Paul —, mas são poucas as pessoas que conseguem zunir uma bola de boliche a mais de dois quilômetros de distância.

Observamos, enquanto Erik entrava e saía das sombras formadas pelas nuvens de chuva sobre o prado. Um ribombar distante nos fez virar a cabeça em direção a oeste, como se um outro tipo de canhão estivesse respondendo, e eu me lembrei de estar sentada na beirada do Black Canyon, aquele abismo tão escuro quanto esse prado era claro, e me perguntei o que teria acontecido se minha mãe tivesse se sentado naquela beirada, no mesmo lugar que eu, e me dei conta de que um desejo suicida é um desejo de vida na mesmíssima medida, com igual certeza de que o amor é o avesso do medo.

Mostrei a Paul as fotos que tiramos no Black Canyon.

— Pólvora e nitroglicerina — disse ele. — Há exatamente a mesma coisa no seu rosto e no dele.

— Vou preparar algo para almoçarmos — disse eu e comecei a caminhar em direção à casa.

Valsando com a gata

— É... tente ignorar os periquitos — balbuciou Paul. — Os que estão no congelador. Eles já viajam com Erik há muito tempo.

— Periquitos — repeti.

— Chamam-se Animadinho e Estacionário — confirmou Paul. — É uma história meio longa.

Do outro lado do pasto, Erik havia encontrado a bola e pulava para cima e para baixo, acenando. Paul retribuiu o aceno e mostrou o polegar em sinal de aprovação.

— Homens são como cachorrinhos — havia dito Gloria quando o último pedaço de vidro da praia foi coberto. — O amor que a gente lhes dá nunca é o bastante.

Um dia desses vou pedir a Erik para construir uma câmara escura para mim. Depois disso, uma clarabóia sobre a minha cama. Tenho um alicerce novinho em folha debaixo de minha casa e agora, que não tenho mais medo de despencar dentro dele, estou começando a me afeiçoar a esta vista do rio.

Quando pergunto a Erik como foi que tiramos a sorte grande ele dá de ombros e diz:

— O gênio da lâmpada é você.

Ele diz que esta fazenda é o melhor lugar do mundo para uma garota que quer fotografar as estrelas.

O tipo de gente a quem você confia a própria vida

Os PILOTOS DE PLANADORES chegam de Colorado Springs, todo ano, na terceira semana de setembro para pegar a mudança da folhagem dos álamos tremedores, de verde para dourado. São quinze ou vinte ao todo, trazem dez aviões e, por alguns dias, o céu acima de Hope, normalmente vazio, fica salpicado de pássaros prateados, enormes e silenciosos.

No fim da tarde, suas longas asas capturam a luz do sol, um a um, enquanto fazem a volta longa e preguiçosa na cabeceira do vale para então entrarem em fila para aterrissar. Não há nada além do sol e de um céu azul cor-de-centáurea, árvores contendo todas as cores do fogo e montanhas cobertas por uma neve extemporânea — e então aquele súbito lampejo prata, como se uma estrela tivesse aparecido algumas horas antes do normal. E não importa quem você venha a ser quando vê aquilo — não importa o quão pouco importante ache o transporte acima do solo — algo vai saltar lá do fundo de suas

Valsando com a gata

entranhas ao ver aquelas asas delgadas estendidas e você vai querer saber, pelo menos por um breve instante, o que é voar.

A pista de aterrissagem de Hope fica bem no meio do vale e foi pavimentada já no fim da era da mineração e é longa o suficiente para pousar um 727, se você souber o que está fazendo. Os pilotos dos planadores gostam de Hope porque a superfície do vale fica a 2.743 metros de altitude e podem estar entre os picos de todas as montanhas circundantes, que se encontram a 4 mil metros, aproximadamente, em instantes. E se não houver nenhum termal para erguê-los até o ar fino e frio, podem ser rebocados até mesmo àquela altitude. Os pilotos gostam de fazer os planadores despencarem por cima das paredes íngremes do vale, gostam do que o terreno lhes impõe, das curvas fechadas e dos cantos apertados, da doce acrobacia na qual as montanhas transformam o ar.

Os pilotos oferecem voltas aos habitantes locais que desejarem: cinqüenta dólares a meia hora. O pior dia de vôo em Hope, dizem eles, é razoavelmente melhor do que o melhor dia na cidade plana de onde vêm.

Eu gosto de voar no meio da noite, quando estou ferrada no sono ou sonhando ou num 747 onde, se uma das turbinas der pane, ainda pode contar com outras duas para levarem você até em casa; mas B.J. insistiu que eu experimentasse planar.

É uma experiência única na vida, disse ela — muito embora voe todos os anos —, e os pilotos são inteligentes e gentis, cada um deles. O tipo de gente, disse ela, a quem você confia a própria vida com gosto.

Todo mundo na cidade comentava sobre o acidente do ano anterior, de como o piloto subiu instantes antes de a frente che-

O tipo de gente a quem você confia a própria vida

gar, de como ficou preso a um termal e de como foi carregado cada vez mais alto — acima de dezesseis mil pés — até a tempestade cair de verdade, com ventos de 120 quilômetros por hora que não só puxaram o planador para baixo como, ainda, o arrastaram de lado e, por fim, de cara com o penhasco escarpado que os mapas chamam de Bristol Head.

B.J. havia voado bem no dia da tempestade do ano passado, estava no ar à mesma hora em que o sujeito que morreu em Bristol. Voava com um piloto chamado Gray, um dos veteranos, treinado pela Academia da Força Aérea. Gray fazia o tipo sério e era estável como um rochedo.

Segundo contou B.J., os dois estavam em contato por rádio, com o grande bambambã dos planadores — que se encontrava em terra e que acabava de ver a outra aeronave se espatifar instantes antes, embora tenha tido o bom senso de não contar nada a Gray e B.J. Quando o fundo despencou da massa de ar que os apoiava, a chuva começou a cair de lado, os ventos começaram a soprar a oitenta nós e Gray tentou aproximar aquele negócio da pista de pouso, o bambambã disse:

— Este vento está soprando a noventa graus da pista, Gray. A única coisa que posso fazer é desejar-lhe boa sorte.

— Ele sempre diz isso quando acha que a gente não vai conseguir — disse Gray a B.J. E acrescentou: — Que tal provarmos ao filho da puta que está errado?

Não tiveram outra escolha senão aterrissar num ângulo de quarenta e cinco graus; virar a lateral do avião para o vento teria sido suicídio. Gray deixou a aeronave quicar uma vez a quarenta e cinco e, então, virou o nariz de frente para a pista.

Valsando com a gata

Apostou na possibilidade de que conseguiriam voar no mesmo lugar tempo o bastante para o pessoal da terra chegar até eles com cordas. Gray e o planador voltaram para Colorado Springs sem um único arranhão. B.J. diz que esperou o ano inteirinho pela oportunidade de voltar lá para cima e fazer tudo de novo.

Ninguém de Hope ficou surpreso quando Erik voltou a beber. Esperavam por aquilo como quem espera mais um inverno rigoroso e quando este chegou fizeram o que qualquer pessoa faria: passaram mais uma camada de filme de polietileno entre eles e a verdade, e ficaram esperando o tempo esquentar outra vez.

Eu não os culpava, sei que poderia ter feito a mesmíssima escolha, mas eu não tinha essa opção. Tudo o que Erik bebia, bebia em minha casa.

Eu me concentrei em meu trabalho e fingi não perceber quando ele passou de cinco cervejas para sete, então para 13 e, a seguir, para muito mais. Depois de dois meses convivendo com aquilo, voei para Los Angeles para fotografar uns caubóis de Compton que mantinham os cavalos confinados como cães em ferros-velhos, exceto pelo fato de serem muito bem-cuidados, as baias imaculadas, os depósitos de comida cheios de feno da melhor qualidade.

Liguei para casa uma noite para saber como iam as coisas. A crise de cinomose de Ellie, a cachorra, havia ressurgido sob a forma de apoplexias ocasionais. Erik havia prometido mantê-la sob observação e lhe dar dois tipos de remédio, um

O tipo de gente a quem você confia a própria vida

preventivo e o outro recuperativo, para o caso de ela ter uma crise. Precisei ouvir a sua voz por menos de um segundo para me dar conta de que estava completamente de porre, talvez em pior estado do que eu jamais havia tido notícia.

Quando eu era criança, não conhecia a palavra *alcoólatra*. Eu só sabia que meu universo mudava todos os dias às cinco e meia de algo previsível para algo retorcido, algo inclinado sobre o seu próprio eixo. Eu não sabia há quanto tempo a bebedeira de Erik havia começado ou por quanto tempo continuaria, mas eu sabia, sim, que, se perdêssemos Ellie, eu ia querer vingança — e me assustei com o que me passou pela cabeça quando pensei no tipo de vingança que ia querer.

Ao chegar em casa, tentei conversar com ele a respeito e ele disse:

— É igual a um cachorro que mija no tapete. Você tem de pegá-lo no ato para o castigo funcionar.

— Mas você não é um cachorro — reagi. — E deve voltar para o Kansas e decidir quanto e com que freqüência você realmente deseja beber.

Demorou uma semana, mas ele finalmente conseguiu ficar sóbrio o bastante para dirigir durante 15 horas e levou quase o mesmo tempo para a fazenda recuperar aquela sensação de vazio, outra vez.

B.J. disse que não estava nas cartas a possibilidade de um relacionamento funcionar de fato ao lado de um alcoólatra e ela me soou tão segura de si que deixei que desse satisfações por mim para o povo da cidade. Ela tem ficado de olho em mim e eu lhe fico grata por isso. Planar, disse-me ela, seria a "chupeta" da qual eu estava precisando para voltar a funcionar.

Valsando com a gata

Eu a convidei para tomar café da manhã comigo justo na manhã em que planejamos voar e, enquanto a espero, bebirico chá e leio *Psychology Today*, me pergunto se voar num avião sem motor entra na categoria das coisas que eu não preciso mais fazer para provar que sou macho ou das coisas que seriam *boas* para mim porque me dariam uma chance de expor os meus medos, livremente.

— Estou com medo — digo, experimentando palavras que raramente fazem parte de meu vocabulário, no silêncio da cozinha vazia. — Eu não quero ir. — É a frase que ensaio a seguir.

B.J. entra porta adentro com um macacão de vôo rosa-choque, três tamanhos maior do que o dela e um pregador de roupa segurando o traje no lugar; os óculos de Buddy Holly, remanescentes dos tempos de colegial, quebrados na têmpora, repousam — tortos — em seu rosto.

— Está animada? — indaga, enquanto morde uma banana.

— Mal posso esperar. — São as palavras que saem de minha boca.

B.J. esquenta água para a minha segunda xícara de chá sem nem ao menos perguntar se quero uma.

— Eu não consigo compreender do que tem medo — comenta. — Você já fez coisas tão mais assustadoras.

E é verdade, fiz mesmo, mas, ultimamente, com freqüência cada vez menor e, com o passar dos anos, com mais e mais cautela. O que ainda não consegui fazer foi dar aquele último passo para voltar atrás, para transformar o *como*, se possível, em *se*.

O tipo de gente a quem você confia a própria vida

— Escute só — começa B.J., prestes a ler em voz alta algum trecho do exemplar mais recente de minha *Astronomy Magazine*. — Dizem aqui que este é o melhor momento para se ver Algol, a estrela demônio. A luz de Algol obscurece e adquire uma luminosidade constante em ciclos perfeitos de três dias. O nome disso é um binário de eclipse, na verdade são duas estrelas que giram em torno uma da outra eternamente e tapam a luz da outra, temporariamente.

— Parecido com um relacionamento ruim — sugiro.

— Ou um relacionamento bom — retruca. — Um dá ao outro um pouquinho de tempo para descansar.

— Esta manhã você está cor-de-rosa e cheia de otimismo — comento.

— E você está...

— Apavorada — confesso, e noto que a terra não chocalha por isso. — Cheia de medo de planar, eu quero dizer.

— Você vai amar, Lucy. Todo mundo fica com medo da primeira vez. Além do mais, hoje não podia ser um dia mais diferente daquele dia doido do ano passado. — Ela não chega a conseguir esconder o desapontamento de sua voz. — Não há uma única nuvem no céu esta manhã. Nem um ventinho soprando.

— Você, com certeza, acha isso bom — comento.

— Oh, não estou torcendo por uma tempestade, não — diz ela. — Mas planar é só metade da experiência. Um pouco de nuvens ajuda os pilotos a acharem os termais. Precisa pegar um termal se quiser voar bem alto.

— E voar muito alto é algo que eu quero fazer?

Valsando com a gata

— Se quiser a experiência completa — respondeu ela.

Mas eu não estou completamente segura de que quero. Planar me parece mais do que emoção suficiente para a minha primeiríssima vez voando sob o poder único de Deus. A experiência completa, seja lá o que isso queira dizer, talvez tenha de esperar até eu estar pronta.

— Deveria comer alguma coisa — aconselha B.J.

— Claro — devolvo. — Para o caso de haver turbulência.

— Para isso — começa ela —, e também por estar prestes a embarcar num avião que não tem motor e não há como saber onde e quando vai aterrissar.

Nosso piloto, cujo nome é Bobby, tem cabelos longos por debaixo do chapéu de jóquei de camelos, bigodinho de Fu Manchu, cara de quem tem 16 anos, e é parcialmente surdo. Conta que está difícil ganhar altura desde o início do fim de semana, mas que todos estão esperando que as condições melhorem esta tarde.

Eu digo a Bobby que quero ir logo, que quero estar lá em cima antes dos termais começarem, que um reboque suave e uma descida rápida são exatamente o que o médico me receitou.

Estou afivelada, à frente de Bobby. Entre mim e a eternidade há apenas uma janela de acrílico e um nariz de alumínio da espessura de uma folha de papel.

— Estou com medo — digo mais uma vez para B.J., enquanto ainda está por perto, tirando fotos com uma de minhas câmeras.

— Está tudo bem aí em cima? — pergunta Bobby.

O tipo de gente a quem você confia a própria vida

— Como é que eu iria saber se não estivesse — retruco, mas ele não responde e eu me dou conta de que é porque não conseguiu ler meus lábios.

Nós dois temos um leme entre as pernas e um conjunto de elerões no chão.

— Faça o possível para não mexer nesse bastão e tente manter os pés longe desses pedais.

Eu solto o suporte que prende meus ombros e me viro para olhá-lo:

— E o que pode acontecer se eu não fizer isso? — pergunto, o mais alto que posso e lentamente.

— Nada que preste — responde ele, inclinando o corpo para frente e me prendendo mais uma vez no arnês. — Pode confiar em mim. Mas se alguma coisa acontecer comigo, esta é a máquina mais simples das vias aéreas. Você pilota com este aqui — o leme faz um círculo sugestivo entre as minhas pernas — e os pedais controlam os seus flapes. — Eles pulam, para cima e para baixo, por baixo das minhas botas de caminhada. — Você sabe o bastante sobre aviões para pousar esta gracinha em caso de emergência?

— De jeito nenhum — digo eu, o mais alto que consigo.

— Ótimo — diz Bobby. — Então acho que já podemos partir.

Um menino, não pode ter mais do que nove ou dez anos, é responsável por verificar a ligação entre o cabo do reboque e o planador. Dois homens chegam à pista para correr conosco e segurar as asas no nível correto até ganharmos velocidade.

Valsando com a gata

O aviãozinho amarelo de reboque liga o motor. Todos erguem os polegares em sinal afirmativo e começamos a deslizar.

B.J. está de pé na pista, acenando com uma das mãos e fotografando com a outra.

— Nós vamos sair do solo primeiro — explica Bobby. — Cheio de combustível, ele pesa cinco vezes mais do que a gente.

As palavras mal deixaram a sua boca quando nossas rodas erguem-se da pista, o cabo preso ao avião-reboque nos puxa para baixo. E então o avião-reboque também levanta vôo, seguindo o rio em linha reta em direção à minha fazenda e por um instante eu penso que será fantástico vê-la de cima pela primeira vez e chego a esquecer o meu medo. Mas aí o avião-reboque inclina a fuselagem radicalmente rumando para o sul, sobre a Moonshine Mesa, e faz o primeiro de uma série de círculos que nos fará ganhar altitude, e o medo retorna, um pouco como uma infecção, para a mesma parte dos meus intestinos, embora mais forte do que antes.

Fico olhando o aviãozinho amarelo atingir bolsas de ar que o fazem quicar, assistindo ao esforço violento que o levamos a fazer nas curvas mais fechadas. Abaixo de nós, bosques de álamos do tamanho de condados inteiros da Costa Leste mostram-se quase fluorescentes: amarelo, cor-de-açafrão e um laranja ocasional, alguns declives virados para o sul ainda se mantêm verdes.

A distância, vindo ao meu encontro por todos os lados, vejo a região que amo acima de qualquer outra: Half-moon Pass e La Garita, Baldy Cinco e San Luis Peak. Mas estou ocupada demais inventando uma catástrofe por minuto para pres-

O tipo de gente a quem você confia a própria vida

tar atenção e então o aviãozinho amarelo começa a voar em linha reta e se dirige à cidade.

A cidade de Hope surge abaixo de nós como um cartão *pop-up*. Ao fim da rua principal, duas rochas de 460 metros de altura projetam-se do chão, denteadas e raivosas como os portões do inferno nos dois lados de um córrego relativamente minúsculo de onde ainda extraem prata. As rochas ficam lindas nas fotos tiradas pelos turistas; funcionam ainda melhor como local de onde lançar fogos de artifício na festa de Quatro de Julho. Como local para um avião rebocar outro que não possui motor... podem me chamar de louca, mas eu pensaria duas vezes.

Bobby casquina, o que eu considero — simultaneamente — um bom e um mau sinal.

— Ele vai tentar fazer com que ganhemos alguma altura a partir daqueles paredões.

Pelo que posso perceber, estamos avançando para passar exatamente entre aquelas duas rochas dentuças que guardam a cidade.

— Vou ver se conseguimos pegar esse termal — declara Bobby, puxando a manivela que faz o leme saltar no meio de minhas pernas. O imenso gancho de metal bate com força contra o fundo do planador de alumínio e eu me dou conta de que estamos livres.

Passamos por cima das rochas guardiãs pelo que me parecem ser meros centímetros e o avião-reboque toma a direção sul e se afasta por cima da montanha Bachelor. Lá embaixo, vejo o que restou das minas de prata: a Ametista, a Meio-oeste e a minha favorita, a Bom Pensamento.

Valsando com a gata

Debaixo de meus pés, os pedais parecem voltar a si e Bobby faz um *looping* tão apertado que parecemos estar girando em torno de um eixo estacionário que é a ponta de uma das asas.

— Preste atenção no altímetro — diz. — Estamos subindo.

E estamos mesmo: 11,5; 11,6; 11,7.

— Estamos ganhando quase trezentos pés por minuto — empolga-se Bobby. — E lembre-se de que nem ao menos temos motor! Isto é mais rápido do que qualquer avião que esteja voando, com exceção de um jato.

12,4; 12,5; 12,6. O cume dos picos de mais de 4 mil pés que ficam por trás de Solver City revelam-se: o pontudo pico Handies, o imponente Wetterhorn e o Uncompahgre, com seu ângulo bizarro e suas manchas acobreadas que mais parecem uma casquinha de sorvete de passas ao rum num dia abrasador de agosto.

Agora, abaixo de nós, Hope parece-se ainda mais com uma miniatura, como um joguinho para se jogar num domingo preguiçoso, algo que Erik poderia ter criado com as mãos.

13,9; 14,3; 14,7. Não existem regras sobre oxigênio acima de 14 mil pés?

— Esta é a maior altitude que consegui este verão — afirma Bobby. — Acho que você é o meu amuleto de boa sorte.

Por um momento, o ponteiro paira exatamente sobre 15 mil pés.

— Há um penhasco impenetrável para o norte de onde estamos — diz Bobby, subitamente. — Acho que devemos tentar passá-lo.

O tipo de gente a quem você confia a própria vida

Minha mente fica repetindo aquela frase sem parar, tentando extrair dela toda e qualquer possibilidade de significado. Bobby tira a aeronave de seu giro ascendente e ruma para o norte, em direção a Bristol Head.

— Isto é inacreditável! — espanta-se, quase sussurrando desta vez. — Ainda estamos subindo.

O avião ganha mais e mais velocidade.

— Estamos a noventa e cinco nós e...

— Nem ao menos temos motor — faço coro com ele.

Bristol Head surge do fundo do vale abaixo de nós, seu cume plano e alpino exibindo tons entre o verde e o dourado. Dentro de mim, o medo atinge o seu ponto de ebulição e vai fervendo até ficar branco de tão quente e atingir a sua pureza máxima até que não haja espaço para mais nada, nem mesmo para a observação mais casual, ou mesmo — e é assim que me dou conta do quão grave é a situação — o desejo de capturar aquilo tudo em filme.

— Do outro lado dessa pedra achatada — diz Bobby —, encontra-se o penhasco mais escarpado que você jamais viu.

— Mas eu já sei disso. Trata-se do penhasco onde o passeio do ano passado chegou ao fim; o penhasco que avisto da fazenda todos os dias.

A primeira coisa a se lembrar sobre a experiência completa, penso enquanto nos deslocamos rápida e violentamente em direção a Bristol Head, é o fato de nos questionarmos, a todo instante, se estamos ou não preparados para aquilo.

Então, ultrapassamos a beirada do penhasco e o fundo parece despencar quando começamos a descer pela frente do desfiladeiro com rapidez estonteante.

Valsando com a gata

Você precisa se entregar, me disse Carlos Castaneda certa vez, *ou se perderá*. Relaxo os dedos que agarram as laterais do avião como se minha vida dependesse daquilo. *Respire fundo*, penso, *tire uma foto*.

— Está pronta para fazermos umas manobras? — pergunta Bobby.

— Acho que por ora, assim está bom para mim — respondo antes de me lembrar que, para Bobby, todas as perguntas são retóricas.

Então Bobby vira o avião de ponta-cabeça.

Descemos tal e qual um barril pela face de Bristol Head, virando completamente como um bote dentro de um rio, exceto que no rio eu estava sempre dando cambalhotas para trás e, neste caso, estamos dando cambalhotas para a frente, de pernas para o ar.

A pele de meu rosto parece ser sugada pela força da gravidade. A face do rochedo, o vale, os campos de álamos rodopiam em ordem ilógica. Então Bobby nivela o planador por um instante e tenho a sensação de que estamos subindo outra vez.

— E aí, gostou? — grita Bobby.

— Foi incrível — respondo, mesmo sabendo que ele não pode me escutar. Porque, de repente, perdi o medo. Dou-me conta de que o que fizemos nada mais é do que virar dentro de um rio. Mas aqui não há água para nos afogar, não há pedras para nos machucar, não há nada à nossa volta a não ser pelo ar dourado e doce do Colorado. E não tenho mais a sensação de que estamos voando numa aeronave sem motor; na verdade, mais parece que alguém nos revelou algum segredo que nos

O tipo de gente a quem você confia a própria vida

permitiu atravessar o espaço no interior de um brinquedo maravilhosamente lunático.

O sorriso estampado em meu rosto me dá a sensação de estar distendendo os músculos e eu me dou conta de que talvez este seja o primeiro sorriso que dou desde o mês passado, quando Erik voltou a beber pesadamente. O álcool tem esse poder sobre mim, de me fazer ter medo de tudo, medo das coisas erradas, medo das coisas que poderiam me libertar.

— Bobby — grito —, será que podemos fazer aquilo outra vez?

Tento erguer a máquina fotográfica para tirar uma foto, mas a gravidade não deixa.

Agora, estamos exatamente em cima da fazenda. Posso ver aquela curva familiar do rio, a faixa verde de Antelope Park. Posso ver os córregos de Middle Creek, Ivy Creek e até mesmo o minúsculo Lime Creek, avançarem pelo prado aos trambolhões e passarem a minha casa a caminho do rio Grande. Posso até ver a clarabóia que Erik construiu para mim para que eu pudesse olhar as estrelas de minha cama e sei que apesar de toda a sua gentileza, ele jamais viverá a experiência completa, pois passou a vida inteira acreditando ter sorte de poder planar quando o que ele e todos nós realmente estamos destinados a fazer é voar alto, muito alto.

— Está pronta? — indaga Bobby e eu lhe mostro o dedão por cima do ombro, em sinal afirmativo.

Desta vez, giramos por cima das asas, um movimento mais suave do que o de dar cambalhotas para frente feito um barril descendo a face de um morro. Fazemos os movimentos de um saca-rolhas, algo que eu consigo seguir. Até mesmo consigo erguer a máquina para tirar algumas fotos da fazenda, de cabeça para baixo.

Aquilo ali é meu, penso e sei, no instante em que aquilo me ocorre, que tudo de bom que entrar no meu caminho entrará porque eu encontrei um lugar sobre o qual posso dizer essas palavras. Não é tanto ser dona da fazenda como o fato de ser responsável por ela; é saber, pela primeira vez na vida, usar a palavra *lar*.

— Quer um mergulho em alta velocidade? — Bobby me pergunta.

— Quero — berro. — Eu quero tudo!

Ele posiciona a pista de pouso exatamente à frente do pára-brisa e aponta o nariz diretamente para baixo.

E lá está B.J., no mesmíssimo lugar onde a deixei. Fico imaginando seus olhos se arregalarem cada vez mais enquanto mergulhamos do céu a 128, 144, 160, 190 quilômetros por hora. Imagino o sorriso que invadirá o seu rosto ao nivelarmos o avião outra vez.

Se você chegar ao fundo de um poço suficientemente fundo, meu primeiro professor de astronomia nos disse, *verá estrelas até mesmo à luz do dia.*

Não lhe dava crédito o suficiente naquele tempo para testar a sua teoria. Hoje, não preciso mais testá-la. Hoje, há uma estrela bem no meio de um céu encharcado de sol e eu me encontro dentro dela. Há diversos tipos de teorias que nunca mais precisarei testar.

Quando eu tinha 16 anos, meu pai me levou a um canto e disse: "Lucille, um dia desses você vai acordar e se dar conta de

O tipo de gente a quem você confia a própria vida

que passou a vida toda numa sarjeta com o pé de outra pessoa sobre o seu pescoço."

Acho que o que ele disse talvez se aplique a Erik. Lutei a vida inteira para não deixar que se aplicasse a mim.

— Vou lhe dar mais uma coisa para contar aos amigos — diz Bobby, mas o que quer que seja, eu sei que já tenho o bastante.

Estou num avião sem motor, planando sobre o meu próprio lar nas Montanhas Rochosas, girando e rodopiando sobre campos da cor dos anjos. Acabamos de dar mais um mergulho em alta velocidade que acabou numa cambalhota de barril. E Bobby diz que nem ao menos começamos.

Todo o peso de quem sou

Nunca é muito fácil ir de Hope a Provincetown. Naquela noite isso significava seis horas de carro até Albuquerque, um vôo de Albuquerque para Denver, outro de Denver a Chicago, mais um de Chicago para Boston e, enfim, três horas numa lata-velha alugada, um Chevy Cavalier conversível com o silencioso ferrado, até o extremo do Cape.

O inverno em Hope havia sido longo, a primavera mais fria do que qualquer um conseguia se lembrar e sua chegada, mais lenta. Minha série de céus noturnos havia sido aceita por seis galerias da Costa Leste, de Boston a Washington, D.C., e as fotografias estavam ficando famosas o bastante para eu começar a achar que ia dar para pagar os impostos atrasados da fazenda, no fim das contas.

Eu tinha uma oficina para dar no Centro de Belas-Artes de Provincetown no dia primeiro de julho. Uma tempestade de neve inesperada varreu Hope na noite em que eu arrumava as malas.

Valsando com a gata

Ao chegar a Provincetown, fui direto para Commercial Street e me convidei para jantar: lagosta e meia garrafa de um bom Chardonnay californiano. Senti vontade de escrever essa frase exatamente assim, naturalmente, como se me convidar para jantar num restaurante elegante fosse algo que faço com regularidade, muito embora depois de viver 35 anos praticamente sozinha, essa fosse a primeira vez que eu fazia isso.

O restaurante zumbia com um som agradável, o zunzunzum de amantes e de famílias em férias. Li cada item do cardápio duas vezes e tentei estampar uma expressão agradável e confiante no rosto.

Gostei da garçonete, embora pelo jeito de falar bem que poderia ser fotógrafa também e, por um instante, tive esperança de que ela reconhecesse o meu nome no cartão de crédito, mas ela não reconheceu.

De volta à Commercial Street, começava a escurecer e o desfile estava a todo vapor: um latino de mais de dois metros, impressionante num vestido preto decotado nas costas e sapatos de salto-agulha; homens usando couro e látex e pregadores de roupa enfeitando a escadaria da agência dos correios e um Chrysler conversível cheio de debutantes travestidos, com perucas farfalhando no ar pesado de cheiro de peixe.

Os gays subiam e desciam a rua em bandos, as lésbicas em pares, o desejo tão tangível quanto o *patchouli* que impregnava o ar. Até mesmo os raros casais heterossexuais, alguns dos quais pareciam não se tocar há anos, andavam coladinhos, embora fosse impossível dizer se o faziam por medo ou por desejo reaceso.

O nome da loja era Brinquedos de Eros e eu já havia visto uma igualzinha a ela quando morava em Oakland, embora nunca tivesse tido coragem de entrar. Olhei para os brilhantes vibradores de aço, para os arreios de couro sobre o qual poder-se-ia montá-los, para as capas dos manuais de instruções sobre amor lésbico. Perguntei-me por que havia entrado naquela loja e coloquei a culpa no Chardonnay.

— Se quiser qualquer tipo de demonstração, é só falar — disse a balconista. Tinha cabelos negros e usava aparelho nos dentes; vestia uma blusa de couro preto, justa e amarrada na frente.

Numa vitrine, no fundo da loja, havia uma variedade de vibradores japoneses feitos de plástico macio e translúcido em cores discretas e com algum tipo de animal preso à base, curvando-se para fora, e, depois, para dentro. O canguru, o coelho, o grande urso marrom, narizes e orelhas viradas para dentro, em posição de alerta.

— Não são lindos? — comentou a garota. — E dá para controlar a velocidade dos animais independentemente do resto.

— Vou querer o coelho — disse, como se estivesse pedindo jantar num restaurante francês, como se eu gastasse 85 dólares num vibrador japonês todos os dias.

— Vou ter de testá-lo para você — disse ela. — É nossa política não aceitar trocas. — O vibrador fez círculos lentos, a seguir mais rápidos; o coelho se escondia, estremecia no ar.

Meu cartão de crédito mal havia deixado minhas mãos quando o sorriso dela ficou ainda maior.

— Ei, eu conheço você — declarou. — Vi suas fotos em Boston. Você vai dar aulas aqui esta semana. Tentei folgar para poder fazer a sua oficina.

— Obrigada — agradeci.

Valsando com a gata

— Adoro as suas fotos, e agora sei de qual tipo de vibrador você gosta. — Ela riu sem maiores afetações. — Estou brincando. Divirta-se com ele.

Havia 12 fotógrafos em minha turma, provenientes de todos os cantos da Costa Leste. Uma delas, uma mulher de Connecticut chamada Marilyn, se parecia o bastante comigo para passar por minha irmã. Eram todos inteligentes e firmes, com aquele jeitão que o pessoal do leste tem e que sempre me surpreendia. Deixei-os ir após uma hora de apresentações mútuas com o palpite de que aquela seria uma boa semana.

Depois da aula vi o meu nome no quadro de avisos, escrito em vermelho.

"Brinquedos de Eros ligou. Você esqueceu as pilhas." Cada letra da mensagem tinha uns seis centímetros.

— Você precisa mesmo — começou Marilyn diante de um sorvete de chocolate com calda de amoras no terraço do restaurante Bubula — é de um simpático corretor de valores.

— Eu nem ao menos sei o que é isso — confessei.

Dorothy, amiga de Marilyn, disse a ela que se comprasse um maço de Dunhills e saísse andando por aí exibindo-os de forma bastante visível, significava que ela era uma lésbica à procura de amor. E como Marilyn não era nenhuma das duas coisas, e sim mulher de um corretor de valores com uma casa enorme e três filhos, ganhou meu coração para sempre ao tirar um maço de Dunhills de dentro da bolsa e colocá-lo sobre a mesa, entre nós duas.

— A verdade é — comecei — que não conheci um único homem ultimamente que não tenha sido desqualificado nos primeiros cinco minutos. Estou pensando cada vez mais seriamente em tentar alguma coisa com uma mulher. Tenho pensado em ir até a China adotar uma menina.

— Era assim que minha irmã se sentia — contou Marilyn —, até conhecer Roger. Antes disso, passou por todo o tipo de ruindade que você puder nomear.

Naquele exato instante, em meio a todo aquele couro e cabelos espetados e pintados, emergiu um casal heterossexual. Ela era loura, de cabelos longos, usava um vestido simples de veludo verde e carregava um bebê numa mochila entre os ombros estreitos. Ele usava um terno de seda crua com mocassins, segurava a mão dela e fazia gracinhas para o bebê. Chamavam atenção em Provincetown na mesma medida, pensei, que o conversível atulhado de debutantes teria feito em Hope.

— Esses dois parecem ter conseguido fazer a coisa funcionar — comentou Marilyn, rindo. — Não vá me dizer, nem por um minuto, que você não gostaria disso.

— Você já notou como as lésbicas desses casais se parecem uma com a outra? Quero dizer, na altura, no peso e até mesmo no corte de cabelos?

— Chamam isso de espelhamento — revelou. — Dorothy me contou que tem a ver com auto-estima e aceitação do próprio eu.

— Eu não sei se isso funcionaria para mim.

— Diria muito sobre como você se vê — observou ela.

— Minha mãe costumava dizer assim: "Lucy, se da primeira vez em que olharem para você virem uma garota gorducha, não importa o que você disser ou fizer depois disso, você sempre será uma garota gorducha aos olhos deles."

Marilyn me olhou de cima a baixo. Eu estava em plena forma devido a um inverno inteiro de esqui *cross-country*; os músculos estavam tesos, braços e pernas alongados e fortes.

— E como você era naquela época? — foi o que finalmente perguntou.

— Exatamente igual a qualquer garotinha magrela que vivia enfiada em shorts de calças jeans cortadas e camiseta. Tenho fotos como prova, muito embora nunca tenha vivido um único dia sem me achar imensa como um elefante.

— Eu também — revelou, e começou a brincar com o sorvete. Olhei para o seu corpo, forte e bem proporcionado, a pele bronzeada da cor de jacarandá.

— Nunca contei isso a ninguém — confessei.

— É esse pessoal todo transando por todos os lados. Acho que pega, deixa a gente mais livre. — Ela tirou um Dunhill de dentro do maço e deixou-o entre os dedos, sem acender.

— Minha mãe me colocava com as mãos debaixo da torneira — contou — e me fazia ficar espremendo comida com as mãos para me dar a ilusão de digestão.

— Todas as manhãs — comecei —, quando eu tinha cinco anos, minha mãe dizia, "Vamos ver se a gente consegue passar o dia todo, até a hora do jantar, sem comer nadinha."

— Tínhamos regras muito complicadas quando saíamos para jantar — disse Marilyn. — O que era sempre: entradas e sobremesas, nunca, e se você quisesse ganhar mais alguns pontos podia pedir...

— Uma entrada no lugar do jantar e tinha de pular o pão.

Todo o peso de quem sou

— Ainda não consigo comer pão. Mas acho que foi a única neura que sobrou.

— Eu penso assim — filosofei —, se eu não passasse mais um único minuto me sentindo mal sobre a minha forma física, o que faria com todo o espaço que sobraria em meu cérebro?

— Amaria alguém, teria filhos, todas aquelas coisas da vida real que as pessoas fazem quando conseguem deixar a mente um pouco de lado.

— Então talvez seja uma boa idéia se apaixonar por um espelho — declarei.

— Ou por um homem capaz de lhe mostrar que sua mãe estava errada.

Pensei em Carter Thompson, que disse que meus punhos não eram finos o suficiente e em Erik, cujo interesse sexual desapareceu quando parou de beber e não retornou quando voltou à ativa.

— Há um motivo pelo qual nossas mães eram assim — disse Marilyn. — Mas não precisamos falar nisso se isso a assustar.

— Não, eu sei o que você quer dizer — respondi, embora não estivesse bem certa de que sabia.

— Entenda isso com clareza e haverá um grande amor lá fora, à sua espera — finalizou Marilyn. — Eu sei que sim. — Ela enfiou os Dunhills outra vez dentro da mochila e fez sinal para trazerem a conta.

A extremidade de Commercial Street estava fechada para os carros e uma banda tocava na rua. Os músicos eram da África, metade brancos, metade zulus, e eram acompanhados

Valsando com a gata

por uma dançarina zulu, uma mulher três vezes o meu tamanho enfiada no que minha mãe teria chamado de uma fantasia pouco lisonjeira e, quando ela dançava, quando movia o corpo — ao que parecia, metade ao som da música e a outra metade ao som do ritmo que pulsava dentro dela —, até mesmo o mais duro entre nós tinha de dançar bem ali, no meio da rua.

No palco, os homens e a mulher imensa faziam uma dança zulu de guerra, um movimento tão antigo quanto a África no qual os guerreiros parecem erguer uma perna de cada vez, passá-la por cima e por trás da cabeça.

— Isto certamente impressionaria qualquer tribo inimiga — disse Marilyn, e então começou a dançar.

Comecei a dançar, também, lentamente de início e então cada vez mais rapidamente à medida que a música ia ganhando força. Atirei braços e pernas para cima de maneira que me fez esquecer — por um instante e, depois, por mais tempo — de me preocupar com a minha aparência e eu sabia que se pudesse continuar a dançar exatamente daquele jeito para sempre, Marilyn estaria certa e um grande amor estaria a caminho.

Terça à noite, dei minha palestra sobre técnicas de fotografia para toda a comunidade de Belas-Artes e foi depois disso que ele me abordou. Estava chovendo do lado de fora do auditório, eu estava de capuz e me lembro de ter pensado que devia estar parecendo uma idiota, mas que pareceria uma idiota ainda maior se tirasse o capuz da cabeça em meio a uma chuva como aquela.

— Você é Lucy O'Rourke? — indagou. — Meu nome é Marcus. Marcus Larisa. Adoro o seu trabalho. Tudo o que já vi seu. Quis dizer isso a você, pessoalmente.

— Você é o pintor? — perguntei. Marilyn havia me contado que o sujeito que estava dando um seminário sobre pintura era bonitinho.

— Não, não. Trabalho na biblioteca pública de Nova York, fazendo captação de recursos na maioria do tempo, o que me dá alguma oportunidade de escrever. Estou passando duas semanas aqui para terminar um livro sobre a história do Cape.

Ele estava pegando chuva, que agora caía com vontade, mas não parecia notar. Seus cabelos eram pretos e ficavam ainda mais escuros devido à água da chuva. Uma gota ficou presa nos seus cílios por um momento e desceu correndo até um sinal minúsculo em sua face.

— Ouça, gostaria de sair comigo uma hora dessas? — perguntou ele.

Debaixo do capuz, ergui as sobrancelhas.

— Amanhã à noite. Ou quem sabe na quinta?

— O que vai fazer neste instante? — perguntei.

— Nada — respondeu ele, embora desse para ver que os amigos o aguardavam.

— Então, espere aí só um minuto. Vou pegar as minhas chaves. Você quer um casaco, ou algo assim?

— Não — disse ele. — A chuva já vai parar.

Percorremos toda a extensão da Commercial Street até ela terminar num quebra-mar de três quilômetros com mais de mil toneladas de pedras trazidas de algum lugar e colocadas numa linha tão reta quanto uma estrada, atravessando a enseada de Provincetown por mais de um quilômetro e meio, estendendo-se até os faróis de Wood End e Long Point.

Valsando com a gata

A chuva havia parado e se transformara numa névoa que circulava feito um chicote no vento da noite e fazia as luzes da cidade parecerem bolas de Natal. Eu ainda usava o vestido com o qual havia dado a palestra, mas tive o bom senso de trocar os saltos altos por sandálias Teva. Ainda assim, as pedras escorregavam e eu não conseguia ver os pés com o vestido ondulando ao redor dos tornozelos.

Há cinco histórias que conto quando quero que alguém se apaixone por mim, seriamente ou só por esporte. São histórias de viagens, em grande parte, aventuras que tentei contar com minha câmera, mas que, por algum motivo, eu comunicava melhor com palavras. Eu estava na terceira delas — da vez que estava em Belize e fiquei presa durante duas semanas por ter tirado fotos noturnas de entregadores de drogas descarregando os seus Sea Otters depois da arrebentação —, quando Marcus me perguntou se me sentia desconfortável em ficar conversando, apenas. Então, indagou por que eu não era casada.

— Eu sempre escolho o homem errado — confessei. — Fiz fama com isso. Meu amigo Henry diz que consigo transformar qualquer homem no homem errado.

— Pelo visto isso faz de você a mulher errada.

— Às vezes. Nas outras vezes, eles não passavam de fracassados. Mas todos me proporcionaram fotos, todos me proporcionaram histórias.

— É só isso que os fracassados têm a oferecer, não é mesmo? Histórias.

— Na pós-graduação, nos diziam que era só o que havia — comentei —, a imagem e a história que podíamos contar com ela.

— Pós-graduação — repetiu ele. — Um bando de gente falando pelas beiradas quando não há nada no centro.

— Está falando de mim. Mas estou tentando mudar.

— Eu também — concordou e tomou a minha mão.

Quando já havíamos percorrido uns 800 metros, o vento começou a uivar e as ondas iam avançando por cima das pedras e formando pequenas poças aos nossos pés.

Tudo o que eu sabia sobre a Nova Inglaterra litorânea caberia no bolso de meu vestido longo e colorido, mas eu achava que me lembrava de alguma coisa sobre as marés mudarem muito e rapidamente.

— Ei — comecei, ficando sobre uma pedra enquanto Marcus saltava para outra —, você por acaso sabe o que está fazendo aqui?

— Eu não. Achei que você soubesse.

Então ele me transferiu de minha pedra para a sua e me beijou e, muito embora fosse cedo demais, eu o beijei de volta.

— Acho que pode ficar assustador — comentei —, se a maré entrar rápido demais. Que tal a gente vir amanhã? Sem que eu esteja de vestido.

— Está querendo dizer que quer me ver amanhã? — perguntou e, quando virou a cabeça para mim, constatei que seu rosto inteiro ria.

— É isso — respondi, muito embora não tivesse parado para pensar que havia uma resposta tão fácil e ele deu um apertão em minha mão e nos viramos em direção às luzes de Commercial Street, em direção ao meu quarto no Centro de Belas-Artes.

Valsando com a gata

No sofá, ele colocou os meus pés em seu colo e começou a massageá-los com a maior naturalidade, como se fizéssemos aquilo há 20 anos. Ele me disse que eu parecia estar cansada e eu lhe disse que não estava, o que era verdade, mas ele interpretou aquilo como um convite para me beijar outra vez. Eu gostava do modo de ele me beijar, gostava do sabor de sal em seu bigode, gostava de enfiar as mãos naquela cabeleira negra toda.

Da primeira vez em que suas mãos tocaram o meu peito, eu o afastei.

— Muito bem — interrompi. — Agora conte-me a sua história.

Ele se recostou no sofá e olhou no fundo dos meus olhos:

— Eu tenho um filho lindo que é o centro de minha vida. Passei muito tempo num casamento horrível e um dia acordei sabendo que ele havia acabado. Eu ficava casado pelo menino, mas pouco a pouco pude ver que seria melhor pai se fosse um homem mais feliz. Agora tenho a minha própria vida. Os últimos três anos tiveram tudo a ver com a tentativa de viver com autenticidade e eu sei que deve estar funcionando ou eu jamais teria tido coragem de convidá-la para sair.

— É uma ótima história — comentei, para então acrescentar: — Se quiser, pode me beijar mais um pouco.

Talvez tenha sido por causa de seus olhos castanhos; da última vez que um menino de olhos castanhos me beijou, eu tinha 17 anos. Talvez tenha sido o efeito de estar de volta à Costa Leste de minha infância. Talvez tenha tido algo a ver com a sensação dos meus ombros nus roçando contra o sofá vagabundo de veludo cotelê. Mas eu não deixei que ele tirasse a minha blusa aquela noite e, finalmente, pedi-lhe que fosse embora.

— É só porque eu gosto muito, muito de você — declarei, e falava sério.

— Você gosta muito, muito de mim, mas...

— Eu gosto muito, muito de você, ponto final. E por isso quero que você vá para casa.

— Como antigamente — começou ele, e pelo seu sorriso pude perceber que acreditava em mim. — Como os amantes de "Ode a uma Urna Grega".

— Exatamente — confirmei, embora não conseguisse lembrar grande coisa a respeito dos amantes em questão. — Amanhã à noite. A gente caminha até onde as pedras forem dar.

Depois da aula, Marilyn e eu fomos tomar sorvete. Baunilha de máquina, exceto que em Provincetown eles misturavam baunilha com psicodelia: verde e rosa e amarelo e azul.

— Acho ótimo — disse ela. — Só estou falando para você não dormir com ele.

— Ele beija bem — contei. — E depois de beijar, ele me olha dentro dos olhos. — Caminhamos até o fim do cais, onde os pescadores descarregavam seus barcos.

— Você não tem nenhum interesse em se proteger, Lucy?

— Está falando de camisinhas? — indago.

— Não, estou falando de seu coração.

Uma centena de gaivotas encheu o espaço acima de nossas cabeças, enquanto o sol se escondia por trás do vilarejo e o céu se tingiu de alguma cor entre o rosa e o azul.

Valsando com a gata

— Tudo de bom que consegui nesta vida consegui mergulhando de cabeça — comentei.

— Claro, claro. E tudo de ruim que conseguiu nesta vida conseguiu mergulhando de cabeça.

Não havia como rebater aquilo, então fiquei quieta. Observei um barco de pesca se aproximar do cais no instante preciso em que uma caminhonete estacionou para recebê-lo. Um homem de cabelos escuros acenou e sorriu, virou-se e xingou o motor. A mulher que estava no carro correu para pegar a corda da popa e a amarrou rapidamente à terra.

— O que é que ele faz? — Marilyn quis saber, e eu sabia que ela queria dizer "da vida" e, quando eu lhe disse que era historiador, ela franziu os lábios como quem diz, como eu suspeitava, como se historiadores tivessem ultrapassado cantores de rock no banco consolidado dos corações partidos.

— Ouça, Lucy, se você não dormir com ele e ele nunca mais telefonar, não vai ter perdido coisa alguma. — O pescador se alçou para cima do cais usando apenas os braços e, então, inclinou-se para dar um beijo longo e profundo na mulher.

Se eu não dormir com ele, pensei, vou ser a única pessoa em Provincetown que não está transando com ninguém.

— Marilyn, estamos na década de 90 e nos anos 90 existe um argumento que alega que, se eu dormir com ele e ele não me ligar depois, eu já vou ter lucrado alguma coisa.

— Você sabe, no fundo de seu coração, que isso é uma bobagem — disse ela.

— Eu sei, no fundo de meu coração, que você se preocupa comigo — declarei, passando o braço em torno dos ombros dela. — Marilyn, eu tenho 35 anos e estou nervosa sobre o encontro desta noite como nunca na vida. Será que isso não conta para nada?

— Há um motivo pelo qual você faz essas coisas, Lucy — começou ela —, e você sabe naquele lugarzinho mais fundo do seu ser, que isso não é bom.

— Você tem toda razão, mas cá estou outra vez.

— Diga a ele o seguinte por mim — ameaçou ela: — se ele voltar para Nova York e contar para todos os modelitos artistas com quem ele convive que comeu Lucy O'Rourke, eu vou atrás dele. Eu sei onde essa biblioteca fica. Não pense você que eu não iria.

— Por que você mesma não diz isso a ele? Por que não vem ao meu quarto e espera comigo até ele vir me buscar?

A batida na porta soou exatamente às 20h04. Marilyn e eu ficamos de pé ao mesmo tempo, mas eu cheguei lá primeiro. Ele vestia camisa branca de algodão e calças de linho cor-de-oliva. Quantas vezes, nos últimos 15 anos de caubóis e carpinteiros, pensei, eu havia desejado um homem que soubesse se vestir.

Pedi licença para ir até o quarto — agora que eu havia visto o que ele vestia — para decidir o que usar.

Enquanto eu fazia as malas, lá em Hope, lembro-me de ter pensado: *não importa o que vou vestir se todo mundo lá é gay* — e agora estava pagando caro por isso. Eu tinha três opções para escolher. Nenhuma delas era boa.

Se usasse a camisa de algodão pesado por cima de uma saia florida, eu pareceria ser mais ou menos magra, mas nem um pouco sexy. Se usasse a túnica de raiom, dupla face, ficaria arrumadinha, porém escondidinha numa barraca de camping. Se eu usasse o vestido preto com fendas laterais e decote, ele veria muito de tudo o que há de mais errado comigo.

— E o que você vê quando pensa no futuro? — ouvi Marilyn perguntar, e tratei de me apressar.

Eu vesti cada uma das três roupas três vezes, me olhando fixamente no espelho e encolhendo a barriga, odiando meus quadris e minha cintura e minha barriga, amaldiçoando minha mãe por fazer com que, mesmo me olhando no espelho, eu não tivesse a menor idéia se estava bonita ou feia.

Acabei escolhendo a camisa de algodão baseada na teoria de que a autoconfiança é mais sexy do que um belo decote, abri a porta e fui ao seu encontro.

Martin House tinha assoalho de madeira, toalhas de mesa antigas e um cardápio de sobremesa que incluía os preços de todas as obras de arte expostas nas paredes. As opções eram intermináveis: massa com tinta de lula e *carpaccio* de salmão e purê de batatas com caviar. Eu ficava manuseando o menu, sem parar.

Há algo com relação à felicidade ao qual o meu corpo não está acostumado. Eu não conseguia imaginar, por exemplo, estar feliz e comer, ao mesmo tempo. Estava tendo dificuldades em me concentrar no menu, as palavras estavam ali, paradas, sedutoras de sua própria maneira, mas sem fazer muito sentido. E se escolher estava sendo tão difícil, fiquei imaginando o que aconteceria quando a comida chegasse. Ao colocá-la na boca, seria eu capaz de engoli-la, de me lembrar de coisas simples como segurar a faca e o garfo?

Marcus parecia estar tendo um problema parecido e já havia mandado a garçonete embora duas vezes, quando me lembrei do minúsculo quadro-negro que se encontrava sobre a nossa mesa.

— Os pratos do dia — observei.

E ele disse:

— Boa idéia.

— Eu não consegui dormir ontem à noite.

— Eu sinto muito — disse ele. — Deve ter sido por causa da minha mancada.

A garçonete passou pela terceira vez, mas não parou.

— Eu não dormi porque estava feliz.

— Porque estava feliz — repetiu. — Por que não me disse isso logo? Por que guardou esse segredo tanto tempo?

— Você quer dizer, durante tantos meses? — perguntei.

— O que será que está acontecendo aqui, hein? — brincou, e seus sapatos se fecharam em torno dos meus, debaixo da mesa.

— Alguma coisa — respondi, inaudivelmente. Mas ele ouviu.

Eu me deslocar pela rua naquela noite foi menos como caminhar e mais como flutuar, entre bandos de homens vestidos de couro e drogados em frente a bares cheios de mulheres tatuadas e homens despindo seus vestidos. Vi uma placa de madeira que dizia Café Heaven e pensei, *deste dia em diante, é aqui que venho comer.*

Valsando com a gata

Caminhamos até o fim do píer dos pescadores onde, três horas antes, Marilyn havia me feito jurar que eu não dormiria com Marcus. Na fábrica de enlatados, um gerador fazia clique, ligando e desligando, e ele me colocou sentada sobre uma das pilhas e me beijou. Então, ele listou cada um dos motivos corretos para se apaixonar por mim e me falou das partes de meu corpo que havia visto até então e das quais gostava.

De volta ao veludo cotelê marrom, nos beijamos até dar início a algum tipo de frenesi, mas cada vez que ele ia tirar a minha blusa, eu a vestia rapidamente outra vez. Por algum motivo, eu não havia imaginado essa cena ao escolher o que vestir, em como o cós da saia ficaria em contraste com a brancura de minha cintura. As luzes daquela sala eram muito fortes e eu estava ainda mais preocupada com a cama.

— Você não está preparada para fazermos amor — disse ele. — Eu sei disso. — E fiquei chocada ao ouvir aquela verdade sair de sua boca. — Mas eu quero ficar deitado com você no escuro — continuou —, abraçar você, dormir e acordar ao seu lado e levá-la ao Café Heaven para tomarmos café da manhã. — Ele olhou para mim como se tudo soubesse, apagou a luz e me pegou pela mão.

No dia seguinte, minha turma e eu trabalhamos tão bem que passamos duas horas além do combinado. Às sete e meia da noite, exatamente, Marcus mais uma vez bateu à minha porta.

Caminhamos até as dunas que circulam a extremidade da ilha e ficamos deitados de barriga para cima. Três raposas brincavam na areia logo abaixo de nós e, embora não houvesse

Todo o peso de quem sou

lua, dava para vê-las à luz das estrelas, ouvindo os sussurros de suas patas cavando a areia.

Eu vestia o menos audacioso dos dois trajes rejeitados na noite anterior. Era colorido, justo e quase comprido, um tanto estreito na altura dos tornozelos; enfim, não era o melhor vestido para caminhar no quebra-mar, mas fomos parar lá.

A maré ia enchendo por entre as pedras, abaixo de nós, e fazia o som do rio Grande na primavera, bem do lado de fora de minha casa, e eu contei para Marcus a respeito de Hope e do lugar que minha avó havia deixado para mim. Falei de como o pasto ficava coberto de lupinos após uma boa chuva de verão, de como os álamos adquiriam padronagens tão complexas e regulares quanto as lãs mais finas, espalhando-se como um manto indígena sobre os morros que subiam de encontro ao Divide.

Podia imaginá-lo indo me visitar; imaginar sinos de trenós nos cavalos numa manhã fria de Natal, o fogo aceso no fogão a lenha e as pradarias silenciosas como uma prece.

Eu sabia que se prestasse bastante atenção para a água, ela me diria tudo. Eu havia pedido a ela, durante todos esses anos, repetidamente, que me perdoasse e achei que Marcus podia ser a sua resposta, a sua bênção, o seu presente.

— No que está pensando? — perguntou Marcus.

— Que eu não sei ser feliz — respondi. — Forte, animada, espontânea, até mesmo brilhante, mas este negócio de felicidade se parece com as roupas de outra pessoa.

— Olhe só — disse ele, apontando para os intervalos entre as pedras, logo adiante, que pareciam irradiar mais do que reflexos das luzes da cidade. Ao nos aproximarmos, ela foi ficando mais e mais forte, aquela luz submarina, e nós nos deitamos sobre as pedras para ver do que se tratava.

A primeira coisa que me passou pela cabeça foi Deus ou, talvez, Carlos Castaneda. A segunda foi que algum excêntrico de Provincetown havia montado um espetáculo subaquático de luzes, algo de secreto e lindo para impressionar quem quer que estivesse paquerando.

Mas quando chegamos nossos rostos pertinho da água, não vimos lâmpadas afixadas e sim partículas de luz extremamente velozes. Deviam ser centenas de milhares delas se movimentando ao mesmo tempo através dos espaços abaixo de nós, colares de diamantes de luzes com as pedras submersas servindo de baús para guardar tais tesouros. Eram esteiras de vapor iluminado, *hippurus vulgaris* de luzes, como se estivéssemos olhando para o céu, e não para o mar e a terra estivesse girando com tanta rapidez que a Via Láctea havia enlouquecido.

Marcus se abaixou e, ao se levantar, trouxe um punhado de luz aquosa que deixou cair sobre meu braço nu. Desci até a parte de baixo do quebra-mar, levantei o vestido e enfiei os pés dentro d'água. As luzes os atravessaram e passaram por entre os dedos. Eu enfeitava a noite chutando arcos de água acima de minha cabeça. A essa altura, meu vestido estava encharcado e eu o despi e mergulhei na água iluminada. Quando abri os olhos debaixo d'água, tive a sensação de estar nadando por entre as estrelas.

Marcus ficou sentado na beirada, me olhando, descalço, as calças de sair enroladas e os pés dentro d'água.

— Venha aqui — pediu, depois de eu fazer alguns círculos. Então nadei até ele e tentei puxá-lo para mim, mas ele me

Todo o peso de quem sou

puxou para fora da água e me pousou ao seu lado. Estava escuro, mas não de maneira que ele não pudesse me ver. Apertei bem os olhos, tentando enxotar a vergonha.

— Você está linda — disse ele. — Olhe só para você, Lucy, por favor, abra os olhos.

E eu os abri e olhei para baixo e vi que a luminescência havia colado em mim enquanto eu saía da água: estava grudada em meus seios, em minhas coxas e em minha barriga, empalidecendo ao entrar em contato com o ar, mas reavivando nos locais onde a mão de Marcus tocava a minha pele.

Juntos, ficamos olhando as luzes faiscarem e empalidecerem e então ele enchia as mãos com mais luz e a deixava pingar pelo meu corpo, parte dela colando, a outra parte escorrendo. Olhou para mim nesse momento — me absorvendo, me aprendendo de cor — e fez isso por tanto tempo que achei que não iria agüentar, mas agüentei.

Senti frio por um momento, o vento da noite sobre meu corpo molhado e imóvel, mas logo os dedos dele estavam sobre mim, apagando as luzes, uma a uma como se fossem velas e então foram parar dentro de mim, sua boca em meu pescoço, sua voz em meu ouvido, um outro tipo de carícia, e eu me senti tão quentinha sob o seu toque que tive a impressão de que as luzes tinham ido parar dentro de mim.

— Eu vou cair — disse uma voz que eu reconhecia como minha, vinda da parte de mim que sabia que as pedras eram íngremes e pontudas e que eu jamais sobreviveria àquele grau de prazer, embora todo o resto de mim, em silêncio, dissesse assim: *é um preço muito baixo a ser pago.*

Valsando com a gata

— Está tudo bem — disse ele. — Segure-se bem. — Então eu apertei os braços ao redor de seu pescoço e deixei que ele segurasse todo o peso de quem sou.

Na manhã seguinte, estávamos de volta na Commercial Street e ele disse:

— Outro dia aconteceu a coisa mais incrível numa reunião dos AA — e as minhas entranhas congelaram de tal maneira que não soube como continuei a andar —, um sujeito que conheço de Nova York veio passar o fim de semana aqui. Ficou com medo de ir sozinho, então eu fui junto — continuou ele e eu voltei a respirar.

Então fomos ao Centro de Vida Marinha e descobrimos que aquelas luzes eram microorganismos chamados de bioluminescência. A voluntária disse que precisavam do calor da mão para acender, de algum tipo de fricção, e eu fiquei rubra ao ouvir isso, embora ela não tenha notado.

A próxima parada foi uma joalheria. Uma lembrança, ele havia dito; acho que usou a palavra "brincos" e eu admiti que gostaria de guardar alguma coisa. Mas, lá dentro, a música estava alta demais e de repente lá estava ele com aquele anel na mão — de prata nas beiradas com uma faixa de ouro no meio — dizendo, achei este lindo, Lucy, o que você acha?

Tirei o anel de suas mãos e segurei-o na minha, sentindo o peso da prata, a delicadeza do ouro. Fiz um barulhinho para demonstrar a minha aprovação, fiz que sim com a cabeça, deixei escapar um murmúrio. Ele pegou o anel de volta, contou o dinheiro, viu que tinha quarenta dólares menos do que o preço do anel, virou a carteira de cabeça para baixo e declarou:

Todo o peso de quem sou

— É só o que tenho.

Eu me firmei no peitoril da janela e olhei para fora. O quintal da frente da loja estava cheio de Barbies e Kens em poses sugestivas — devia haver pelo menos uma centena. Um Ken vestido de noiva saltava de um ônibus para os braços de outro Ken. Duas Barbies vestidas de couro iam montadas numa bicicleta para o Baile dos Transformistas. Outro Ken encontrava-se sentado, felicíssimo, coberto até a cintura num pote de margarina, braços e pernas apontados para o céu.

Voltei-me outra vez para Marcus e ofereci-lhe a mão direita e prendi a respiração enquanto ele deslizava o anel pelo meu dedo.

Mais tarde, nas dunas onde Eugene O'Neill escreveu a sua obra-prima, assistimos ao sol afundar nas águas profundamente azuis da baía.

— Como é lindo, não? — comentou, olhando o anel. Então caiu de joelhos como se fosse rezar e pôs-se a socar a areia com os punhos fechados.

— O que foi? — perguntei, quando ele caiu de costas, os olhos fechados, um dos braços compridos atirados por cima do peito e os dedos dos pés chutando areia ao vento.

— A professora é você — disse ele, ainda de olhos fechados. — Descubra você.

— Você me ama — concluí, visto que era a única resposta plausível e então ele mais uma vez se ajoelhou e me puxou para perto de si.

— Eu amo você — repetiu ele. Simples, assim.

Valsando com a gata

Na última manhã, subo as escadas correndo até o quarto de Marilyn, no alojamento, tentando alcançá-la antes que voltasse para casa. Estava encostada na cabeceira da cama, lendo um livro enorme.

— Eu não vou a lugar algum — revelou. — Conversei com o corretor de valores ontem à noite. Ele disse que mereço mais uma semana de sombra e água fresca. Se puder, fique também. — Ela dá um tapinha na cama, ao seu lado, para que eu me sente.

— Eu bem que gostaria — afirmo —, mas vou levar Marcus em casa, no North Bronx e prometi a meu pai que passaria a noite na casa dele.

— E daí vai voltar até Boston dirigindo para pegar o seu vôo de volta para casa?

— Eu sou uma verdadeira guerreira das estradas no Cavalier — declaro. Passo um dedo sobre a fotografia do corretor de valores que se encontra ao lado da cama.

— Bonitinho ele — eu disse.

— Me parece muito chão por dois homens que talvez não estejam exatamente interessados no que é melhor para você — opinou. Então pegou um travesseiro e colocou sobre a barriga.

— Ele disse que me amava.

— Seu pai?

— Claro, claro.

— Lucy, não é possível que Marcus já a ame.

— Eu não sei — comentei, puxando o travesseiro de cima de seu colo e batendo em sua cabeça com ele. — Estou me sentindo bastante amável neste momento. — Uma imagem das luzes sobre o meu ventre nu voltou à minha mente clara e nitidamente. — Sabe alguma coisa sobre a bioluminescência?

— Um pouco, embora não a presencie há muito tempo.

— Nadamos em meio a ela ontem à noite — contei. — Queria que você tivesse estado lá.

— Fico contente por não ter estado.

— Não, é sério, Marilyn. Acho que você teria amado ver o seu corpo coberto com aquelas luzinhas. Acho até que eu amei o meu.

— Eu, não — discordou. — Não nesta vida.

— Tenho um presente para você — afirmei. Voltei até a porta de tela onde havia deixado a fotografia emoldurada, encostada na parede. Era a foto que tirei de Marilyn enquanto dançava na rua, seu corpo serpenteava, tornado mais lento pela abertura do diafragma e pelo crepúsculo, os olhos fechados, o Dunhill apagado ainda entre os dedos, uma expressão de alegria profundamente concentrada em seu rosto.

Pegou a foto de minhas mãos e pude perceber pela sua expressão que ela sabia que estava fabulosa e que sentia vontade de soltar um gritinho bem agudo ou de sair rodopiando ou de fazer qualquer outra coisa de menininha como forma de reação à foto, mas ela se limitou a olhar para a imagem por um bom tempo, satisfeita, e colocou-a sobre a cama.

— E eu tenho algo para você — disse ela, estendendo o livro que estava lendo em minha direção. Chamava-se *Paris was a Woman*, Paris era mulher. — Não tenho a menor idéia se presta ou não. Comprei-o por causa da foto da capa. — Na capa do livro havia duas jovens com roupas da década de 40, sentadas num café de calçada em Paris, concentradíssimas num bate-papo que parecia proporcionar imenso prazer às duas. Marilyn comentou: — Deveríamos ter ido lá, juntas.

Valsando com a gata

— Quem sabe não vamos, um dia — respondi.
— Não — insistiu ela. — Nós deveríamos ter estado em Paris *naquela época*. — Então ela percebeu o anel em meu dedo. — Pelo amor de Deus, Lucy. Eu a deixo sozinha por dez míseros minutos e você se casa!
— Não, não. Só parece uma... mas está na outra mão. Quer dizer... bem, eu não sei ao certo o que quer dizer.
— Pois faça-me o favor de descobrir — disse ela. — Tipo, até o fim do dia.
— E se ele for para valer, Marilyn? E se eu tiver pagado o meu preço, aprendido as minhas lições e isso for o meu prêmio?
— Então, ele certamente não vai se importar que você pergunte o que significa este anel.
— O que é que eu vou fazer sem ter você por perto me dizendo como me comportar?
— O mesmo que eu vou ter de fazer sem ter você por perto para me dizer o que fazer com a minha câmera. De qualquer forma... — continuou ela, me entregando um cartão do corretor de valores com o telefone de casa assinalado —, você sabe onde me achar.
— Seria bom, mesmo assim, ir a Paris — comentei.
— Esta semana, Lucy, Provincetown *foi* Paris — declarou. — E faça o favor de me telefonar para contar como foram as coisas com esse homem.

Descíamos a Rodovia 6 a toda, pois havia muito menos trânsito do que poderíamos ter imaginado para uma tarde de domingo. No colo, Marcus levava as flores do campo que o haviam feito ensangüentar a mão toda ao apanhá-las para me dar. A capota estava arriada e o silencioso, mais barulhento do que nunca. Eu me sentia corajosa com o barulho e a mão no volante.

— Gostaria de vir vê-lo em setembro — declarei.

— Seria ótimo — disse ele com uma voz que deixava claro que não seria ótimo. E foi como se alguém tivesse emendado os rolos errados de dois filmes diferentes; tudo mudou, instantaneamente.

O trânsito ficou complicado perto de East Sandwich e o barulho do silencioso martelava dentro de minha cabeça. O rosto no retrovisor não era da mesma mulher; até mesmo o meu dedo me pareceu inchado e feio debaixo do anel. E ali, no assento do lado do meu, não era mais Marcus e sim Gordon, Carter, Josh, Erik e todos os outros que disseram *me ame, me ame, me ame, mas não tanto assim.*

— Eu não sou como eles — disse Marcus —, embora a minha vida esteja um pouco como a deles no momento. Deixe-me contar a história, Lucy, por favor.

Era uma história típica da Costa Leste, repleta de advogados e terapeutas e um acordo de custódia um tanto retalhado; uma ex-mulher que roubou um garotinho de dentro de um carro e que deixava arengas de 30 minutos na secretária eletrônica dele e um acordo novo prestes a ser assinado — um mundo tão distante do meu que foi preciso que Marilyn me dissesse ao telefone, no dia seguinte, que aquilo tudo significava que Marcus não havia se divorciado de verdade.

O que compreendi, imediatamente, foi que precisaria ser um segredo — pelo menos por algum tempo —, e eu havia me prometido jamais ser um segredo.

Valsando com a gata

O trânsito começou a fluir outra vez. A voz de Marcus era calma e cheia de razão: ele não esperava conhecer alguém tão cedo, o advogado o havia aconselhado a deixar que a mulher levasse o tempo que quisesse para assinar e ele não havia me contado a história toda antes porque era toda tão banal; tudo estaria resolvido dali a meses. E assim ele continuou, com motivo atrás de motivo e tantos motivos que qualquer pessoa razoável teria de enxergar a história exatamente daquela forma para conseguir compreender.

Eu estava precisando de uma concentração do outro mundo para pisar no pedal certo e para fazer com que a mão não saltasse do volante. E todas as repetições de minha vida subitamente começaram a lembrar um engarrafamento numa rodovia da Costa Leste. Estávamos no final do século XX e já não dava mais para saber a diferença entre um Saturn, um Lexus ou um Camaro. Eu queria poder me levar a sério. Queria poder mudar a minha vida.

— Preciso olhar para o seu rosto enquanto temos esta conversa — avisei. — Isto tudo perde um pouco do sentido, se eu não consigo olhar para o seu rosto.

— Então, vamos parar e comer alguma coisa.

O nome do restaurante era Al Fresco e, ao passar pela porta, a única coisa que eu sabia era que estávamos a léguas de distância do Martin House.

— Vão querer vista? — indagou o garçom, sem olhar para nós.

— De quê? — Marcus quis saber e então ganhamos uma: uma janela de frente para o *shopping center*.

Pedi licença e fui telefonar para o meu pai.

Todo o peso de quem sou

— Estou um pouquinho atrasada — avisei. — O trânsito está péssimo.

— Será que você não vê, Lucy — começou ele —, como sempre arma essas arapucas para você mesma? — Mais uma vez, meu coração parou de bater por um minuto, até eu me dar conta de que ele estava falando do fluxo de carros aos domingos.

Só fui compreender que estava chorando ao ver o rosto do garçom. Apontei para o menu: *penne*, pontas de lápis, como minha mãe costumava chamá-las, uma das duas refeições que minha família sempre parecia ter prazer em fazer.

— Diga do que você precisa — disse Marcus. Aquela era uma expressão que podia parecer bastante básica nos arredores de Nova York, mas, sentada ali, eu tinha certeza de que jamais a ouvira.

— Acho — comecei — que vou precisar digerir esta sozinha.

Ele assentiu com a cabeça. A comida chegou. Pareceu-me que apenas alguns segundos haviam se passado quando o garçom voltou e perguntou se havia algo de errado. Pegamos nossos garfos.

— Eu vou, sim, precisar de algo vindo de você — afirmei, os olhos grudados no ravióli que ele ainda nem tinha tocado. Uma torrente de dor começou em meu peito e se expandiu e eu a deixei se enroscar nas batatas das pernas, nos bíceps e ondear para fora de mim pelos dedos das mãos e dos pés. Ninguém jamais havia me dito que podia ser tão físico este rompimento com os velhos modos de ser, esta súbita possibilidade de me libertar.

Valsando com a gata

— Preciso que você me deixe em paz até estar tudo terminado. E não estou falando, apenas, do divórcio, estou falando de tudo. Dos telefonemas no meio da noite, das ameaças de suicídio, das invasões porta adentro às seis da manhã para checar se você está sozinho em sua cama. Eu não quero receber, nem mesmo, um único cartão-postal vindo de você até estar tudo terminado, até você parar de acreditar que é tudo culpa dela.

Lá fora, começava a escurecer. Um vaga-lume veio até a janela flertar, achei, com a vela acesa entre nós dois.

— Você é uma mulher inteligente — disse ele.— Muito mais inteligente do que eu. — E eu tentei não rir em voz alta.

— Sinto dizer que, a esta altura, isto não seja lá grande coisa. Mas talvez venha a ser. Com algumas lições a mais e um pouco de tempo para treinar. Acho que nós dois poderíamos ser.

— Eu juro, Lucy, se você esperar por mim através disso tudo, serei seu para sempre. — E ele dobrou o guardanapo por cima do prato.

Eu não disse *A última pessoa que me disse isso morreu de câncer há quatro anos*. Eu não disse *Os pássaros que comem frutas têm mais tempo para cantar*. Eu não disse que estava exausta do desafio de Castaneda, de ter de agir como se sentisse amor o tempo todo quando a maior parte de mim era medo. Eu não disse o que Marilyn teria dito: que uma pessoa inteligente jamais teria usado o termo *para sempre* na primeira semana. Pensei, por um minuto, nas ótimas fotos que havia tirado de Marcus em Provincetown e na história sensacional que sairia daquilo tudo. Então pensei no que Marcus havia dito sobre fracassados e as suas histórias. Alguns de meus melhores ami-

Todo o peso de quem sou

gos eram fracassados e compartilhávamos algumas histórias ótimas. Mas eu não queria ser como eles, pelo menos não pela vida toda.

— Então está certo — foi o que eu disse, afinal. — Tudo bem.

Levei Marcus os últimos 24 quilômetros até a sua casa. Ficamos sentados dentro do Cavalier, na frente da caixa de correio, ao fim da travessa. Os grilos estavam enlouquecidos, a noite, úmida e tudo cheirava a chá doce.

— Isto é apenas o começo — anunciou ele e me beijou. Então ele me deu as costas e caminhou em direção à casa.

Fiquei um bom tempo sentada ali, tomando sereno, até começar a tremer. Tentei subir a capota, mas meus dedos não conseguiam soltar os trincos. Virei a ignição e comecei a tremer ainda mais. Então, desliguei o carro outra vez.

Era a velha Lucy, pensei, querendo voltar correndo, aquela que nunca havia confiado em ninguém, aquela que sabia que a única coisa que as pessoas tinham em comum era o fato de que, no fim das contas, todas partiam. Ou será que a velha Lucy seria aquela que pisaria no acelerador e sairia cantando pneus e nem ao menos olharia no retrovisor por saber que, se não corresse dali, o veria conversando ao telefone com a ex-ou-não-ex-mulher.

A questão mais importante, é claro, era o que a nova Lucy faria e, muito embora eu estivesse quase certa de que a velha Lucy não estaria por perto por muito mais tempo, eu tinha medo de que a nova Lucy ainda não tivesse surgido.

De volta à rodovia, a situação estava ainda mais confusa. Eu não havia prestado atenção às instruções de Marcus e, ainda que soubesse para onde queria ir, todas as pontes erradas se intrometiam: Tappan Zee, Throgs Neck, até mesmo a Triborough; elas me surpreendiam e eu acabava tendo de pegar a última saída e voltar para a cidade, repetidamente. Cheguei perto de desistir, de parar num posto de gasolina e ligar para Henry para que dissesse tudo aquilo que eu sabia que ele diria, como o fato de eu não me lembrar de nossa regra sobre homens casados, e o que eu achava que seria o resultado final de um caso de uma semana em Provincetown, de todos os lugares e, francamente, Lucy não dava para você fazer uma única coisa certa nesta vida, nem mesmo por acidente?

Henry havia sido o meu salva-vidas mais vezes do que eu gostava de admitir e, por causa disso, ele precisava que eu estivesse prestes a me afogar. Mas eu era mais forte do que a garota que ele tirou de dentro do rio em Cataract Canyon. Eu conseguia nadar e flutuar e caminhar por baixo d'água e até mesmo prender a respiração pelo tempo que fosse necessário, talvez até por tempo suficiente para esperar que o divórcio fosse final, certamente tempo o bastante para atravessar a ponte George Washington.

Na minha quarta e última volta em direção à cidade, eu a vi surgir por detrás da neblina, acima de mim. A cidade iluminava o céu como se fosse dia claro e a ponte estava quase vazia, no frescor das três da manhã. As luzes vindas dos dois lados passavam correndo pelos dois cantos de meus olhos, tão rapidamente, que eu podia fingir que eram a luminescência, o rádio tocava algo jazzístico e monótono e eu sabia que a estrada ia dar na casa de me pai e não achava que faria mais nenhum desvio equivocado.

Todo o peso de quem sou

E foi então, quando cheguei ao outro lado da ponte e vi as placas, que comecei a compreender as minhas opções: havia muitos lugares além da casa de meu pai para eu ir. *Filadélfia. Washington. 80 e Leste.* Parei para pesar a probabilidade do Cavalier chegar até Hope e decidi que, provavelmente, não conseguiria. Então vi que uma placa apontava de volta para a Nova Inglaterra e para o Cape e tomei minha decisão naquele momento.

Eu podia estar de volta a Provincetown a tempo de levar Marilyn para tomar café da manhã no Café Heaven e conversarmos sobre tudo aquilo que tivemos medo de conversar antes. Percorreríamos a Commercial Street e compraríamos apenas itens desnecessários: loção para massagear os pés e xales antigos. Comeríamos lagosta e beberíamos Chardonnay exatamente como eu fiz em minha primeira noite, quando comprei o coelhinho japonês e acreditei estar aberta para qualquer coisa. Eu a levaria ao local onde as luzes dançavam sob as pedras e arranjaria alguma forma de fazê-la nadar em meio a elas. Eu não tinha muita certeza do que aconteceria depois disso, mas ficaria tudo bem porque a idéia seria rir dentro daquela água juntas, ver aquelas luzes tocarem os nossos corpos como estrelas. E ela voltaria para casa, para os braços de seu corretor de valores. E eu voltaria para a minha fazenda para ver se mais uma sucessão de estações me tornaria mais esperta e esperaria ali, ao lado do rio, que a nova Lucy voltasse para casa.

Epílogo

ELLIE, A CACHORRA, E EU ainda fazemos a nossa caminhada todos os dias, a não ser que esteja chovendo. Descemos a estrada particular que leva à casa, vamos até a frente da propriedade, subimos pela estrada exclusiva do Serviço Florestal até Spar Hill Pass e seguimos até o mirante. De lá podemos ver todo o Antelope Park e o rio Grande correndo por dentro dele, tão cheio de curvas quanto a caligrafia de minha avó. Os 48 quilômetros quadrados da fazenda vizinha, Soward Ranch, completamente cercados pelo Continental Divide.

Esta noite, a Red Mountain está capturando toda a vermelhidão do pôr-do-sol que os olhos de alguém podem agüentar e há 20 alces deitados no meio da estrada como se fossem cães belicosos e Ellie começa a persegui-los, mas apenas até um certo ponto. Bristol Head está imerso em suas sombras de fim de tarde, minha fazenda fica logo abaixo, como uma idéia que alguém só foi ter tempos depois, diminuída por tudo que a cerca, até mesmo por aquele riozinho filhote com seus meros 3 quilômetros de vida.

A caminho daqui, paramos no celeiro e eu encontrei algumas fotos tiradas na década de 20, guardadas numa caixa, no paiol — uma mulher carrancuda, um homem encurvado, uma ruma de crianças a quem alguém está ordenando seriedade, embora nenhuma delas consiga ficar séria, um cão bagunceiro.

Se você pensar numa fotografia como uma espécie de história, sabe que a mulher reza tarde da noite para entrar logo na menopausa, que o homem acaba de armar as arapucas da estação pela serrania, que o garotinho mais novo se preocupa com o próprio silêncio, que a menina mais velha anda escrevendo cartas para o namorado em Durango, que o pai o espanca até ele perder os sentidos todas as noites em seus sonhos.

Tudo é feito à maneira de Houdini: ângulos, luzes e espelhos. Ando com uma câmera fotográfica pendurada no pescoço desde que os meus dedos aprenderam a focá-la. Tenho medo de como ela me leva ao cerne deste mundo, tenho medo de como ela me mantém longe dele, de como as histórias chegam a cada clique do obturador, como a câmera não se cansa de repetir *e aí, e aí?* Histórias são coisas implacáveis que não aceitam não como resposta. Revelam-se muito mais pelo que não é mostrado do que pelo que é.

Quase nunca há neblina a esta altitude nas Montanhas Rochosas e, quando ela entra, se vai tão rapidamente e tão cedo pela manhã, que mais parece uma recordação ou um sonho. O que temos no lugar da neblina são tempestades e sol muito forte e um ar tão limpo que você não tem como desaparecer den-

Epílogo

tro dele, por mais que ande. A terra também não desaparece nunca; fica ali, entra dia e sai dia, as nuvens pintando formas sobre ela, os lagos e rios lhe devolvendo a sua imagem, com tanta clareza que você jamais pode deixar de ver.

É dia 21 de setembro, um dia que amo pelo equilíbrio que ele transmite, e B.J. e Paul Stone vêm jantar comigo. B.J. vai trazer uma torta de framboesa e Paul, bifes de alce. Vou fazer uma salada com o que restou de minha horta e o purê de batatas com creme de leite que está ficando famoso nestas partes.

Há uma explosão de *castillejas* crescendo aos meus pés, as flores são a mais delicada mistura de rubi com branco e eu focalizo as lentes para baixo e fotografo uma natureza-morta com botas de escalar, gostando da forma que o couro marrom desbotado emoldura as flores, maleáveis e brilhantes.

Eu tinha um professor que disse que eu deveria fazer de tudo para ser invisível e que a câmera era um instrumento projetado para estar sempre montado sobre um tripé, ativado como se fosse uma rajada de vento desencaminhada. Eu sabia que ele estava mentindo, até mesmo enquanto falava, sabia que uma fotografia conta a história de duas vidas, ao mesmo tempo: a que está diante da câmera assim como a que está por trás. Eu sabia que, quanto mais complicado o relacionamento, melhor a fotografia. Os melhores trabalhos deste mundo são, na verdade, todos auto-retratos: o artista como metrô, como montanha, como céu.

No momento em que ergo a vista da *castilleja*, vejo uma menininha — de seus sete anos, talvez, subindo o morro em minha direção. Traja um vestido vermelho e branco de bolinhas e sapatos pretos, meinhas brancas com renda ao redor dos tornozelos. Carrega uma maleta pequena, embora grande demais para ela estar carregando sozinha. Sigo a trilha que ela fez na grama alta até Middle Creek Road e vejo uma bicicleta apoiada no descanso, um cesto cheio de flores à frente.

Ela sobe aquele morro num piscar de olhos, senta-se na grama e abre a maleta, cruza os braços na frente do peito como se estivesse só esperando o que aconteceria a seguir. Ellie não rosna e nem mesmo late para a garotinha, o que é um fato inédito desde que estamos juntas, há um ano. Ela se aproxima compassada e silenciosamente da menina, com apenas uma sutil indicação de cautela, lambe a sua mão duas vezes, escolhe o lado longe da maleta, faz três círculos rápidos e se deita.

A garotinha me parece familiar e como entrou aqui como se fosse dona do lugar, não quero admitir que esqueci seu nome.

— Oi — eu a cumprimento e ela ergue uma das mãos, mas nada diz.

A maleta, como posso ver, está cheia de fotografias tão estranhas para mim quanto as do celeiro de minha avó. Ela as olha por um minuto e me entrega uma. Percebo que ela tem um plano, então sento-me do outro lado de Ellie. As pessoas sempre disseram que tenho jeito com crianças, mas talvez seja mais uma mentira que gostam de dizer a meu respeito e há algo sobre esta garota que me faz desejar estar em qualquer outro lugar que não aqui.

Nesta primeira foto, a garotinha está pedalando um triciclo com imensa energia, rapidamente, por uma rua movimentada. Vê-se uma mulher jovem e bonita ao fundo, fora de foco. Acaba de saltar de um carro e corre pela rua atrás da menininha. Há uma chuva leve caindo e a capa da mulher está aberta

Epílogo

dos dois lados. Os carros que começam a engarrafar a rua por trás dela estão com os faróis e os limpadores de pára-brisas ligados. Cai a noite.

A garotinha fala, enfim.

— Minha mãe conta — explica — que eu estava indo comprar sorvete. Meu pai conta que eu estava indo vê-lo no trabalho.

Ellie adormeceu ao lado da menininha e começa a choramingar, como faz freqüentemente, quando sonha. A garotinha esfrega as costas de Ellie, suavemente, até ela parar, então enfia a mão dentro da maleta e puxa mais uma 20 X 25.

Nesta ela está sendo empurrada dentro de um carrinho. Dois cães a acompanham, um de cada lado, dois mestiços de pastor alemão, um quase todo claro e o outro quase todo escuro. O foco está completamente sobre a menina; a mulher que empurra o carrinho foi cortada na altura da cintura. A garota, que parece ter cinco anos menos do que agora, olha diretamente para frente, séria. Segura cada um dos cachorros com uma das mãos, agarrando o pêlo com uma força sobrehumana que os dois, por algum motivo, resolveram permitir.

— Esses são Sal e Pimenta — diz ela. — Cães da redondeza que resolveram me proteger. Às vezes, quando a gente entrava em casa, eles passavam horas na entrada da garagem, até meu pai chegar e atirar pedras para irem embora.

As outras muitas fotografias indistintas e quase escuras demais para se enxergar alguma coisa — o que significa que alguém errou a abertura ou, então, que as fotos foram tiradas dentro de casa, à noite, sem *flash* e com pouca luz disponível. Há uma mulher com a cabeça apoiada nos braços, estes sobre a mesa da cozinha, os dedos fechados em torno de um copo de bebida. Há um homem imenso, deitado de bruços numa cama pequena demais para ele, os nós dos dedos arrastando no chão. Há uma pessoinha encolhida dentro da máquina de secar.

— Era aí que eu me escondia — conta ela —, antes de crescer demais.

Ainda tento me lembrar de onde conheço esta garota e o que eu mais gostaria de fazer é animar esta conversa um pouco, então digo-lhe que tiro fotos desde que me entendo por gente e que é a minha maneira favorita de contar uma história. Falo de como tento, sempre, equilibrar claro com escuro um pouquinho melhor do que nas fotos que ela acaba de me mostrar. Que uma foto não funciona sem bastante das duas coisas.

Ela me olha com as sobrancelhas levantadas e algo como uma expressão de desapontamento atravessa o seu rosto.

— Mas só existe uma história — diz, voltando a remexer a pilha.

O trovão ribomba em algum lugar distante e Ellie acorda tempo o suficiente para se encolher ainda mais apertadinha junto à perna da menina, o corpo inteiro tremendo como sempre acontece com ela durante uma tempestade.

Na fotografia seguinte, o rosto da garotinha está virado para olhar um filhotinho de *springer spaniel* que também se virou para tentar se colocar entre a garotinha e o pai desta, que acaba de entrar no aposento e estende os braços para baixo como se fosse pegá-la no colo. As orelhas do cachorrinho, manchadas de preto e branco, estão coladas à cabeça, hirtas, e ele rosna como cachorrinhos costumam rosnar quando não sabem ao certo o que estão fazendo. O rosto da garotinha pare-

Epílogo

ce prestes a cair, a gargalhada presa na garganta, os olhos cada vez maiores. O pai olha para a garotinha, o rosto quase que completamente virado para o lado oposto da câmera, mas até mesmo deste ângulo oblíquo percebo que está com raiva.

— Tiveram de dar o cachorrinho dois dias depois — conta a garotinha. — Disseram que foi porque ele vivia me jogando no chão.

Fico olhando para a pequena estrada que leva à minha casa, desejando que B.J. chegue logo para me ajudar a lidar com esta garotinha. Tento mudar de assunto mais uma vez, falando de algumas das fotos que vi recentemente, as últimas tiradas pelo telescópio Hubble, fotos que mostram centenas de milhares de galáxias numa parte do universo onde os cientistas acharam que não havia uma única galáxia.

Nas fotos das quais me lembro melhor, uma das novas galáxias está passando, feito uma corrente de ar, por dentro de outra. Fotos de antes e depois: primeiro uma espiral perfeita e depois uma rosquinha em frangalhos. Quando as vi, pensei nas minhas faturas de cartão de crédito, na minha hipoteca e em todas as pequenas coisas com as quais eu me preocupava no meu dia-a-dia.

— Ou seja, poderíamos estar as duas aqui, sentadas, comendo um sanduíche e, de repente, uma outra galáxia poderia passar por aqui como uma rajada de vento forte.

A garotinha mastiga o dedo compreendendo, silenciosamente, como se esta possibilidade fosse algo que sempre havia sabido, durante toda a sua breve vida.

— Só existe uma história — repete como se tivesse acabado de pensar naquilo e não tivesse feito a mesmíssima declaração há um minuto.

Valsando com a gata

Na foto seguinte, a garotinha está abrindo a porta do lado do carona de um carro em movimento. A câmera capturou o momento entre o instante em que ela se atirou do estribo e um pouco antes de bater no asfalto. Atrás dela, na foto, está a mãe, mais uma vez fora de foco, a boca apenas começando a formar o "O" de um grito, o joelho dobrado, a perna fazendo o movimento do acelerador para o freio.

— O que disseram foi que eu estava tentando ser Mr. Magoo.

Na última foto que a garotinha me mostra, está deitada debaixo de uma imensa urna de cimento, gritando de dor.

— Me contaram — diz — que eu achava que estava cheia de água e de peixes.

Olho bem para a garotinha e ela sorri o mais minúsculo sorriso para mim.

Em todas as fotos que me mostrou, está com olheiras enormes.

Olho mais uma vez em direção à estradinha, mas não há sinal de quem quer que seja.

— Sabe, não tenho idéia de quanto tempo você levou para chegar até aqui, mas será que a gente podia fazer isto alguma outra hora? É que convidei alguns amigos para jantar. Ou talvez queira jantar conosco.

A garotinha suspira.

— Achei que seria melhor começar devagarzinho. Mas já que você está com pressa, é melhor irmos direto ao assunto.

Enquanto me pergunto que espécie de garotinha de sete anos é aquela que diz *é melhor irmos direto ao assunto* ela me entrega mais uma 20 X 25.

Epílogo

Nesta, a garotinha está caindo de costas. As mãos do pai, que se encontra de costas para a câmera, apertam cada um dos lados da pequena clavícula e ele a empurra pelas escadas do fundo da casa abaixo. Ela está tentando se equilibrar, tentando não cair no cascalho branco novo que a mãe mandou colocar há apenas algumas semanas. Está prestes a tropeçar por cima das toras que mantêm o cascalho no lugar. Desvia o olhar do pai e fita as tulipas purpúreas.

Preciso fechar os olhos naquele momento porque não quero pensar em como aquelas tulipas são de sua cor favorita e em como nasceram mais delas naquele ano do que das de qualquer outra cor e em como a mãe havia lhe dito que aquilo significava que ela teria muita sorte, que aquele seria o seu ano de sorte e em como ela pensa naquelas tulipas ao finalmente ceder, chegando lá embaixo, a ele e à gravidade, quando a cabeça bate no chão. Ela ainda está pensando naquelas tulipas quando ele a atira sobre a pilha de lenha, seus cernes amarelo-brilhantes fazendo-a pensar em sorrisos. Fica pensando nelas o tempo todo, em como se fecham todas as noites, *para que nada possa machucá-las*, havia dito a mãe. Ainda está pensando nelas quando ele se afasta e ela se enfia dentro da máquina de secar roupa que é *exatamente* de seu tamanho e pensa: *talvez a parte sortuda do ano ainda não tenha começado*.

Quando abro os olhos outra vez, a garotinha está sorrindo, mas o sorriso agora transmite pura gentileza; não há mais o menor sinal de medo.

— Uau — exclamo.

— Pois é.

— Venha aqui, sente-se em meu colo.

Valsando com a gata

O vento está soprando mais forte, fazendo a grama ondular como algo tirado do próprio paraíso de Deus, e eu sei o que tenho de fazer a seguir, embora não consiga me levar a fazê-lo.

— Sabe onde eu estava indo naquele dia, de triciclo? — pergunta, erguendo a vista para me olhar, mechas de cabelo como chicotes ao redor de sua boca. — Sabe onde eu tenho ido todo santo dia de minha vida?

Eu balanço a cabeça, mas ela sabe que eu sei que nós duas sabemos a resposta.

— Eu não sou muito boa — começo — em tomar conta de coisa alguma.

— Mas vai melhorar — afirma e faz um som que é quase uma risada. — Você é a minha única chance.

Ellie está balançando o rabo e me olhando pelo canto de um dos olhos, deixando claro que sei exatamente qual é a sua opinião sobre o que fazer.

— Trouxe mais fotos — diz a garotinha.

— Temos tempo — digo e, quando o faço, seu corpo todo amolece.

— Primeiro, precisamos comprar uns jeans para você — declaro — e uns sapatos mais sensatos.

A garotinha se atira de barriga para cima com os pés para cima.

— Eu sabia que você seria assim, uma vez que se acostumasse com a idéia.

Ela fecha a maleta, fica de pé e limpa as costas do vestido.

— Acho que vou deixar isto com você, por segurança.

Está forçando a barra ao usar a palavra *segurança*, e sabe disso.

Epílogo

— A gente se vê em breve — diz ela e começa a correr morro abaixo, muda de idéia, joga-se no chão, bolinhas vermelhas e tudo o mais, e rola até lá embaixo onde se levanta e começa a correr pela grama tão alta que quase a engole.

Ellie não parou de balançar o rabo nos últimos dez minutos.

Viu só?, é o que está perguntando e eu estou bem ali, ouvindo.

Tantos anos achando que a verdade me mataria e o que eu sinto vontade de fazer, no fim das contas, é rolar morro abaixo.

Olho na outra direção e B.J. surge na estrada, trazendo um imenso molho de girassóis amarelos, e Paul está estacionando logo atrás, sem dúvida trazendo alguma invenção nova na caçamba da picape para testar. Mais alguém salta do carro de B.J. e percebo que é Bobby, o piloto do planador, e eu mal consigo acreditar que já é esta época do ano outra vez, mas então olho à minha volta e percebo os tons que colorem os morros.

Estão se cumprimentando e conversando, meus amigos, um buquê de cores fortes vestindo roupas felpudas e me lembro do auge do inverno, eu enterrada neste mesmo lugar debaixo de um metro e meio de neve fresca; do quão branco tudo ficou durante semanas, das montanhas, do rio, até mesmo do céu, como se tudo tivesse sido congelado de maneira cristalina e então, quando a primavera chegou, como foi esquentando um pouquinho mais a cada dia e as cores foram retornando ao mundo como livrinhos de colorir, as águas azuis subindo à superfície do rio, os cumes das serras cobertos de *castilleja* negra, tufos de salva castanha surgindo em meio à neve, cada vez mais rala, e o céu de fim de abril, de um azul cor-de-centáurea.

Valsando com a gata

Passei muito tempo engolida dessa forma, por uma coisa fria e sem cor, mas o outono chegou e logo as cores estarão em seu auge; posso senti-lo no ar como as chuvas de fim de verão.

Ellie, que vem observando enquanto cada um dos carros estaciona, coloca aquela pata pidona sobre minha coxa e, quando estendo a mão para acariciá-la, faz um barulhinho cantado, sozinha, e dá alguns passos em direção aos nossos convidados e, então, se agacha como um cachorro do mato e se vira para me olhar.

— Só um minuto — digo, e ela vê uma borboleta e a segue até os pinheiros que pontilham o topo do morro.

Olho mais uma vez para a casa e me permito um momento para desejar que Marcus estivesse aqui e que pudesse jantar conosco. Mas a lenta mudança das estações me ensinou alguma paciência, me ensinou a passar os dias vivendo quando, um dia, eu os teria passado esperando; me ensinou a amar a neve todos os dias até se transformar em chuva.

— Está bem, estou pronta — digo a Ellie e dou mais uma olhada à minha volta. Olho para o sul, na direção do Divide, e para todos os lados que levam ao rio, e subo de volta ao túmulo da mulher que sabia muito mais do que achei que soubesse quando me escolheu para vir cuidar deste paraíso.

Em minha vida, há aqueles que acreditam que o meu destino é terminar aqui, sozinha: meu pai, Henry — além de ser o que minha avó diz todas as noites quando conversa comigo do túmulo. É fácil acreditar que estar sozinho é a alternativa dos fortes, mas o rio me ensinou há muito que é um sinal ainda maior de força permitir-se ser frágil. Dizer eu te amo, eu te desafio, quero você ao meu lado.

Epílogo

Uma cachorra. Uma amiga. Uma garotinha da qual eu quase havia esquecido. Ela estava certa quando disse que há apenas uma história e cá estive eu, esse tempo todo, tentando contá-la. Como B.J. gosta de dizer, depois disso, o céu é o limite.

Lá de cima do morro, bem atrás de mim, os alces emitem sons de clarins e o sol vespertino lava as construções da fazenda com uma cor tão rica que sei que jamais conseguiria capturar com a câmera.

Nunca houve momento melhor para eu me enquadrar.

Ergo a mala, assovio uma vez para Ellie e começo a descer o morro correndo.

Este livro foi composto na tipologia Granjon,
em corpo 12/15, e impresso em papel
off-white 80g/m² no Sistema Cameron da
Divisão Gráfica da Distribuidora Record.

Seja um Leitor Preferencial Record
e receba informações sobre nossos lançamentos.
Escreva para
RP Record
Caixa Postal 23.052
Rio de Janeiro, RJ – CEP 20922-970
dando seu nome e endereço
e tenha acesso a nossas ofertas especiais.

Válido somente no Brasil.

Ou visite a nossa *home page*:
http://www.record.com.br